彼女が言わなかったすべてのこと

桜庭一樹

河出書房新社

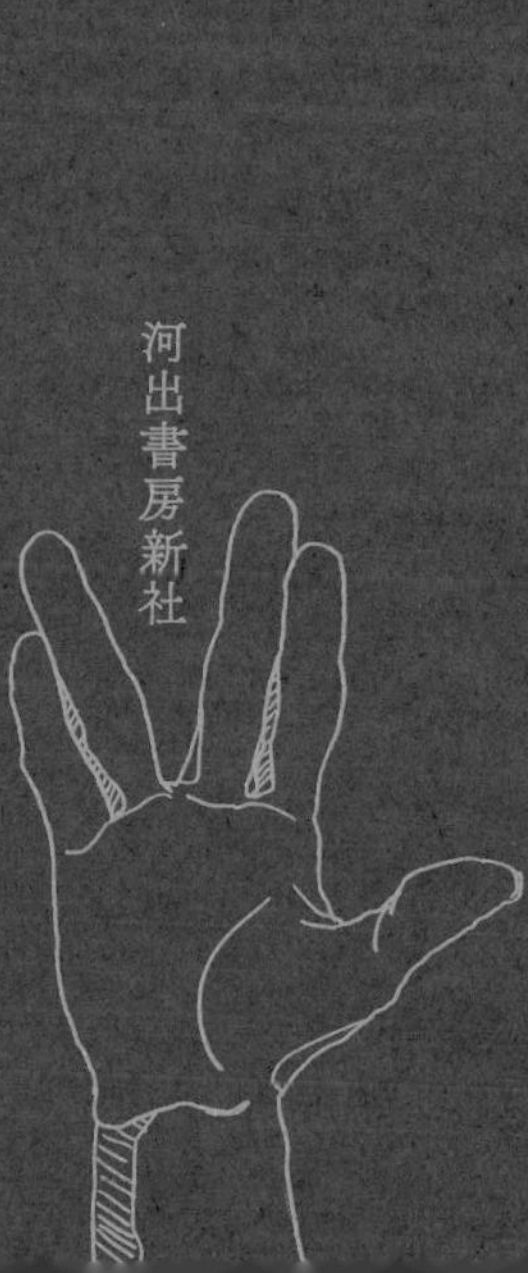

彼女が言わなかったすべてのこと

contents

vol.1　彼女が言ったすべてのこと

柿を踏んですべって、転んだ。

ほんの一瞬、高波に攫《さら》われたみたいに体がふわりと浮き、あっと思う間に、歩道のアスファルトにお尻から思い切り落っこちた。尾骶骨《びていこつ》が痛む。思わず手をやると、ヌルッと変な感触がした。

「えっ、大丈夫ですか」

近くを歩いていた三人組の一人が足を止め、手を差し伸べてくれた。二十歳ぐらいの男性だった。

「はぁ」と起こしてもらう。それから自分のお尻を触ったほうの手を見る。オレンジ色のぬるぬるしたのがべったりついていた。気持ち悪いような甘い匂いもする。

足元を見下ろすと、同色の熟した果物が半分潰れていた。わたし、これを踏んだんだなと気づく。

起こしてくれた男性と並び、空を見上げる。ビル街に取り残されたような古い家屋が一軒あり、生垣で囲まれ、濃緑の葉の合間にオレンジ色の果実が三つか四つ、重そうに生《な》っていた。

「柿？」

と言われ、

「ほんとだ、柿だ……」

「あ、これ！」

男性がハンカチを取りだし、わたしのお尻を拭こうとして、考えてやめ、自分でどうぞというように差しだしてきた。受け取り、薄手のコートのお尻部分を拭く。「柿を踏んで転ぶなんて。今日は忘れられない日になりそう」と呟くと、無言でいたわりの頷きを返してくれる。

――二〇一九年の九月の終わり。急に気温の下がった日の夕刻。午後四時過ぎに茨城県南部を震源地とする震度五強の地震があった。東京の震度は三から四ぐらいだった。

わたしたちはこの八年ちょっとでこれぐらいの揺れにはすっかり慣れっこになっていた。都心の電車が停まり、駅前のタクシー乗り場には長い行列ができ、歩道には帰宅のために歩く人たちが溢れている。わたしもその中の一人で、都心の北側にあるＪＲ御茶ノ水駅からぞろぞろ出てきて、西から東に流れる神田川に沿う大通りを東に向かって歩き始めたところだった。平日の夕方だから学生が多く、三十二歳のわたしが最年長かなと思いながら、黙々と足を進めていた。

「あれ、ケント？」

と男性の連れの二人が数メートル先できょろきょろし始めた。二人とも女性で、ミルクティー色のロングヘアが秋風をはらんで自由に揺れた。右側の女性が大きな目をぐっと開き、「いたいたっ」とこっちを指差す。

ケントと呼ばれた男性が手を振り、わたしの手から「自分で洗うんで。大丈夫ですよ」とハンカチを受け取り、急いで歩きだした。その背中に「ありがとう！」と声をかけると、半分振りむき、片手で挨拶する。

わたしもトートバッグを抱え直し、ゆっくり歩きだした。

歩道には東に向かって歩く若者が連なっている。四、五人のグループ、二人組、一人で急ぐ人。たくさんの背中を同じ西日がゆったり照らし、眩しい。と、向こうから、一人だけこっちに向かってくる人がいた。二十代後半ぐらいの男性で、上下ともグレーのスウェット姿。スーツ姿の小柄な男性を強引に押しのけ、ずんずん近づいてくる。

一人一人の姿を見ながらなので、誰か探してるのかなと思う。わたしの正面に立ちふさがり、一瞬見て、目を逸らした。それからさっきの男女三人組に大股で近づいていった。

とつぜん、きゃーっ、と悲鳴が上がった。何が起こったかわからなかった。スウェット姿の男性があちこちで妙にばたばたした動きをするように見えた。……刺されたっ、と声がする。さっき押しのけられたスーツ姿の小柄な男性が、スウェット姿の男性の背中に飛びかかって羽交い締めにしようとする。「撮ってんじゃあ、ねえぇーっ！」とハスキーだけど少し高めの特徴的な声が響き渡る。「手伝えぇーっ！」という声もする。人波が激しく動き、声のするほうがぜんぜん見えなくなる。

「ゆりあーっ！」

と男性の悲鳴が聞こえる。ケントと呼ばれていた人だ。さっき「いたいたっ」と振り返ったミルクティー色のロングヘアの女性が仰向けに倒れていた。同じ色の髪をした友人の女性も隣にしゃがみこんでいる。

周りに三、四人ぐらい、他にも倒れたり座りこんでいる人が見える。思わず駆け寄り、倒れた女性のそばに膝をつくと、女性の手がわたしの右手を探り、とつぜん、ぐーっと握った。あっ、柿でべたべたに汚れてるのに、と思った。

女性の右手の甲に半月のような、丸を二つに割った形の赤い痣《あざ》があった。

わたしの顔を見上げ、大きな目を見開いて、

「オ……ル……」

「えっ？」

「溺れる……っ」

目があって、目の奥の光が強く、視線を離せなくなる。

どこかで見覚えのある顔のようにも感じた。ぱっちりした目に、真っ白な肌。ドールみたいなきらきらのオーラ。モデルさんかな。握られた右手の関節がぴきっと不吉に鳴る。

周りから「救急車ぁ、早く！」「怪我してるぅ！」「刺されたっ……」といろんな声が聞こえ始める。と、近くのビルから誰か飛びだしてきて、女性のそばに座り、止血したりとか応急処置らしきことをし始めた。四十代ぐらいの女性だ。誰かが「看護師さんですか」と聞く声と「医師です！」という返事が聞こえる。

救急車のサイレンが遠くから響いてくる。でもなかなか近づいてこない。早く早くと焦り、道路を見ると、地震の影響でか、大渋滞してる。

医師ですと言った女性がわたしの頭を見て「ずれてるよっ……」とささやいた。気づいて髪にそっと片手をやり、ずれてしまってるものを直す。

「道を、道を空けてくださーいっ」「空けてーっ」と複数の男性の大声がし、ストレッチャーを押しながら救急隊員が駆けてくる。

続いて自転車に乗った警官たちも、東と西の両方から何人も近づいてくる。

ケントという男性が「ゆりあっ、ゆりあっ……」と繰り返しながら、ストレッチャーに乗せられ

た女性を追っていく。医者の女性が立ちあがり、他の怪我人のもとへ走っていく。

つぎつぎストレッチャーが到着。五、六人か、怪我人がどんどん運ばれていく。警官を見ると、四人がかりでスウェット姿の男を取り囲んでいる。さっきのスーツ姿の小柄な男性と、他に三人ぐらいの男性が協力しあって取り押さえ、警察の到着を待っていたらしい。犯人も警官もその人たちももみくちゃになってる。

座りこむわたしと、そのもみくちゃの場所の中間ぐらいに、柿の色に汚れたハンカチが落ちていた。みんなに踏まれてしまって黒くも汚れている。

座りこんだ姿勢のままゆっくり這っていく。拾おうと伸ばした腕が震えてるのに気づく。柔らかいハンカチに触れると、オレンジと黒に染まった白い布のところどころが赤くもなった。自分の手のひらを見る。さっきの女性の血がついてる。

「あ」

と声が漏れた。

「あー……」

そのとき、向こうから同じような声がした。「あー……」と。ハスキーでちょっと独特の響き。

顔を上げると、スーツ姿の小柄な男性がわたしを見ていた。

「もしかして」

「ん」

「小林か？」

「えっと……」

とつぜんのことに頭が切り替えられず、思考が真っ白になってしまった。相手はあきれたように「名前忘れる？　まじ？　俺だよ俺。中川。中川甍《いらか》！」と早口で言った。

焦ってうなずく。ずれてないかなとまた頭に手をやり、髪を整える。たぶん大丈夫そうかな。スーツ姿の小柄な男性こと中川君がゆっくり立ちあがり、一回だけふらつき、しっかりした歩調になって近づいてくる。「まさかの小林！　奇遇すぎねぇ？　七、八年ぶりぐらい？」「だね。たぶん」と答える。急に意識を変えられなくて、言葉もうまくみつからず、頭は真っ白だけどうなずいておく。

――中川君は学生時代の友達の一人で、あのころ六、七人でよく遊んだ。一時期は親友の綾ちゃんの恋人でもあった。でも二人は卒業してしばらくしてから別れてしまったし、わたしは綾ちゃん以外の仲間とは疎遠になって久しい。

とはいえ、この人の最近の仕事ぶりについては噂で知っていた。こんなところで再会するなんて思わなかったけど……。

ようやく言葉をみつけ、「すっかりご活躍のようですね」というと、「活躍？　俺が？」となぜか怪訝そうにされた。「って震えてんじゃん、小林。寒い？」と上着を脱ぎ、薄手のコートの上から着せてくれる。「怪我はしてないのか？」「うん。中川君は？」「俺も。俺も平気」「そっか」と小声で話しているところに警官が近づいてきた。

ここにいた人たちはみんな警察に行き、見たことやしたことを証言することになるらしい。

中川君がわたしの顔を覗きこみ、警官と「体調悪そうなんで特別に帰らせてやってくれませんか」と交渉し始めた。同世代ぐらいの男性の警官が「ん、君らはきょうだい？」「いや、元同級生っす」「そうなの。なんか似てるから、顔」「昔ときどき言われたけど。いまでも似てるかなぁ」

「似てるよ！　すごく！」「とにかく一回帰らせて、明日とかに改めて……」と粘ってくれた結果、わたしだけ帰宅できることになった。

警官に名前と電話番号を伝え、中川君ともＩＤ検索でＬＩＮＥを交換した。近くでわたしたちの会話を聞いていた知らない女性に「家どこ？　近いなら送ったげる」とフルフェイスのヘルメットを投げ渡され、落とす寸前で危うく受け止めた。

バイクの二人乗りで帰ることになり、後ろの席に乗る。振りむくと、中川君は警官に囲まれてあちこちを指差しながら何事か説明し始めていた。目をほっと閉じる。……柿なんかですべって転んだのがもう何週間も前の出来事だったみたいに感じる。ヘルメットの中で急にしゃくりあげた。顔を拭けないから口に涙がどんどん流れこんできて、しょっぱい。


神田川沿いに東に走り、隣の秋葉原駅前から大通りを左折。カラフルな喧騒の街から下町の風景に急に変わっていく。右折し、東へ。ほどなく浅草駅周辺を通過。二、三階建てのミニチュアみたいな古い建物が連なる細い道を、右折し、左折し、また左折。やがてバイクがゆっくり停まる。運転してくれた女性が振りむく前に、急いでヘルメットを外し、ずれた髪をさっと整えた。「ここでしょ」「ええ」「講談協会の隣っていうからすぐわかった」「ですよね……」と頷きつつ、バイクから降りる。

外壁をスモーキーグリーン、ドアをチョコレート色のペンキで塗られ、リノベされた古い木造二階建てアパート。同じ敷地内に平屋があり、浅草講談協会という木の看板が掲げられている。今日も「ところはぁ、日本橋ぃ……」「鼠小僧ぉ、じろきちっ……」と講談の稽古をするらしき男女の声が漏れてくる。

「顔色悪いよ。お友達も言ってたけど、ほんともう休みな。ね」

「ありがとうございます」

と頭を下げる。女性は「んじゃ！」と片手を上げ、バイクで去っていった。わたしを乗せてたときの安全運転とちがい、急にすごいスピードだった。

鍵を開け、一階の端の部屋に入る。

手前に四畳半のキッチン。奥に六畳間。床に座りこみ、シングルベッドにもたれ、スマホを取りだす。三つ上の兄にＬＩＮＥする。さっき事件があって、わたしすぐ近くにいて、って……。

それからスマホを床に投げだし、顔をしかめ、天井を見上げた。

現実感がなくて、ボーッとしていた。頭の芯が麻痺してるみたい。目を閉じたら、海の波にぽちゃぽちゃと揺られてるような、変な感触がした。はっと目を開け、とりあえず何かしようと、目的もなく立ちあがり、中川君から着せてもらったスーツの上着を脱いでみた。

しわにならないようハンガーにかけ、窓のカーテンレールから吊るす。

上着を見上げ、小声で「そういやなんでスーツ着てたの？」と人間にするように思わず話しかける。

——わたしたちは同じ年に都内の芸大に入り、同じ年に卒業した。綾ちゃんは映画の宣伝会社に、わたしはＷｅｂ系のデザイン会社に、中川君は確か外資系のＩＴ関係の会社に就職したはずだ。でも中川君はけっこうすぐに仕事をやめ、前後して綾ちゃんとも別れ、なんだかなんとなく連絡しづらくなった。二十代の終わり、別の同級生から「中川豊っていたじゃん？　あいつ漫画家デビューしたんだって」「はっ？」「びっくりだよね。すごくない？」と噂を聞いた。

ペンネームも聞き、読んでみようと思ったけど、そのころは仕事が異常に忙しくてほぼ寝てなくて、忘れてしまい、そのままになっていた。

あの人、自由業者なのにスーツを着てたな。しかもいかにもビジネスパーソンっぽく。こう、着慣れてるっていうか……。

と首をひねってると、スマホがブブッと振動した。兄からの返信だ。「えっ、いまニュースでやってるやつ？」「御茶ノ水と秋葉原の間で女の子が刺されたって」「そっち行くわ」とある。

ほっとする。コートも脱ぎ、床におき、ベッドに座りこむ。

気づくと上空からヘリコプターの音がずっと聞こえている。ワンワン響いてすごくうるさい。

スマホを握り、ニュースを動画で確認する。

ついさっきいた、御茶ノ水駅から東に向かう神田川沿いの大通りが映っている。上空からのカメラ映像だ。あっ、いま聞こえてるこの轟音、報道ヘリかな。「本日午後四時二十分ごろ……」と緊迫した声がする。

こわごわ耳をすませる。すると、連行される犯人の近くにいた人の話として、「『被害者と面識はない』『とにかく幸せそうな若い女を殺したかった』と警官に早口で話していた、との証言もあり……」と聞こえてくる。

スマホを床にゆっくりおく。

ゆりあと呼ばれた女性が「いたいたっ」と振り返った姿、ミルクティー色の明るい髪が風をはらんでふわっと揺れたのを思いだす。

それから、わたしの手を強く握り、大きな目を見開き、

（溺れる……っ）

あの声をゆっくり何度も反芻《はんすう》する。すると五回目ぐらいでとつぜん涙が出てきた。ぽろぽろ零《こぼ》れて止まらなくなって、でも自分がなんで泣きだしたのかがぜんぜんわからなかった。

――いまは〝戦前〟なんだ、と思った。これから〝戦争〟が始まるんだ、もっとひどいことがわたしたちみんなの身に起きるんだ、と。でもそれって何のこと？　わからなかった。戦わなきゃ。それとも和平を選ぶ？　え？　ってなんのこと？　いや、わっかんない。涙だけどんどん出てきて止まらなくて、しゃくりあげ、「溺れる、溺れるっ……」と何回も声に出して言った。

「わたしも……お……。溺れるっ！」

あ、あ、あーっ……と声を上げて泣いていたら、アパートのドアの鍵がガチャガチャと音を立て始めた。

ドアが勢いよく開き、「ナミぃ？」と大きな人影が入ってくる。……兄だ。

仕事帰りらしく、ツナギの作業服を着てる。奥の六畳間を覗き、わたしの泣き顔を見ると露骨に顎を引き、

「いや、俺も、すげぇ歯が痛いから！」

と右頬に手のひらを当てて小刻みにこすりながら言った。

この人は昔から体調不良などに体調不良で対抗してくる。「あー、痛ぇ！」と頬をこすりながら安全靴を脱ぎ、振り返ってぎろっと見て、「外で着てた服でベッドに座るなっつってんだろ」と注意した。

「あー、うん……」

「言うこと聞けよなー。もとは俺のベッドだし」

「はい、はい」

涙を拭き、ベッドからだらしなくずり落ち、床に座る。

このアパートはそもそも四年前に兄が借りたものだった。離婚して一人で住み始めたのだ。二ヶ月前、葛飾区の実家に住んでいたわたしがここで一人暮らしを始め、わたしと交代で兄のほうが実家に戻った。ここの家賃はじつはいまも兄が払ってる。両親はそのことを知らない。

というわけで、勝手知ったる部屋だしで、兄はキッチンでてきぱきお湯を沸かし、棚からカップヌードルを二つ出し、お湯を入れ、こっちに持ってきて、いつものことながら三分待つことができず、二分過ぎぐらいで食べ始めた。「麵が硬ぇな」「そりゃ……」「おまえも食えよ」「うん」「で、もう考えんな。いいな?」と麵をずずっと音を立ててすすって、

「現場いたのに刺されなくってよかったじゃん。ナミ、きっと普段の行いがよかったんだよ」

「え……。わたしに限ってそれはない」

「確かに。ははっ。さっきも外出着で俺のベッドに座ってやがったしな」

「兄貴、それほんとしつこいなぁ」

「だって! これ注意すんの、もう五回目ぐらいだぜ?」

またヘリの音が近づいてくる。兄が気にして空を見上げる仕草をするので、「ニュース番組の報道ヘリみたいだよ。ほら、向こうから音がするし」と窓がある南西のほうを指差した。兄が振りむき、カーテンレールにかけられた中川君の上着に気づいて、「えっ、これ何? 男? おまえ、その体調で男できたのかよ」「ちがうよっ。事件の場所で久しぶりに会ったの。ほら、中川君って」

「知らんな」「昔、綾ちゃんとつきあってた男の子だよ」「あぁ！　綾、可愛かったよな。綾、元気？」「うん。息子がもう五歳だっけ。えと、去年そう聞いた」「そか」とうなずく。わたしもつられてカップヌードルの容器を持ち、麺を少しずつすすり始める。

兄が横目でこっちを見て、にやっとし、「なっ？」「えっ」「人が食ってると自分も食いたくなるだろ」「……だね」と話す。

ヘリの轟音が続く。

兄が先に食べ終わり、スマホで一人で何か見始める。

そのうち窓の外がじわじわと暗くなってきた。夕方が夜に。どこかに暗く滑り落ちていく。

「……つぎさ、病院いつよ？」

と聞かれ、壁掛けのカレンダーを見上げ、

「金曜だから、あさって」

「おけ。土曜の昼に食料とか持ってまた様子見にくるわ。……いいからもう考えんなよ。忘れろ、忘れろ、忘れろ！」

「けどっ……」

兄が「もー！　俺に口答えすんな。あんま考えすぎないこと！」と言って立ちあがる。自分が食べたカップヌードルの容器と割り箸をキッチンの流し台におく。玄関で安全靴を履く。スマホをふと覗き、それから顔を上げ、ふと、

「幸せそうな、か」

「え？」

「幸せそうな、若い女を、殺したかった、って……」

「あぁ、ニュースの……」

「刺された子、見た？　どんなの」

すごくきらきらしてて、オーラが、と言いかけ、言葉を飲み、

「……わっかんない。ぜんぜん見てないし」

「なんだ、そか」

兄が「じゃ、おとなしく寝てろよ」と念を押して出ていった。


しばらくして警察から電話があり、明日うちまで話を聞きにいきますと言われた。了解して切る。

怖かったけど、気にもなって、また動画のニュースを見た。夕方と同じ報道ヘリからの映像が流れている。「二十一歳の大学生の女性が刺されて重傷です。ほか六名の軽傷者が出ており……」「野口優作容疑者……二十七歳……」とアナウンサーの緊迫した声が聞こえてくる。

ニュースをすぐやめ、ＳＮＳを見る。

誰かがTwitterに現場映像をアップしている。人と人がぶつかりあい、スマホのカメラが何度もぶれる。「撮ってんじゃあ、ねぇぇーっ！」とハスキーなのに少し高い特徴的な声が届く。あ、中川君の声だ。うん、スーツの背中も映ってる。と、カメラがくるっと動き、今度は倒れてる人のほうを映す。あれってわたしの背中かな……？　片手で髪をやたら触ってる。……あ、わたしだ。遠くから救急車のサイレン。と、カメラに何かがぶつかり、映像がとつぜん切れる。

刺された女性の顔はほぼ映ってなかった。関係ないはずなのに、妙にほっとする。

自分が見た顔を思いだす。大きな目を見開いてわたしを見てた、って。それからぐっと手を握って……。

あっ。

どこかで見たことがある人だと思ったのは……と閃《ひらめ》いた。

わたしはここ二ヶ月、YouTubeを観る時間が急に増えていた。高校時代の同級生男子五人組によるユニット「東南西北《トンナンシャーペー》」のチャンネルもときどき見ていた。登録者数は約七万人だ。

番組の始め、四人が横並びになり、それぞれの方角を向いて「東！」「南！」「西！」「北！」と叫ぶ。と、背後に隠れていた五人目の男の子が顔を出して「明日はどっちだぁ？」と言う。五人揃って「こんにちはー、東南西北です！」と自己紹介する。

五人目の男の子だけ、もう就職してて副業禁止なので、毎回いろんなお面で顔を隠している。このお面の子がリーダー。他の四人は大学生と専門学校生らしい。

ときどきゲスト的に誰かの友達も出てくる。その一人が、北やんという男の子の幼なじみの――優里亜さん。明るくて、楽しそうに笑ってて、と思うとたまに毒もあり、けっこう人気のあるゲストだ。

たぶん、さっきの女性、この……。

わたしは気になり、優里亜さんがゲストで出てくる回を探した。「バーベキューをやってみた！」という回にいたような気がする。あ、これこれ……。と探し当てる。動画が始まって約七分後。優里亜さんが会場に到着し、笑顔で丸ごとの生の鶏肉を掲げ、「ビアチキンもやろうよー」と提案する。

丸ごとの鶏肉のお腹に蓋を開けた缶ビールを缶ごと刺しこみ、直火にかける。ビールが蒸発して鶏肉の中に浸透して柔らかく焼けるという豪快なアウトドア料理だ。が、何がどうなったのか、火の通った鶏肉が音を立てて飛んで空に浮き、地面に落下し、みんな大笑いする。拾って砂を丁寧に取り、また火にかける。最後はみんなで食べて笑いあう。

別の動画もみつけた。海水浴の回で、「スイカを割らずに叩くだけ！」というタイトルだ。柔らかいポールを振り回し、スイカ割りならぬスイカ叩きにトライしてる。優里亜さんはシンプルな水着姿で隅に座り、ころころ笑ってる。

とある料理の回にも映ってる。メンバー五人が料理を作る企画で、試食係のゲストが三人おり、優里亜さんもそのうちの一人だ。お面をつけたリーダーと「ケントー、これ火が通ってないかも」「マジ？　やばっ。やり直す！」「ちょっと食べちゃったからお腹壊すかな……」「えぇーっ」と話してる。

……ケント？

リーダーの声を拾い、よく聞く。

夕方、「えっ、大丈夫ですか」「柿？」とわたしに言った男性の声と似てる気がする……。

スマホを床におく。急に怖くなり、膝を抱える。

さっき刺されたのはYouTuberの友達の優里亜さんなのかな。で、一緒にいた男の子は東南西北のリーダーのケント君……？

動画でとはいえ、あれはわたしが存在を知ってた人の身に起きたこと？

またスマホを見る。

と、たったいま見たはずのバーベキューの動画が消えていた。あれっ、と見ているうちに、海水浴の回も、続いて料理の回も消えた。

この同じ時間、どこかで同じようにスマホを握りしめている男の子、ケント君の震える青白い指先が見えるような気がした。優里亜さんが映ってる動画を急いで消してるのかも、と。Twitterでチェックしてみると、被害者の身元は幸いまだ漏れてないようだった。わたしには関係ないのに、またほっとする。ケント君……。うん。いまのうちに消しておいてあげればきっと大丈夫……って。


……夜九時を過ぎたころ、スマホがブブッと震えた。

中川君からのＬＩＮＥだった。「おーい」と書かれ、何だかわからないキャラクターがこっちに背中を向けて立ってるスタンプも続く。

おーい、と言いつつ、背中向けてるの？　変なの。

そう首をひねりながら「取り調べは終わった？」と返す。「いや、取り調べっていうと犯人みたいじゃない？　俺、犯人じゃないんですけど」「なんて言うんだっけ」「わかんない。とにかく終わった。そっちはどう？」「こっちは明日になったよ。おかげで今日は休めてる」「よかった。それにしてもほんとに久しぶりだよな」「うん。七年ぶりぐらいだよね」とやりとりが続く。

「さっき小林が動揺してるの、俺すごく意外だったよ」「えー、どうして？」「妙にゆっくり話すのも、昔のイメージとちがいすぎて、最初は調子狂った。だって小林は俺らのリーダーっぽかっただろ。テキパキしてて、いつも早口で、店とか待ち合わせの時間とかもぱっぱと決めてくれてたし。あんまり回転速いから、展開に付いていけてないときとか、俺じつはけっこうあったんだよ。みんなの司令塔っていうか」「そうだっけ？　別の人と間違えてない？」「そんなわけないって」「そんなイメージだったかなぁ。それってわたしの背が高いからじゃない？」「何センチ？」「百六十五」「そんなにあったっけ」「うん。それでなんとなくリーダーっぽく見えてたんじゃない？」「えー、そうかぁ？」という疑問の言葉の後、さっきのキャラクターが少し振りむいてるスタンプも届いた。横顔がかすかに見える。

「話は変わるけど。わたし上着返さなきゃ。さっきはありがとう」「いや、それはぜんぜん」「バイクに乗ったから、あれがなかったらすっごい寒かったと思う」「そっか。上着のついでに、久しぶりに飯でも行かない？」指を止め、考える。わたし、大丈夫かな……？　たぶん大丈夫だろうとうなずき、「いいね。行こうよ」と返す。「日曜は？」また指を止め、壁掛けのカレンダーを見上げる。金曜に病院だから、そのあと五日ぐらいは避けたほうがよさそう……。「今週はちょっと。平日は？」「平日は仕事だなー」「えっ、そうなの？」「なんで驚くの？　普通そうでしょ」「そっか」「来週末は？」「わたしは大丈夫だけど。そんな先まで上着が返ってこなくて困らない？　よかったら宅急便で送ろうか」「べつに平気。いまの季節のスーツ三着持ってるし」「そうなんだ」「そういや中高のころ、秋冬の制服って何着持ってた？　俺、一着でさ。ずっと同じの着てたな」「わたしもだよ。制服って高いよね」と続ける。

「なぁ。ところで小林もニュース見た……？」「少し」「ほんとひどいよな！　あのすごく刺された子、大丈夫かな。俺らは祈るしかないけど」「うん。ニュースで重傷って言ってたから。重体じゃないからさ。確か重傷のほうが少し軽いんだよね」「あれ？　ニュースで重体って言ってなかった？」「えっ！　局によって情報がちがうのかな」「そうかも」「ともかく。そうだね、祈るしかないね。きっと助かるって。だって何もできないもんね」とやりとりする。

それから一瞬、YouTubeのチャンネルのことを話したくなった。指が文章を書きそうに動く。でも、被害者について知ってることを勝手に人に言ったらいけないと思って、やめた。

来週の日曜の約束をする。こっちに背中を向けているキャラクターの背中に「いい夢見ろよ！」と書いてあるスタンプと「おやすみ」というメッセージが届いた。

スマホをまた床におく。

キッチンでお湯を沸かし、温かい紅茶を淹《い》れて戻ってきて、床に座りこんでゆっくりゆっくり飲み干した。

ベッドに這い上がり、布団に潜って目を閉じる。いつのまにか電気もつけっぱなしで眠ってしまう……。

≋

二日後。

金曜の朝八時過ぎ。

浅草駅から地下鉄に乗り、築地駅へ。

通勤ラッシュにみんなで圧縮され、ホームに出て一斉に解凍される。気を取り直し、階段を上がり、外へ。

八時四十五分にいつもの大学病院に着き、受付を済ませた。まずは四階で血液検査。結果が出るまでの四十分の間に、売店でおにぎりを買って外に出て、隅田川の川っぺりの適当な芝生でゆっくり食べた。

三階の診察室前の待合室に行き、スマホでYouTubeを観ながら数十分待ち、「小林波間《なみま》さーん」と呼ばれて、診察室へ。

主治医の先生が椅子ごとくるっと振りむいた。血液検査の結果を手に、「白血球の数値も基準値内。今日も予定通りいけますよ」と微笑む。

「あぁ、よかったです」

「この三週間、調子はどうでしたか？」

「えーっと、ですね。前回の点滴をして最初の五日ぐらいは、やっぱりけっこうきつかったです。でもそれから徐々に元気になって。残りの二週間ちょっとは仕事もできました」

「ふむ……。いま会社勤めじゃないんでしたっけ」

「ええ。一回やめることにして、フリーランスで同じＷｅｂデザイナーの仕事を。質も量も前みたいにこなせなくて」

「ふーむ……」

と主治医の先生がうなずき、パソコンに何か打ち込む。それを待つ間にふと「先生、そういやニュースになった通り魔の事件ですけど」「御茶ノ水の？」「はい。わたしあの現場にいたんです」

「ええーっ」と先生が大声を出し、またくるっと椅子ごと振りむく。「大丈夫です。自分は怪我とかしてなくて」と言うが、心配してくれて、念のため精神安定剤の処方を提案される。

それは大丈夫と答え、続けて、

「でも、あの。それとはべつに、ケモブレインの症状は出てきてる気がしてて。先生……。わたしさいきん頭がぼーっとしてて、回転が遅くなったというか。それにマルチタスク型の思考ができなくなって。何か考えてるとき、急に別のことを聞かれたり、何かが起こると、頭を切り替えられず絶句して固まっちゃうんです。だから会議とか無理になってきて。あ、一昨日も、通り魔事件の現場で昔の同級生とたまたま会ったんですけど、急な再会すぎて、頭真っ白で、最初、ほぼ無反応の人になっちゃって。やっぱり変に見えてたみたいで」

「うーむ……。何パーセントかの患者さんにはこの副作用がどうしても出てね。まぁ、これについては、治療が終われば、自然に」

「このまま元のアタマに永遠に戻らなかったらと思うと、わたし、怖くて！」

「そんなこたぁないですから、ね。小林さん。大丈夫！」

「はい……」

とうなずく。

先生がパソコンに向き直り、何かを打ちこみながら、「まぁ、小林さんの場合、もともとの回転が速いから余計に気になるんじゃないかなぁ」「へっ」「だって初診のとき、理解も早いし、テンポも治療の選択肢の検討と決定もものすごく早かったですよ。だから、自分にとっては遅くても、いまぐらいのスピードでもしかしたら普通なのかもしれませんよ」「……あ！」「えっ」「その再会した友達にも言われました。前は速すぎてじつはついていけないときもあった、って」「ねっ？　ほらっ」とうなずかれる。

処方箋を受け取り、「ありがとうございます」と頭を下げ、診察室を出る。

同じ階にあるオンコロジーセンターにまっすぐ向かう。

入口から覗くと、今日も混んでいた。

――人間が溢れる東京の街のあちこちに、じつはこんなにたくさんの病人が交ざって、一緒に生きてたなんて、自分も病気になるまでは想像もしなかった。それに、こういう治療をしなきゃいけないのは老人と、あと一部の不運な中年の人だと思いこんでた。

わたしがこのセンターにくるのは三回目だ。おじいさんやおばあさんの病人もいるけど、二、三十代の若い人もけっこうみかける。いま隣の席にいるのはスーツ姿で分厚い書類鞄を抱えた三十代後半ぐらいの男性だ。どこの部位の治療だろう？　点滴して午後から会社に戻るのかな？　副作用があまり出ない体質なのかな？　とにかくタフだなぁと思う。わたしにはとても無埋、って。

順番がきて、呼ばれ、自分のぶんのリクライニングチェアに座る。看護師さんが「小林波間さん。生年月日は？」と本人確認する。腕に針を刺され、「じゃ、まず副作用止めの薬から入れていきまーす」と三回目の点滴が始まる。

斜め向かいのチェアに、前回と前々回も会った同世代の女性の患者さんが案内されてきた。互いに気づいて「また会ったね」「ね？」と微笑みあう。

寝転んでスマホを取りだし、Kindleで漫画を読み始める。漫画家になった中川君が雑誌連載中だという『彼女が言ったすべてのこと』という作品。何年も前に読もうと思ったのに、忘れてる間にもう八巻まで出ていた。

看護師さんに「なに読んでるんですかー」と聞かれ、表紙の画像を見せると、「あ！　作画すごくきれい！」と言われる。

「漫画、お好きなんですか」

「好きですよー」

「おすすめとかあります？」

「ある！　けどいま思いだせないなぁ。よかったらあとでー」

「あ、べつに。すみません、大丈夫……」

看護師さんが誰かに呼ばれてばたばた遠ざかっていく。

——舞台は九〇年代の日本の芸能界。主人公は二人組の少女デュオだ。同性愛者のカップルという触れ込みで、「彼女が言ったすべてのこと」という曲で鮮烈にデビュー。ステージで歌いながら過激なパフォーマンスもして……。でも、それはじつは……。

二十分ぐらいすると、点滴の中身が副作用止めから治療薬に替わったのが、体の感覚でバキッとわかった。頭が急に人工的にぼんやりし始め、漫画のストーリーも理解できないし、ちゃんとしたことも考えられなくなる。

スマホをおき、目をゆっくりつぶる。

「……さっきの話ですけどー、わたしのおすすめは……あ、寝てる？」

うっすら目を開けると、看護師さんが覗きこんでいた。「付箋に書いたんでここに貼っておきますねー」「あ……。そんな、忙しいのに……ありが、とう……」とお礼を言いつつ、目が自然にまた閉じる。「すごく眠くって……」「寝て、寝て」「ん……わたし、病気になってから、毎日ただだ眠ってばかりみたい。二十代のときはほぼ寝てなくて。仕事がすごく忙しくて。いま、なんだかそのぶんも……」「うんうん。はい、眠ってー……」「はーい……」と素直に目を閉じる。

——今年の夏の初めの夜のこと。お風呂上がり、女優さんのピンクリボン活動のニュースを横目で見つつ、会社から持ち帰った仕事をばたばたと片付けていた。パジャマ越しに何気なく胸を触ったら、ドラマのそういうシーンであるようなすごいベタさで、こりっとした感触をみつけた。翌朝、検査できる病院に駆けこんだ。悪性腫瘍があるとわかり、専門病院への紹介状が出た。

この病院にきて、さまざまな検査を受け、治療の方向性が確定した。半年間の点滴治療を続け、腫瘍をなるべく小さくしてから摘出手術をする、と。点滴治療は三週間に一回受ける予定で、全部で八回。今日はその三回目だ。

治療が始まって二週間ぐらいで、髪が抜けてきた。ショートヘアのウィッグを被ることにした。もとはロングヘアだけど、ウィッグは短めのほうが比較的自然に見える気がして。

(溺れる……っ)

と、どこかから誰かの声がした。大きな目をした女性の顔も浮かぶ。この人誰だったっけ。人工的にケミカルにぼーっとしててもう何もわかんない。

目を開けて天井の模様を見たり、また目を閉じたりする。

一昨日、ほんの一瞬、わたしの前に立ちふさがった犯人の顔が急に思いだされる。

あの人……。誰かを探すようにして歩いてきて、わたしの前に立ち、顔を見て、上から下まで眺めて、やめて、右に進み、唐突にべつの人を刺した、よね?

(幸せそうな若い女を殺したかった……)というニュースの音声も蘇ってくる。

もしかしてあのとき、ほんとはわたしを被害者に選んでたのかな。でも近づいたら不健康に見えて、やめたのかなぁ。……よくわからないな。それになんで二日も経つまで気づかなかったんだろ。

(溺れる……っ)

と、今度は自分の声が遠く聞こえた。

やるせなさがいろんな方向からきて、胸が苦しくて、それに点滴のせいでオエッと気持ち悪い。

一時間半ぐらい経ち、ようやく点滴が終わる。一階の薬局に処方箋を持って行き、吐き気止めの薬を出してもらう。待ち時間が一時間近くあるから、YouTubeを観て待つ。だんだん朦朧《もうろう》としてくる。うつむいてゆっくり歩き、駅に着く。壁に片手をつけ、そろそろと階段を降りる。平日の昼だから空いてる。朝のラッシュ時とちがい、周りには誰もいない。

と、後ろから肩にどんっとぶつかられた。体重をかけて体ごと倒すような勢いだった。転がり落ちそうになり、四段ぐらい足がもつれて降りて、壁に両手をついてへなへなとしゃがみこんだ。後ろから四十代ぐらいの男性が駆け下りていった。幅の広い階段で、他に誰もいないのに……。健康なころは、背も高いし、気もそんなに弱そうじゃないからか、わざとぶつかられることなんてなかった。でも病気になったとたん、外に出かけるのが怖くなった。体調が悪そうだと労ってくれる人たちも多いけど、たまにこういうこともあって。

ようやくうちに着く。

兄と、地元の友達の楓が、なぜか向かいあってトランプをしていた。楓が「二人だととくに盛りあがらないことを再確認するためにやった。やはりつまらなかった」と早口で言い、兄は「弁当とかお茶とかミルクプリンとか買っといたぞぉ」とキッチンのほうを指差している。

それから心配そうに、

「どうだよ。ナミ?」

「無理。全部！　はげてるし！　もういま人生最悪の日々！」

とわたしは呻《うめ》き、ベッドに寝転んだ。兄が「あー、着替えて、から……。ま、今日はいっか」とため息をつく。楓が「ん……。あとで着替えさせとく」とうなずく。

……病気のことは、仕事関係でぜったい必要な人のほか、プライベートではこの二人にしか伝えていなかった。親とかは、失望させたってプレッシャーで、心労が増えそうで。大変すぎるときに、逆にキャパオーバーになっちゃいそうでもあって。兄に一人暮らしの部屋を譲ってもらって、実家を出て。なんていうか、社会から隠れるように、こうして暮らしてるところ。

目を閉じる。

そのままうつ伏せで眠りこけ、目を開けたら外がもう暗くなってた。兄と楓はいつのまにかいなくなってる。

仰向けになり、手足を投げだし、力を抜く。

あ。

沈むっ……と思った。

真っ暗な水の底に自分の体が冷たく硬くなって沈んでいくイメージが浮かんだ。……若い人の病気は進行が速いって！　治療して治って元気になるかもしれないけど、でも治らない人もいるって！　ＡＹＡ世代の患者さんはね、って！　あぁ、もううるさいなっ。沈む、沈む……。あ、沈むーっ……。凍えて布団に潜りこむ。

いまは〝戦前〟でこれから〝戦争〟が始まるんだって一昨日考えたことを、なぜか思いだした。……あれってどういうことなんだろ。でも頭が人工的にぼーっとしててもうなんにもわかんないよ。寝よ、寝よ……。あぁ、また長い長いあの五日間をなんとかして乗り切るんだっ……て。

翌週の水曜まで、ほとんど部屋から出られずに寝込んでた。だるくて、頭も心も麻痺して、体も動かせなくて。熱はないけど、インフルエンザで寝込むときと似てるような気もする。吐き気がするたび、効いてくれー、と祈るような気持ちで薬を飲む。副作用で味覚も変わってくる。普段はあまり食べないデミグラスソース味のハンバーグなら食べられそうだと思う。兄が仕事帰りにコンビニで買ってきてくれ、「なんかこれってつわりっぽくね？」と言う。そっちは経験ないしで、そう言われてもよくわかんない。

木曜になり、ようやく起きあがれるようになり、仕事し始める。

キッチンの食卓にMacBookを広げ、作業開始。いまはフリーランスのWebデザイナーとして元部下の子から細々と仕事を回してもらってる。治療が始まってから、会社員時代の三分の一か四分の一しかまともに働けなくなっちゃった。まぁ、一歩一歩。いまできることだけでも。無理できないし。一つ一つ、ゆっくり、ていねいに。

仕事の合間に、床に寝転がり、例の中川君の漫画もちょっとずつ読み進める。

半年ぐらい前にテレビで流れた「漫画家先生の仕事場拝見！」というNHKの番組をYouTubeでみつけ、観る。あー、映ってる。NHKに……えー、すごっ！　先週会ったときの中川君は短髪だったけど、番組の中では肩につくほどの長さで、表情も仕事用のものなのか、別人のように険しい。でも声だけは同じ。特徴的でハスキーで少し高いあれだ。

金曜の夜になると、楓が様子を見にきてくれた。料理の材料を小さな冷蔵庫にぎゅうぎゅうしまいながら、「どうやら波間の行ってるとこと同じ病院だったらしい」と言う。「同じって？」「ほら、真壁優里亜が救急搬送された病院」「そうなんだ……。まかべ？　え、優里亜っ？　えっ！」とわ

たしは楓の横顔を見て、

「もしかして刺された人のこと？　どうして楓が名前を知ってるの？」

そういえばもう何日もニュースを見てなかった。被害者の方の名前が公表されたってことは、あの人の身に悪いことが起きたんじゃないか。ぞーっとした。でも楓は買ってきた紫のブドウを洗って皿にのせながら、

「ネットに全部出てるから」

「はぁっ？」

あわててスマホを探す。あれ、部屋のどっかにおきっぱなしだ……。あちこちうろうろし、結局なぜか洗面所でみつけ、つかみ、急いで六畳間に戻る。

検索する。

あー……。

わたしが寝込んでいた数日の間に被害者の身元が漏れて、本人がInstagramに投稿した写真があちこちに転載されていた。このアカウントは事件翌朝まで閲覧可能だったらしい。東南西北のYouTubeチャンネルとちがって、優里亜さん本人にしか操作できなかったからかな……。

きれいにメイクして微笑む写真、あちこちのお店を訪ねる様子、旅行、プール、大勢の友達との集まり……。どれも楽しそうな写真で、最強にきらきらしてた。でもそれに対して匿名の人たちが「派手な暮らしぶり」「見栄っ張り」「調子に乗ってる」とひどい言葉を投げつけていた。

胸に汚水のような焦燥感が満ちてくる。

心配で、スマホを操作し、この数日間のことを一気にチェックする。

犯人については、批評家か大学の先生か、ともかく匿名ではなく立派な肩書きのある男性が論じていた。「いまの社会では男性が虐《いじ》められ続けている。勝ち組の女を憎むことを強制された彼の人生にぼくは共感し、涙した」「職場、友人、恋人など、他者との社会的な繋がりがなく、絶望し、ストレスをためた下級国民の男、それこそいまのぼくたちの姿だ。いま本当に救われねばならないのは誰か？　国民は考えねばならない。加害者予備軍とされてしまう男性の情緒と生活と人生を贖《あがな》うべき時がきたのだ」というYahoo!ニュースの個人コーナーの記事が、えっ、と二度見するほどめちゃくちゃバズっていた。多くの女性や一部の男性から抗議の声も上がってるけど、それをかき消すほどの賛同の声もスマホからワンワン響いてくる。

体力が戻ってないし、頭もしっかりしてなくて、混乱してきた。キッチンで料理を作り始めてる楓に近づき、「これ、読んだ？」と記事を見せ、小柄で細い肩に寄り添う。楓は「んー？」と読みだし、「……え、書いてる人の肩書き……国立大の准教授さん？　上級国民じゃないのこの人。いや、ちょっとわたしにはこの人が何を言ってるかわからないな」「あー、うん……」「だってさ、被害者が上級国民、自分は下級国民って書いてるけど。大学生と大学の先生で、若い女性と中年の男性……？　え、どっちが上の人、下の人って、最近自己申告制になったの？　ほんとちょっとわかんないかなぁわたしには」といつもの早口で言う。

わたしも「うん……」と、何か自分なりの意見を言いたい気がしたけど、とにかく頭がぼーっとして、回転があまりにも遅くて、何も言葉にできなかった。

楓が作り置きの料理をタッパーに詰めてくれ、「じゃ。明日もちょっと寄るから」と帰っていく。

それから一時間半ぐらい経って、ようやく頭の中が少し整理できてきた。

匿名のコメントの数々にわたしは違和感があったって。被害者って……えっと、つまり、一度被害者というレッテルを貼られてしまった人って、いくら叩いても構わない汚いもの扱いされちゃってて怖いって。こう……ヨゴレっていうか？　その一方で加害者のほうは、犯行やそもそものプロフィールから、なんていうか、動機をセンチメンタルに深読みされて一部でダークヒーローっぽく扱われたりもして。こう、そっちに、つまり、フラットに捉えたら悪いはずのほうに逆張りするほうが頭もよく見えそう、みたいな。これって……。

これって……。

えーっ、と？

って、頭がやっぱりぜんぜんまとまらない。あぁ、こんなんじゃ、こういうことについて考えるだけじゃなくて、仕事だって、生活だって心配だ。このまま、この頭の回転スピードのまま永遠に元に戻らなかったら、ほんとにどうしよう……。

寝転んで休む。

それからスマホをまた手に取る。

YouTubeで確認すると、東南西北のチャンネルはあれきり更新してなかった。最新の投稿動画のコメント欄に、被害者が優里亜さんらしいと知って心配するファンの声と、いじりにやってきたらしき人たちの悪意あるからかい声とが入り交じり、アフリカの灼熱の地平線みたいにどこまでもどこまでもどこまでもずっと続いてた。

土曜日になった。

キッチンのテーブルで、一日、黙々と仕事した。

夜になって中川君と、明日の待ち合わせの約束のついでにLINEでまたやりとりした。途中から事件の話にもなった。犯人が最初はわたしの前に立ちふさがったことを伝えると、中川君は驚き、「それって小林がまず狙われたってことじゃないの?」「うん。わかんないけど」「おぉ……」「あの日わたし、体調がよくなかったの。だから」「そうだったんだ。じゃ、調子が悪くて幸せそうに見えなかったから助かったってことか?」「あとよく見たらそんな若くないし。それもあったかも?」「いや、なんかそれ複雑だな」「だよね」と話す。

「刺された人、今日退院するんだよね。さっきニュースでやってたよ。そこはほっとしたな」「えっ、俺が見た記事には今朝意識が戻ったばかりって書いてあったけど?」「うそっ!」「この記事」とURLが送られてくる。

クリックすると、なぜか「お探しのページがみつかりませんでした」と出る。そう伝えたら、「おかしいなー」と言いつつ記事のスクリーンショットを送ってくれた。

ほんとだ……。全国紙の記事に、今朝被害者の意識が戻ったと書かれている。わたしが見たのと内容が違うな。……これってなにか変だな、と違和感を持ったけど、頭がぼんやりしていてそれ以上は考えられなかった。

また「いい夢見ろよ!」のスタンプが届く。わたしも「おやすみ」と手を振るスタンプを返した。

ベッドに潜り、よく眠った。

ほんとさいきん、ずっと、わたしは眠ってばかりだなって。まるで二十代のころ寝てなかったぶんの十年分の寝溜めをしてるみたいだって。

日曜は、まぁまぁ天気がよかった。キッチンのテーブルで仕事し、夕方、出かける準備を始めた。

体のラインがわかりづらいオーバーサイズの服を着る。メイクを始める。髪だけじゃなく眉毛も抜けちゃってるから、しっかり描く。あと睫毛《まつげ》もないし、人間の目ってこれがないとけっこうな違和感を醸しだすから、アイラインで補強。さらに伊達眼鏡もかけて、目元にどうしても残ってしまう違和感を隠した。

≋

ウィッグをつけ、ニット帽も被る。こうすると頭頂部のなんとなくの違和感を隠せるから。

クリーニングから戻ってきたスーツの上着を紙袋に入れ、右手に持つ。よく気をつけないと、ケモブレインのせいで持っていくのを忘れたり、途中のどこかでなくしてしまったりするから、ぎゅっとしっかり。

アパートのチョコレートブラウンの扉を開ける。

夕刻の西日がすごく眩しかった。敷地内の平屋から今日も「ところはぁ……日本橋っ……」と講談の練習の声がかすかに聞こえてくる。

自転車にまたがり、気をつけて走りだす。

中川君との待ち合わせ場所は、浅草駅の向こうにある、隅田川にかかる橋の袂《たもと》にある公園だった。わたしにとっては最寄駅だし、向こうにとっても、いまは渋谷区に住んでるけど、実家はこの近くらしい。だから土地勘もあるし、「小林に会う前についでに実家に顔も出せるし」と昨夜言っていた。

日曜だから雷門前の大通りは観光客で混んでいた。カップルやグループ客、年配のご夫婦、海外からの旅行客らしき人たちがめちゃくちゃに入り交じり、すごい喧騒だ。

自転車で車道を走り、川沿いの道へ。

地下駐輪場に自転車を預け、約束の公園に向かう。

隅田川を周遊するクルーズ船の乗り場に長い列ができている。列を大回りして避け、公園のほうへ。人が多いぶん、時間がかかりすぎ、約束の五時半にもう差し掛かってしまった。幅広い川と向こうのスカイツリーとアサヒビールの本社ビルがよく見える。上に特徴的な巨大オブジェが乗ってることでけっこう有名なビルだ。

川沿いの遊歩道にもカップルやファミリー客がいて、スカイツリーを眺めたり写真を撮ったりして笑いあってる。

手前の小さな公園だけ薄暗くて、エアポケットのように人が少ない。と、中川君から「公園ついた」とLINEがきた。「わたしもついた」と返信し、見回す。でもそれらしき人が見当たらなかった。あれ、ちがうところにいるのかな？　中川君、土地勘あるって言ってたのに。それともわたしがケモブレインでぼんやりしてて間違えてるのかも？　そう首をかしげてると、スカイツリーが夜に向けて赤く点灯し始めた。季節や日によってライティングのカラーが変わるのだけど、今日は鮮やかな赤にシャンパンゴールドを混ぜた模様に光っている。

自分がいる場所がわかるよう、景色の写真を撮り、「ここにいるよ」と送った。するとすぐ返信が来た。「待って。どうして赤いの？」「何が？」「スカイツリー」「どういうこと？」と送ると、一拍おいてLINEビデオ通話がかかってきた。

縦長のスマホの画面に中川君の顔が映ってる。

……似てると言われればちょっと似てるかぁ、わたしの顔と。学生時代はときどき「顔、似てるねー」と指摘されたけど、いまもかな？　そう思いながらみつめる。

背景にはわたしの背後にあるのとまったく同じ、周辺地図の看板と、赤い実が生る知らない街路樹が映っている。あれっ、やっぱりここなのに、と見回し、「どこにいるの？」と聞く。

すると中川君がゆっくりとその場で回りだした。わたしと似てるらしい顔と、男性にしては華奢《きゃしゃ》な肩が映ったまま、周りの風景だけぐるーっと動いていく。

公園……遊歩道……たくさんの人たち……そしてスカイツリー……。

「はっ？」

と思わず声が出た。

画面に映ってるほうのスカイツリーは淡い水色にきらめいて点灯していた。「え、えっ、ええーっ？」と言いつつ、画面の水色のツリーと、実際ここにある赤いツリーとを見比べる。

画面の中で中川君も「な？」とうなずいた。

「……えっ！　何これ、どういうこと？　てか、え……何企画？」

「何企画って何？　俺たちほぼ同じ場所にいるはずだよな。……これって夢じゃないよな。もしくは小林の手の込んだいたずら……？」

「ちが……。ちょっと待って！　その金色のは何っ！」

とわたしは叫ぶ。「金色のって？」と中川君が振りむく。

スカイツリーの隣に見えるアサヒビール本社のオブジェビル。中川君の画面側の風景では、ピカピカした金色で雲みたいな丸っこい形をしていた。「うんこビルのこと?」「うんこビル?」「できたころからそう呼ばれてるって親が言ってたよ。確かにそういう形に見えてくるよな」「えっ?」「何だよ? なぁ小林、いまこれのことはどうでもよくない? それよりスカイツリーがさ……」「ちょ、見て!」と、自分もその場でぐるりと回って、角度を調節し、こっちのアサヒビール本社のオブジェビルが見えるようにする。

中川君が目をむき、「えーっ、何それ?」と言った。

わたしも振りむく。

こっちの風景にあるオブジェビルは白銀色の楕円形みたいな形をしている。「イカビルだよ。わたしも親から聞いたの。できたときからそう呼ばれてるって」「確かにイカに見えてくるなぁ……」「これっ、何企画?」「だから、何それ? こっちが聞きたいよ!」「あのさぁ、わたしたち、まったく同じ場所にいるはずだよね。これいったいなんなんだろ」と、わたしは遊歩道の花壇にふらふらと腰掛けた。頭の切り替えがうまくできないのに、こんなにイレギュラーなのは無理すぎるよって。

中川君側の画面もガタガタガタッと揺れた。向こうもどっかに座りこんだみたい。びっくりしてる表情で、

「世界線がちがうんじゃない?」

「……世界線って何?」

「あれ、知らない?『シュタインズ・ゲート』って、ゲームとかアニメになってるけど。いろんな世界線に分かれてて、つまりパラレルワールドってことかなぁ……。あ、でも俺たち、先週は直接会ってるもんな。じゃ、あのあと急に道が分かれて? いや、もともとうんこビルの世界線と

イカビルの世界線に分かれて暮らしてたわけだしな……」

混乱して、一回画面を閉じ、検索し、またLINEビデオ通話に戻って「〝シュタインズ・ゲート〟〝世界線〟って検索しても出てこないけど」「えっ！　じゃ、そっちには作品がないのか？　まじかぁ」と中川君が驚き、向こうも急に画面を閉じ、しばらくしてその作品らしきもののスクショを送ってきてくれた。通話に戻り、「ほんとだ。そっちには存在してる作品なんだね……」「おぉ。こういう違い、他にもちょこちょこあるのかな」と中川君は顔をしかめ、

「こないだはさ。地震があったじゃん」

「うん？」

「あのせいで一時的に二つの世界線が繋がったのかな。俺たちが会えたのはあのときだけ……？　つまり、あんなふうに直接会えたのはさ」

「だって！　べつの世界にいるみたいだし！　普段はさ！　あれ、ということは、こっちの世界線にはこっちの世界線だけの小林がいるってことか？　で、俺も……？」

「えー……っ？」

そう言われて、ふと想像した。

元気に会社で働き続け、前と同じ生活ができていて、頭の回転もまともなスピードでいる、もう一人の自分を。健康で、多忙で、常に自信に満ちて振る舞ってる自分を。かつてのわたしのままでいられているラッキーな自分を。それから、中川君だってこっちの世界にはこっちの世界だけの中川君がいるのかもと気づいた。……あーっ！　こないだＮＨＫの番組に出て、険しい顔して創作について語ってた人が、こっちの中川君ってこと……？

お互いしばらく、自分のこととかをそれぞれ考えるように、やけに黙りこくった。

それから画面越しに相手の顔を見て、

「つまり今日待ち合わせしたけど、わたしたち……」

「会えてないな。そして、たぶんもう二度と会えないんだろうな」

「うん……。あーっ！」

「何っ」

わたしは紙袋を掲げてみせて、

「上着っ！　今日、てか、永遠に、中川君にこれ返せないんじゃん、わたし……」

とがっかりして叫ぶと、画面の向こうで相手が吹きだした。人懐っこい罪のない笑顔になった。学生時代もこの人、たまに二人で話すとこんなだったなぁ、とふいに思いだす。

「それは、いいよっ。べつに。ははっ。面白いな、小林。ちょっとさ、前より面白くなってない？　な？」

「えー、いまののどこがよ？」

「はは、は……。でもさ……」

唇を噛み、心から残念そうに、

「会えないのか！　小林に！　俺はっ！」

と大声で言い、肩を落とす。

わたしも「だね……！」とうなずく。

そのまましばらく二人ともまた黙ってた。

隅田川の川面を眺める。

日が暮れてきて、さっきまで白銀に輝いてたイカビルが灰色に見え始める。人も少し減る。クルーズ船に乗り込む人たちの声が遠くざわめいて聞こえてくる。

なんか、なんていうか。

そんなに悪くもない沈黙だった。

なぜか会えなかったけど、完全に会えなかったわけでもないっていうか。

何だろこれ、変なの！「……少し肌寒くなってきたなぁ」「だね」「とりあえず帰ろっか」「うん……。お互い一人でここにいてもね」「だよな。あのさ、また連絡するわ。落ち着いてから。いまはわけわかんないから、俺」「わたしもだよ。じゃあね」と通話を切る。

切ったら不思議と寂しくなり、胸の奥がぎゅっとなった。

世界がまた一つだけになっちゃったな、と思った。そのぶん安心っていうか安定してるのに、かすかに心細い。よろよろ立ちあがって歩きだす。川面を眺める。ぽちゃっ、ぽちゃっ……とさびしい波音が響く。

クルーズ船の乗り場にはまだ少し列が続いている。その横をゆっくり通り過ぎ、帰ろうとし、足を止める。

あ……。

わたしも乗ってみようかな。観光客の人たちと一緒に。だってこのまままっすぐ帰るのも心もとない。

クルーズ船のチケット売り場を覗く。隅田川を下り、日の出桟橋で折り返し、浅草に戻ってくる往復九十分コースの最終が五分後に出発だった。……はっ、と思いつき、スマホを取りだし、ＬＩＮＥビデオ通話で中川君にかけた。

「……おう、どした？」

「中川君、もう電車乗っちゃった？」

「まだだけど」

「あのさ……。会えないとはいえ久々の再会だったし」

「まぁな。会えないとはいえ。……ふっ。って、笑っちゃうよな！　こんなのアリかよ、前代未聞だよって」

「だよね。あの、わたし、友達と待ち合わせて会うのも久しぶりでさ」

「へぇ……？　何、最近そんな忙しかったのか？」

「うーん。まぁ……。そう、かな……。だからさ、会えないとはいえ、せっかく同じ場所にいるし。これから一緒に何かしない？」

「何かって？」

「たとえば……」

とわたしは画面に川のほうが映るようにスマホの位置を変えてみせて、

「クルーズ船に乗ってみるとか？　こっちは最終便、これから出るみたい」

ぼぉぉぉぉっ……とクルーズ船のエンジンが唸り、座ってるベンチが震えた。

ガラス張りの窓越しに日の暮れかけた空が見えている。最終便だからか、思ったより空いてて、窓際の席にゆったり座れた。

船が動きだし、隅田川を下っていく。

中川君のほうは、運航予定が少し違い、五分遅れの同じコースで出発した。

景色を眺めながらビデオ通話する。「おーっ、川沿いにタワマンけっこう建ってるな」と中川君が指差し、笑顔になる。「こっちもだよ。いま建設中のもたくさんある」「こっちも。東京はオリンピックに向けて人気で、いま建築ラッシュだって聞いたなぁ。あっ！　そういやそっちでも東京オリンピックってあるのか……？」「あるよー。来年の夏に」と答えながら、さっきチケット売り場でも東京オリンピックの青とピンクのグッズがたくさん並んでたなと思いだす。

「そっか。……都知事は誰？　こっちは小池さん」

「こっちも同じく。うーん、何か違うところがあるかなぁ？　ねぇ、違いを探してみない？」

「いいね。分母が大きいやつから行こう」

「分母？」

「米津玄師はいる？」

「いる！　って、なるほど分母ね。……えーと、あいみょん？」

「いるいる！」

わたしは「へぇーっ」とうなずいて、「じゃ、恋恋《れんれん》」と笑った。中川君が急に真顔になり、「知らない」と言う。

「え！　まさかいないの？」

「うん」

「まじかぁ……。こっちでは有名だよ。めちゃくちゃ分母の大きい歌手」

「へぇ……あっ！」

「なに？」

「いま！　俺の実家の横を通ってる！　こっちで！」

と中川君がうれしそうに指差す。急に話題が変わったので、頭がうまく切り替わらず、「ん……？」と生返事になってしまった。それから我に返り、がんばり、「中川君の実家ってお店をやってたよね？　飲食店だっけ？」「うん。じいちゃんの代から。店舗じゃなくて、屋形船。今日も昼間寄ったけど、宴会の予約が入ってて忙しそうだった。うちはさ、姉貴が十歳上で、お婿さんもいて、二人が跡を継ぐ予定なんだよな」「そうだったんだね」「ん。小林にもお姉さんがいなかった？」「ううん。うちは兄貴。結婚して離婚していまは実家に帰ってきてる。子供が二人いて、元奥さんが育ててる」「そっかぁ……」「毎月養育費を払ってて、いつもお金ない、お金ないって言ってたなぁ。最近急に言わなくなったけど……」と小声になる。

あのアパートの家賃のことを気にしないよう、あの人なりに気遣ってくれてるんだよな、と心の中だけで付け足す。

「小林は何してるの、いま？」

「あー、うん……。えっと、中川君は？」

「俺はずっと同じ会社。ＩＴの。もうすぐ勤続十年かな」

「えーっ！」

「何？」

「それでスーツを着てたんだ……？　あぁ、えっと、そっかぁ！」

「なんだよ、そんなに驚くことかぁ？」

こっちの世界線のあなたは会社をやめて漫画家になってる、って伝えようか迷って、やめた。頭がぼーっとしてるし、なんでもよく考えてから伝えることにしよう、って。

「最近はラクロスの社会人サークルに入ってて、これが楽しくてさぁ。毎週土曜は練習。彼女いたけど去年別れちゃって、で、日曜はひまなんだ。……なぁ、小林は？　アート系の会社に入ったよな？」

「アート系っていうか、デザイン会社。えっと……」

あ。

船が揺れた。

隅田川を下り、月島と築地の間を進んでる。いつも行く病院が見える。朝の血液検査の後、おにぎりを食べて時間を潰す川沿いのあの適当な芝生もある。

「小林？」

「……わたしも、その、いまも、同じ会社にいる。ほんと、ほんと、に」

七年ぶりに会って、いきなり病気のことを話すなんて無理でしょ……。

中川君は笑顔でうなずき、

「そか。じゃ、俺たち二人ともあんまり大きな変化はなかったんだなぁ。ずーっと会ってなかった割にはさ」

「うん。だね……」

「三十二歳。仕事も変わらず。で、独身。大きなトラブルなしってとこか」

と、中川君が画面の中で満足そうにつぶやく。

それから立ちあがり、きょろきょろし、どこかに動きだした。「小林、外のテラスみたいな席も気持ちよさそうじゃない？　ちょっと出てみない？」「うん」とわたしも立ちあがる。

船尾だけ屋根がなくむき出しで、ぐるりと赤いベンチがある。

あいてる席に座り、船の尻尾みたいに川面に白く細く続く水の泡を眺めたり、暗くなっていく空に夢のように浮かぶタワマンを見上げたりしながらしばらく黙っていた。

これ、楽しいな、けっこう。

けど生きるのは辛いなぁ！

いま、奇跡的になんか楽しい気分だから、いまこのとき、ぽちゃんと水に落ちちゃおうかな。急に全部終わらせたってべつにいいよね……。

病気になったこんなふがいない自分のことなんてどう扱ったってさ！

(溺れる……っ。あーっ、わたしも、溺れる……っ！)

「……いま、何を考えてた？」

と中川君の声がした。ちょっと真剣だ。「……えっ？　なんだろ。わかんないや。中川君は？」

「マンハッタンみたいだなーって！」「はい？」と画面を見る。

中川君の背後に、暮れていく空と林立するタワマンが映っていた。うん、確かにマンハッタンみたいかもしれないな。

水鳥が無数に追ってくる。川面は空みたいに薄青く光ってる。

わたしも自分のほうの風景をよく見た。

あぁ、きれいだなぁと思った。

二つの世界の天気は少しだけちがうみたいだ。向こうはうっすら曇ってる。でもこっちはよく晴れて、夕暮れの終わりの光も橙色で強い。

「水鳥、すっごいついてくるね」

「そっちもか。根性あるよなぁ。もしかして餌をもらえると思ってるのかな」

「そうかも！　んー、でもわたし何も持ってないや」

「俺も……」

中川君が川面を指差し、「波だなぁ」と言う。「小さい波がいっぱいできて、ずっと細かく揺れてるな」「こっちも同じく。きれいだねぇ」「小林と一緒だな。って、あー、ほら、名前のこと」「名前？」「波間だろ」「そう。うん、波間だね。これってまさに」と遅れてうなずく。

水鳥が減ったり、また増えてきたりするのをみつめる。と、中川君が遠くの空かビルを見上げて、

「俺たちさ、いま、波間にいるんじゃない？」

とつぶやいた。

うっすら影のかかる彫りの深い横顔を思わずじっとみつめる。

「人生の波間。……だろ？　大きな波や小さな波の間の、なんか静かな時間。……はぁっ、俺、自分が三十過ぎるなんてまったく思ってなかったよなぁ！　あのころはさぁ！　ぜったいそれはないって気がなぜかしてたのに。いまって……そんなに若くないけど、まだ年寄りってほどでもないよな。何かと何かの間にいるんじゃないのか、って」

とゆっくりこっちを見る。

わたしは一度うつむき、それから顔を上げ、「そうだね……」とうなずいた。

「わかるような気がするよ。中川君の言いたいこと」

夕日が落ち、暗くなり、ビルのライトがきらきらきらめいてる。中川君が「月が出てるな。曇ってるけどちょっと見えてる」とうれしそうに指差す。同じ方角に、こっちの空にもくっきりとした月があった。

黙って見上げてると、「なぁ、小林……」と中川君がささやいた。

「こうして波間で誰かと一緒に見る月も、いいもんだな」


こっちの船が折り返し地点である日の出桟橋に着いた。わたしは往復券だからこのまま乗っていき、浅草に戻る。

約五分後、中川君のほうの船も着いた。中川君は「俺はここで降りてJRで帰る。浜松町の駅が近くにあるし」と言って下船していった。

じゃあね、とささやいて通話を切る。

急にまた一人ぼっちになった。

真っ暗になった隅田川を上流へとゆっくり戻っていく。

ぶるっ。あ、寒いっ、と思う。夜風、やばっ。

紙袋から中川君の上着を取りだし、「ほんとに返せなくなっちゃったんだな……はぁー、信じらんないんですけど！」とつぶやきつつ、羽織った。

すると体がぼわっと暖かくなった。それに、一人だけどまだ一人じゃないような不思議すぎる気分も一瞬だけ優しく漂ってくれた。

≋

翌週。

働ける間にと思って、台所のテーブルでMacBookを広げ、がんばって仕事をし続けた。まぁ、休み休み。無理せず、一歩一歩だな。

中川君から「楽しかったな。よかったらまた出かけない？」とＬＩＮＥがきて、「いいね」と返した。一週間後の日曜日にまた会う……いや、会えないから、会えないなりに同じ場所に出かけることにした。

その中川君からは、水曜のお昼休みぐらいの時間に「おーい、こっちの小林はロンドンにいるらしいぞ」というＬＩＮＥもきた。「ロンドンってあのロンドン？」「そう。探せないかなと思って綾のインスタのフォロワーを地道に辿ったんだ。すっげー時間かかった！　七十人分ぐらいのアカウントを確認した後、ようやくみつけたよ」「すごっ。それ、まさか仕事中に？」「おう、仕事中に」「なにしてんの」「こっちの小林は去年会社をやめてロンドンに留学したんだって。一年ちょっと前の投稿にあったよ。ロンドンの写真も何枚かあった。そのあとは更新してない。向こうで忙しいのかな」と言われ、そのアカウントのプロフィールや、ロングヘアのわたしらしき女性がロンドンのどこかにいる写真のスクショも受け取った。

へぇ、この人が向こうのわたし……？

なんだか怖いような気もして、それに頭も相変わらずぼーっとしすぎてるしで、少し見ただけでこわごわと目を伏せた。

向こうにだけ存在する「シュタインズ・ゲート」のアニメの動画も……厳密には違法なのだろうけど……何本にも分けて送ってくれた。こっちには存在しないはずの作品を見るなんて、ふわふわ浮遊するような妙な心地だ。

ニュースのリンクや検索の結果と同じで、向こうの世界とこちらの世界のＷｅｂは繋がっていなかった。だから中川君はＰＣで動画を再生しているところをスマホで撮影するというアナログな方法を選んだ。

わたしも、ちょっと迷ったけど、漫画を送ってみた。こっちの世界の中川君が描いてる『彼女が言ったすべてのこと』をスクショで一ページずつ……。じつはあなたが描いてるんだよって言おうとして、迷って、言い損なった。中川君は「検索したけどこっちにはないな」と返信してきた。「けど小林、ないってわかってて送ってきたの？　どうして知ってたの」「なんとなく……」「勘がすごい！」と言われ、うつむく。

それから他の連絡方法を試したけど、メールも電話もＳＮＳのＤＭも繋がらなかった。あの地震の日、直接交換したＬＩＮＥのアカウントだけがどうやら有効らしかった。


その週の日曜。

また浅草で待ち合わせした。

雷門を潜って、仲見世商店街を散策し、浅草寺でお参りするという観光客コース。

自分が歩く仲見世商店街と、画面の向こうで中川君が歩く道とはまったく同じもののように見えた。人形焼、苺飴、おだんご、着物、和風の小物、忍者グッズ……。いろんな出店がみっちり連なり、週末だからカップルやグループ、年配のご夫婦、海外からの観光客がひしめいている。画面を見て話しながら歩いてると、人にぶつかりそうになる。

あんまり混んでるから、街の中心から離れることにする。中川君は自家焙煎珈琲店に、わたしは和風の甘味屋に入った。近くに他の客がいない窓際の席に座り、イヤホンでの通話に替える。外の喧騒を眺めつつ、中川君はブラックコーヒーを、わたしはおしるこを頼んだ。

「こないだ送ってくれた漫画だけどさぁ」

「うん？」

なんだかこんなふうにささやき声で話してると、ほんとにすぐ近くに相手がいるような気がするなぁ。

特殊な状況なのに、一度慣れたら、実際には会えてないことがあまり気にならない。それに、直接人と話すときほど頭が真っ白にならずに済んでるような気もする。お互い真剣に耳を傾けるからかな……？

なぜか近く、親しく感じて、不思議だった。

「けっこう面白いよなぁ。まだ五巻の途中だけど」

「あー、うん……」

「──一九九〇年代の終わり、二人組の少女デュオが鮮烈にデビューする。曲のタイトルは『彼女が言ったすべてのこと』。同性どうしの初めての恋に戸惑い、周囲の大人の反対や好奇の目に怯え、反発し、最後にはお互いへの愛を選ぶという歌詞。間奏中に二人が熱烈なキスをする過激なパフォーマンスでも知られて……」

「そうそう！　でもじつは全部、大人の男性のプロデューサーさんの企画で。本人たちは言われた通りに演じていたんだよね。すごい人気になって、海外にも波及して、象徴的な存在になっていき。二人は年々大人になり、本当の自分とパフォーマンスの虚像の間で葛藤しだす。個人としてのそれぞれの人生も同時に進んでいくから……」

「すげぇ引き込まれた。……でも気になったんだけどさ」

「なぁに？」

「これ、タトゥーじゃない？」

「タトゥー？」

中川君が記事のスクショを送ってくれた。

向こうの世界に存在するロシア人の女性デュオt.A.T.u.……？　一九九八年、十四歳でデビューし……『All The Things She Said』という曲で同性どうしの初恋について歌い、世界中で人気に……プロデューサーの命じる通りの過激な演出もこなして……。

「へぇーっ？」

とびっくりする。デュオ名や曲名で検索してみるけど、こっちの世界では何も出てこない。「こっちにはいないみたい！」「いないんだ。それなのにそっくりな漫画になってるって。不思議だよな」「だね……。びっくり！」と首をひねる。

中川君がライブ動画を送ってくれる。黒髪ショートヘアの少女と赤毛のロングヘアの少女が手を繋いで舞台に出てきて、歌いだす。

聴き終わって「いい曲だね……」と伝える。

でも、どうして別の世界に実在する歌手とよく似た設定の人物がこっちの世界の漫画に登場してるのか、よくわからない。

まぁ、わからないことはこれから他にもいろいろ出てきそうだな……。

お店のＢＧＭが恋恋のデビュー曲に変わった。中川君にそう言うと、耳を傾け、「うわぁぁ、俺これめっちゃ好きなんですけど！」と興奮した声が返ってきた。「いいでしょ」「なんでこっちにはいないんだよ。恋恋！」と話す。恋恋のＭＶの動画を何本か送る。

日が暮れて外が暗くなってくる。

そろそろ帰ろうかと、一緒に店を出る。向こうの店のドアベルがカランッ……と鳴った。「来週どうする？」「わたし来週は……」「そっかぁ……」「再来週なら大丈夫だけど」「おーっ！　じゃ、また出かけるか？」「そうしよう」と微笑みあう。

通話を切り、自転車に乗って帰る。

月がまたうっすらと出ている。

波間で誰かと一緒に見る月も、いいもんだな、か……。気をつけてゆっくり運転して、兄貴が借りてくれてる古いアパートに帰った。

この週のこと……。

ネット上では、二十一歳の被害者、真壁優里亜さんがめちゃくちゃに炎上していた。

インスタに投稿した写真の全部が材料にされてしまったようだった。五人乗りの車に七人でぎゅうぎゅうに乗ってたり、お寺の敷地内で犬を散歩させてたり。そういう写真がみつけられては、槍玉に挙げられて凄絶な叩かれ方をしていた。それを見て、わたしは怖くなって、震えた。……みんなこんなに、若くてきれいで楽しそうに生きてる女の子のことが、ほんとはきらいだったんだ、と思った。ほんとはこんなに大きらいだったんだ、と思った。あなたたちは優里亜さんみたいなきらした女の子のことが本当はそんなにもきらいできらいできらいなんだ、と思った。匿名の人たちで、性別も年齢もわからないけど、全力で叩いてる言葉からはなんだか性的な興奮も臭ってくるように感じた。言葉の暴力で。どっか性的で、加虐的で……もう、点滴の副作用と相まって、見るのがきつくて。

被害者側がこんなにも責められるのは女の子だからじゃないか、その心理にはこういうことがあって……と解説する心理学者を、加害者側に立つ評論家が、そうやって敵と友に分けて論ずるのは分断を生む間違った行為です、と非難していた。わたしは、加害者側に立ちながら、被害者を支える側の人に向かって分断を責めるのは変なことのように感じた。だけど、そんなことを考えてる間にも、また次の写真が流れてきて、次の文脈での新たな犠牲祭が始まり、被害者はずっともみくちゃにおもちゃにされて……。

次の週。

真壁優里亜の自殺説が流れた。

スマホで見て、思わず悲鳴を上げ、取り落とした。どういう意味か自分でもわからないけど、小さく「戦争か」とつぶやいた。

……この説には根拠がなくて、おそらくデマだったらしい。

なんかもう全部がいやだと思って、このことについてはもう見ないと決めた。だってまた三週間後の金曜が近づいてきているから。だから、だって、自分のことで毎日精一杯で、わたしだって、わたしだって……。

この週と、前の週には、加害者に刺激された模倣犯なのか、関係ないのかわからないけど、東京都内で物騒な暴力事件が続けざまに起こった。夕方の都バスで七十代の男性が三十代の見知らぬ男性にとつぜん刺されたり、幼稚園に刃物を持った男性が侵入して幼児を狙ったり。

木曜深夜には、二十代半ばの会社員男性が、学生時代の同級生の男性にマンション前で待ち伏せされ、ガソリンをかけられて火をつけられそうになるという事件もあった。犯人は、あいつはイケメンでなんでもうまくやる要領のいい奴だからきらいだった、と供述したらしいけど、被害者の男性は残業続きでふらふらでようやく深夜帰宅したところを襲われてたりで。ニュースを見て、あぁ……っと弱い息が漏れた。

この三つ目のニュースは、金曜の朝、病院に向かう通勤ラッシュの地下鉄でぎゅーっと圧縮されてるとき、車内の壁に埋め込まれた画面から流れてくる動画で見たのだった。周りでも、他にやることもないし、混みすぎててスマホも見られないしで、ぼけーっと画面を見上げてる人たちが多かった。

近くに立つ四十代ぐらいの大柄な男性が、

「弱い者達が、夕暮れ、さらに弱い者を、たたく……」

と、急に知らない歌を小声で歌いだした。な、なんですか、とビクッとした。朝から変な人がいるんですけど……。

少し離れた場所に立つ、同じぐらいの歳の女の人も、

「その音が、響きわたれば……」

と続け、二人揃って、

「ブルースは、加速していく……」

これ、なんですか、ほんとに？　フラッシュモブじゃなさそうだし、この人たちは何……？　と思ったとき、築地駅に着いた。みんな肩やひじで押し合って一気に降りていき、ホームで一人ずつ解凍される。さっき急に歌いだした、互いに見知らぬ人どうしっぽい中年男女も、一斉に改札を抜けて階段に向かう人波に混ざってどこにいるのかすぐわからなくなった。

病院に着き、受付。まずは血液検査から。

結果を待つ四十分の間、外に出て、隅田川を眺めながら朝ごはんのおにぎりを黙々と食べる。

さっきのはなんだろ、と歌詞で検索すると、知らない歌が出てきた。試しに聴いてみる。「ここは天国じゃないんだ。かと言って地獄でもない。いい奴ばかりじゃないけど、悪い奴ばかりでもない」「弱い者達が夕暮れ、さらに弱い者をたたく。その音が響きわたれば、ブルースは加速していく……」ふぅん。

昔の歌か。

ここにもパラレルワールドがあるみたいだな、とふいに思った。

同じところに住んでるはずだけど、世代がちがったり、文化もちがったり、それで、相手の住む世界の存在をぜんぜん知らないって。

真壁優里亜をネットリンチする人たちの住む世界も、被害者を擁護して、それは差別的な意識か

らくるものですと説明しようとしてた人たちの住む世界も、それは分断を生む行為ですと責める人たちの住む世界も……。それぞれが別のパラレルワールドに生きてて、お互いの世界のことはまるきり見えない、声だって、ほら、ぜんぜん聞こえない……。そんなことを、このときふと思った。

音源をコピーし、中川君に「そっちにもある？」と送ってみる。

お昼過ぎ、点滴が終わって、気持ち悪くてふらふらで、吐き気をこらえながら薬局で処方薬を待っているころ、「こっちにもあるよ。なんかさ、昔の歌だけどさ。こないだの事件のこと思いだしたりしちゃうよな」と返信がきた。

あ、繋がってる、とケミカルにぼんやり霞みがかっていく頭で考えた。

ちがう世界だけど、中川君とわたしはいま一時的に繋がってる、って。

この日、帰りの地下鉄は、空いていて座れた。ほっとし、目をぎゅっと閉じてひたすら休んだ。

トレイン、トレイン、走って行け、トレイン、トレイン、どこまでも……って。

点滴の治療は半年間。三週間に一度で、全八回だ。つまり四回目のこの日はようやくの折り返し地点だった。

四回目、五回目と、治療を続けるうちに体が少しずつ弱ってきた。だって体力が回復しきる前につぎの治療の日がきちゃうから。しっかり治療しようと固く決意して始めたはずなのに、体がやられると、心も弱る。副作用で味覚もケミカルになって、濃い味でごまかさないと何も喉を通らない。匂いにも敏感になって、道を歩くと、誰かの服や髪から漂う柔軟剤やシャンプーの香料がぐるぐる渦巻いて絡みついてくる。爪の先が黒っぽく変色してきて、ピンクに塗って隠す。手の指先がビリビリ痛くて、キーボードを打つたびほんとは悲鳴を上げたい。これって、病気というより、人工的体調不良。とにかくいつもふらふら。心に余裕がなくなって、それに、ケモブレインのせいか、論理的思考がぜんぜんできなくなって。様子を見にきてくれた兄とも何回も喧嘩してしまった。楓が訪ねてきて、ご飯を作りながら何かと喋ってくれるのも、前はわたしのほうがずっと早口でたくさん喋ってたはずなのに、楓の話し方がハイスピードで、内容も多岐に亘りすぎてるように感じて、ついていけなくて、それらしい返事をできず、自分がふがいなさすぎて黙って不機嫌になっちゃったりした。

治療を終えて元気になって、またいっぱい喋りたいって。いろんなこと考えたいって。ほんとは心からそう思ってたのに。思ってても、そうは言えなくて。ごめんなさいって。わたしすっかりいやな奴になっちゃったねって。心の中だけで。

SNSは一切見なくなった。インスタで、綾ちゃんが家族と写ってる普通の写真とか、会社の後輩が近場に日帰り旅行する写真とか、あまりに眩しすぎて普通に辛い。頭に手をやると、少し髪がほわほわと生えてきてるけど、点滴治療に行って数日後にはまた抜け始めることの繰り返し。毛根たちも毎回ひっどい目に遭ってんなーと思う。

夜になると、病気が治らないかも、どんどん悪くなるかも、と考えちゃって、めちゃくちゃ心が寒い。静かすぎる夜には、もう眠ることもできなくなって、Netflixで配信されるドラマをつけっぱなしにして、音声を小さくし、楽しそうな人たちの声を聞きながらうとうととなんとか眠る。だけど、いろんなドラマの中で、いろんな女の人が、簡単に死んじゃったりするから！　ある若い女の人は、病気で亡くなり、夫が子育てに奮闘することになる。つまりその夫のほうがドラマの主人公で、だから。またある女の人は、ストーカー事件とかテロとか、理不尽な暴力を受けて殺されちゃって、恋人の男性が復讐に燃えて立ちあがる。その男性のほうがドラマの主人公で、だから。そういうストーリーが聞こえてくると、不安になってきちゃって。冒頭でやめてべつのドラマに替えてから寝たりした。

だって、誰か別の人が主人公のドラマで最初に死ぬ役の人みたいだ、って……。まるで、わたしは、って……。

（溺れる……っ）

って、そういうときにはまた優里亜さんの声を思いだした。

沈む、もがくっ、わたしも、おっ、溺れるぅぅ……っ！

髪がまたほわほわ生えて、体力が少し戻り、点滴治療して、ほわほわの髪がまた抜け、寝込んで動けなくなり。髪がまたほわほわ……って、ひたすら繰り返す日々。

体力がなくなるにつれ、身だしなみも、もう最低限、変じゃなきゃいっか、ぐらいになってきちゃった。

でも日曜日に中川君と約束してる日だけは、病気になる前みたいにきちんとした格好をした。この時間だけは楽しくのんびり過ごせて、つまり、そのときだけはわたしもまだ人並みにまともに生きてられる人間みたいだった。

仕事も、体調をみながら続けてたけど、思ったほど進められなくなって、ついに納期に間に合わない日がきた。回してくれた元後輩がこっそりフォローしてくれたけど、何もかも辛くなって、謝って電話を切ってから、一人で号泣した……つもりが、まだ通話が切れてなくて、元後輩に「小林さーん……っ」ともらい泣きさせてしまった。その声が聞こえてきて、あぁしまった、二重にごめんなさいと思った。

十一月末。六回目の点滴治療の日。

受付し、血液検査を受けた。おにぎりを食べながら四十分待ち、診察室前の待合室へ。と、他の患者さんの夫らしき男性が、部屋着みたいなよれっとしたスウェット姿で、両脚を広げ、ソファの背に両腕を伸ばして腰掛け、わたしが入ってきたのを見て、オォッという顔をして座り直し、顔をじっと見て、ゆーっくり視線を下げ、胸元を舐めるようにみつめ、また顔をよーく見て、胸元をよーく見て……を繰り返した。……こういう気持ち悪い人、待合室にときどき現れる。若い女もいるんだという好奇心に性的に消費されるみたいで、いやなんだけど、ふらふらすぎていやって言えない。なるべく遠い席に座るけど、横顔をなめるようにみつめられてる気配が続く。……もう、どうして連れてきちゃったの、って妻らしき患者さんにももやもやする。見る、眼差すって暴力的なときがあるって。

この日。診察後、点滴治療のためにオンコロジーセンターに向かったら、入り口の前に見覚えのある女性がぽつんと立っていた。毎回、顔を合わせるあの同世代の患者さんだった。わたしをみつけて微笑む。

「おはよう。また会ったね」

と話しかけると、

「うん。でもわたし……」

「あ。今日で終わり？」

「ううん。まだまだだけど。血液検査で、白血球の数値が減りすぎてて、今日は受けられなくなっちゃって。一週間後にくることになって……」

「そっか……」

「だから、つぎから最低でも一週間ずれちゃうから。もう会えなくなるのかなって思って。それで……」

あ！

世界線がずれるっ、みたいに感じた。不思議と寂しく、喪失感があった。「あのっ、名前も知らないし、わざわざ待ってたら重くって怖がられるかもと思ったけど。わたし患者会とかにも入ってなくて。人の好き嫌い、じつはすっごいあって。職場とかでは完全に隠してるんだけど。非常時の友達はそうとう選びたいって。で……」「よかったら連絡先、交換しようか」「……うんっ！」とにっこりされる。すごくうれしくなる。

この人の名前は深南《みな》で、年齢は一歳上だとわかる。

お互い、負担にならないように気を遣いつつ、連絡を取るようになった。副作用とか、独特すぎて人に説明しづらい辛さの話題が通じるから、ときに慰められた。たとえば、副作用止めのステロイド剤の副作用でテンションだけ爆上がりして、思考が四散したまま変なことをワーッとしゃべってしまったはずかしい日のこととか。それで今度はやたら口をつぐんでしまった変な日のこととか。時間が過去から未来から同時に飛んでくるような、ケモブレインでまとまらない感情の渦の中で、仕事や、生活や、誰かとの日常を毎日なんとかして奇跡的に選択してギリギリのラインで運営してることとか。

七回目のときは、わたしも白血球の数値がすごく下がった。いろいろあって、白血球を増やす注射を打つことになった。事前に深南が「わたしも同じの打ったよ。あれ打つと全身がすごいどくんどくんってなるの」と教えてくれた。「人工的に血とか筋肉が増強していくような……」そう聞いてて、実際注射を打ったら、確かに聞いた通りだった。アメコミ映画『ハルク』で主人公が超人ハルクに変身するシーンのことを思いだした。深南にそう言うと、「え、うける。ハルクね。うわー、すごいわかるな」と返信がきた。

十二月のある日、兄が「ナミぃ、おまえ年末年始どうすんだよ？　お袋も親父もナミがモチ食いにくると思いこんでるぞ。でかいおせち注文してた」と聞いてきた。

そうはいっても、見た目で異変に気づかれるだろうし。いまそうなったら却って大変だし、実家に帰れない。そう考えているうち、中川君から受け取った、向こうの世界の自分がインスタに投稿した写真を使うことを思いついた。「兄貴、わたし年末年始はロンドンに行くことにしようかな」「は？」「……という設定にしようかな」というと、台所でまた何か作ってくれていた楓が振りむき、「設定とは？　はて？」と大きな声で聞いた。

「つまり、ほんとはここにずっといるんだけど」

「ふうん？　ま、じゃ俺がくるわ。えっと、大晦日はずっといられる」

と兄が言い、楓も、

「じゃ、わたしは三が日に顔を出そうかな」

「いいの？　二人とも」

「ん。わたしは駅伝を見てていいならここにずーっといる」

つい泣きそうになったのを隠してうつむく。

半年以上更新してなかった自分のインスタに、あっちの世界のわたしが投稿したというロンドンの街にいる写真を載せた。すると三十分後、兄から電話がかかってきた。「本物の写真にしか見えねぇ！　え、あれって加工？」「あー、うん」「すっげぇなぁ。おまえ、さすがWebデザイナーだな」と感心され、いやぁ……と吐息をつく。


十二月も、年が明けての二〇二〇年一月も。体調がよければ中川君と約束し、あちこち出かけた。寄席に行ったり、花やしきにお互い一人で入って同じ乗り物に乗ったり。かっぱ橋道具街で食器や業務用の調理器具を見たり。駅前の神谷バーで名物のデンキブランを飲んでみたり。

日に日に体が重くなるし、あちこち副作用も出てるし、相変わらず頭もぼんやりしてるし。こうして中川君と出かけるときだけは不思議としゃんとしてるけど、一人で町を歩くときは、もうこの世とあの世の間を半透明の薄い体でよろよろと彷徨《さまよ》う幽霊になってしまったような気がした。

そのうち冬季休暇になったのか、町に海外からの観光客があふれ始めた。歩いていても、お店に入っても、誰かがスマホで撮る写真の隅とか奥のほうに自分の半透明の薄い姿がやたらと映りこんでいくみたいだった。

みんなあの写真をSNSにあげるのかな。もし自分がこの世からいなくなっても、誰かのSNSの写真の中に、生きてたころの姿でずっと残るのかもしれないな。そう思うと不思議とうれしかった。

お正月が明けると中国からの観光客が増えた。どうやら春節休暇という長期の冬休みが近づいてきたらしい。大型バスでやってきては、添乗員に連れられ、浅草寺をお参りしたり、大きなレストランや免税店のビルに入ったりしている。

一月半ば。わたしは最後の八回目の点滴治療を受けた。また五日ぐらい倒れて寝込む。それからそろそろと起きあがり、台所のテーブルで一日仕事したり、町をゆっくり歩いたりし始める。ようやく点滴治療の日々が終わり、これからは手術などつぎのステップのために体力を戻していくことになる。……三週間経ってももうあれをしなくていいと思うと、とりあえずそれだけでものすごく幸せに感じた。

三週間ぶりの一月二十六日。中川君と約束し、また隅田川クルーズ船に乗った。船内は観光客でめちゃくちゃ混んでいた。寒いけど、川面と波がよく見える船尾の席に着いて、きれいな景色を眺めながら話す。

中川君に少し気がかりそうな声で、

「小林。そっちの世界でも、中国でやばめの感染症が広がってるってニュースを聞くか？　こっちではやたら聞くんだけど」

と言われ、検索してみた。とくに何のニュースも出てこない。通話に戻り、「こっちでは聞かないなぁ」と答えると、中川君は「そっか。こっちではけっこうやばそうで……」とうなずき、

「――〝新型コロナ〟っていうんだけどさ」

vol.2 The end of the ant world.

「すっごい、働いてるな」

「だねぇ……」

「世界の終わりが来るって知らずにこんなにがむしゃらに働くって、いったいどうなんだろうな。できればさぁ、教えてやりたぃよな」

「ん……。もし蟻の言葉を話せたらねぇ……」

と、今日もスマホ越しに中川君と小声で話す。

——二月二日、日曜。東京近郊の動物園に出かけた。葉切り蟻という蟻の巣を大きなガラス越しの断面図で見てぃる。

約六年前に南米から運ばれてきた一匹の女王蟻によって育まれた巨大な巣。女王から生まれた無数の働き蟻によって維持されてきた。働き蟻は全員メスだから、つまり女王と娘たちによる一族だ。でも半月前、女王蟻の寿命がついに尽きた。女王蟻がいなければ次世代の働き蟻も生まれないので、遠からず高齢化社会となり、やがて滅亡する予定だ。そんな一つの社会の緩やかな終焉を展示するという特別企画で、けっこう話題になってぃる。

きてみると、お客さんがたくさんいて、写真を撮ったり、小声で感想を話したりしていた。

ちなみに中川君がいるほうの世界線でも、同じ動物園で同じ展示をしているらしい。

たぶん同じ蟻たちによる同じ巣の様子を、ガラス越しにみつめながら、

「うわぁ、働き蟻って名前は伊達じゃないね」

「ほんとだよなぁ……」

と、囁き声で話した。

葉切り蟻の社会は完全分業制とのことだ。外に出て葉を切る蟻、葉を巣に運ぶ蟻、噛み砕く蟻……と、持ち場の仕事を毎日続ける。勤勉で、忙《せわ》しなく見える。働き蟻の寿命は一年未満だから、いま働いてる蟻たちは一年後にはいない。巣が遠からず廃墟になることを、ガラス越しに観察している人間だけが知っている。

でも、いまは、まだ……。

「女王が死んだって、こいつらみんな、わかってないんだよな。必要な情報をどこからも教えてもらえなくて、日常が続くつもりで。このままずっと続くと信じて。自分の持ち場でひたすら労働し続けるなんてな」

「うん……。ねぇ中川君、もしさ、わたしたちが働き蟻で、周りのみんなは気づいてないけど、自分だけは世界の終わりがくることを知ってたら？　どうする？　それでもまだ働く？」

「働かねぇよぉっ！」

「わ！　声、でかっ」

向こうで、中川君がそばにいたお客さんに「あー、すみません……」と謝ってる声がした。と、

向こうの世界の知らない誰かが「いや、わかります……。ぼくも働かないと思う。っていうか同じこと考えてました。働きたくないわーって」と言い、中川君が「ですよね……。見てるとなんだか息苦しくなっちゃいますよね」と答えるのも聞こえてきた。

ん、ですよね、とわたしも無言でうなずく。

世界が終わるってわかったら、働いたりとか、長年、仕方ないと我慢してきたことについて引き続き我慢するのを、もうやめちゃうとして。その代わり、わたしは何をしたいかな？

混んできたので展示の前から離れながら、中川君にそう聞いてみると、「えー……」としばらく悩み、

「旅行？」

「あぁ、旅行かぁ」

「そういう小林は？」

「そうだなぁ。友達と……うー……旅行？」

「一緒じゃん」

「うん。……一緒だったね」

と言い合い、薄く笑った。

葉切り蟻の展示室からゆっくり出る。すると急に周りから人が減った。屋外に行くとさらにがらんと感じられる。

アザラシのプールの前で足を止め、泳ぐ姿を見下ろしながら、寒ぅっ、と首を縮めたとき、向こうからも「さみぃな。てか、真冬だもんな」と声がした。

売店であったかい飲み物を買い、ベンチに座って飲み、もう一回アザラシのプールを見に行った。

「そっちはどう？　先週、中川君いろいろ話して……」と聞くと、「新型コロナのこと？　ほんとにそっちにはないんだ？　それが驚き」という声が返ってきた。

「昨年末ぐらいからさー、中国の武漢っていう都市で広がったらしいんだよな。昔の香港風邪とかSARSみたいなの」

「あ、それはこっちでもあった。日本まではそうこなかったけども」

「ん……。年が明けてさ、春節っていう中国のお正月休みが近づいて、中国から観光客がたくさんきて。屋形船で宴会したグループがいて、どうも、それで、スタッフや、次の都内在住の宴会客にうつったらしくて。都内在住の人が三人ぐらい感染判明してさ。ニュースになって、屋形船はどこもキャンセル続出。うちの実家も稼ぎどきなのに閉店状態になっちゃってさぁ」

「えぇっ。大変なんだね。そんなことになってるって、知らなくて……」

「んー。だってまさかだもんな。……まぁ、でも、こういうのは長くても二、三週間で終わる騒ぎだからさ。そう言って親父とお袋を宥《なだ》めてるところかな」

そう呟く声に耳を傾けていると、プールに飛びこんだアザラシが驚くようなスピードで左から右にしゅっと泳ぎ渡った。はっとし、思わず瞬きする。

「俺、晩飯は鍋が食べたいなー」

という声がスマホから聞こえてくる。「ひとり客で鍋、難しくない？」「そっか、確かに……。じゃ鍋焼きうどんかなー」「いいね。それぞれお蕎麦《そば》屋さんを探そうか」と話しつつ、アザラシのプールの前からゆっくり歩きだす。

……この二ヶ月で、わたしは自分の体力が緩やかに、確実に戻ってきてくれているのを感じていた。約半年の点滴治療をなんとか終え、髪も、ひよこの頭頂部に生えてるような弱々しい毛がちょぼちょぼ復活。ケミカルすぎだった味覚も少しずつ元に戻って。何より気持ちに少し余裕が生まれた。

とはいえ、足元がまだふらつくときもあるから、駅の階段を降りるときは、ぶつかってきそうな気配の人が背後にいないか、何度も振りむいて気をつけた。下りのエスカレーターに乗るときも、体を横向きにして手すりに背を預け、降りてくる人がいたら念のため身構える。

そんなふうにして、幾度か病院にも通った。再検査のためだ。患部や全身のＣＴ画像を撮るマシンは、真っ白な部屋にある巨大装置で、昔のＳＦ映画に出てくる、宇宙人に誘拐された人が人体改造される白い部屋を想像したりした……。一週間後に検査結果が出て、主治医の先生と治療方針を相談することになった。兄が「俺も行く」と言うのを断り、一人で出向いた。腫瘍のいまの大きさから、左胸を全摘することに。消えた乳房は人工的に再建もできるのだが、考え、しないことに決めた。乳房再建手術は保険が適用されるので、金額的には不可能ではなかった。でも、あったものがなくなることと、なくなったものを再建することの両方を想像したら、自分にとっては前者のほうがなぜか気楽なように思えたのだった。

帰宅し、やってきた兄と話すと、兄は「……え！　金ならあるぞ」とないのに言った。「いや、ないでしょ」「あるっつってんだろがぁ！　てめぇごるぁ！」ととつぜんキレたので、子供のころからの兄へのいろんな感情が複雑なぐちゃぐちゃさで押し寄せ、気力と体力が限られてる中で論理的に考えるのが面倒になり、いろんな感情の中の一つである、兄がうざい、という苛々《いらいら》にわたしは飛びつき、「だからー！　お金じゃなくて、再建したくないんだってば！　べっつにぃぃ！」と倍にしてキレ返した。そのまま兄妹喧嘩になり、楓が会社終わりに駆けつけ、間に入って調停してくれた。非現実的なぐらい冷静な楓のおかげで、わたしもようやく、人工的に再建するよりもなくなったほうが気持ち的に楽だと思って、と兄に伝えられた。兄は納得はぜんぜんしてないけど、「ま、本人がそう言うなら……。おまえの体だし。でも気が変わったらすぐ言えよ。金は、本当に、めちゃくちゃある！」と言い、帰っていった。背中が急に痩せて感じられた。

全摘手術は月末の二十六日に決まった。病気の治療って列車に乗ったようにどんどん進むなぁ。駅に停まっては、点滴。また走りだす。停まって、また点滴……。また走りだす……。その繰り返しの辛い半年が終わると、知らない駅で停まって、検査。走り、また停まり、べつの検査。走り、また停まり、診察室で先生と治療方針の決定。列車がゴーッと走りだし、加速し、また停まって……。手術室！　ピカーッと天井のライトが光り、麻酔が効いて……ぐーっ……。ばすっ。病気のわたしの乳房が断られて青白く夜空に飛んでいく。

みたいな、ね。

「――恋恋の、オールナイトニッポン！」

ちゃらっちゃっ、ちゃっちゃらら、ちゃっちゃらっ、ちゃっちゃらら、ちゃっちゃら、ちゃっちゃら、ちゃ、ら……。

手術の九日前である二月十七日。珍しく夜更かしして、わたしは深夜一時開始のラジオ番組を聴いていた。

「はーい、みなさん。また月曜の夜がやってまいりました。今夜も、東京、有楽町のスタジオから生放送でお送りしておりまーす。改めまして、こちらは恋恋。いつも心の中で独り言を言いながら生きてきたから、そのままのノリでついラジオでもこうして喋っちゃう、ちょっぴりイタい、恋恋でーす。今夜もよろしくぅ！」

ベッドの上にMacBookを置いて、こっちでラジオを流しながら、スマホのＬＩＮＥ通話でパラレルワールドの中川君と繋がる。「聴こえる？」と聞くと、「おう！」とうきうきした声が返ってきた。

「恋恋ってこういうノリの人なんだなー。けどさぁ」

「何？」

「考えてみたら、俺、ラジオを誰かと一緒に聴くのって初めてでさ。恋恋よりむしろ小林との距離の取り方のほうをまだ摑めてないわ」

「あー、わかる。ふっ。……徐々に摑んでこ。お互い」

「だなっ。ははっ」

と楽しげな笑い声が聞こえてくる。

中川君に恋恋のＭＶやアルバムを続けて送ったら、もっと送ってと言われて、また送って。ついに「そういやラジオのパーソナリティーもやってるみたいだよ」「え、聴きたい！」となり、こうして一緒に耳を傾けることになったのだ。正直わたしはもう眠いけど、もし寝落ちしちゃってもラジオもＬＩＮＥ通話も続くから、中川君的には大丈夫なはず……。

「続いて、ラジオネーム、あ、漢字が読めない、読めないな……なんとかさん、漢字読めなくてごめんなさいっ。あっ、ディレクターさんが……読んでくれる……えっ、なに、はいっ……」

と、リスナーからのメールを読み上げ、質問や相談に答えるコーナーが続く。中川君が「俺こういうの送ったことないなぁ。こうやって番組に参加して楽しめる人、すごいよな」と言う。「そうだね。わたしも一回もないや。聴いてるだけ……」「うん。……しかしそっちの世界の月曜のパーソナリティーは恋恋なんだなぁ」「そっか、そっちの世界ではべつのパーソナリティーがいるんだね。そりゃそうか。ちなみに誰?」「こっちはスダ・マサキ」「ん?」「俳優のスダ……って、もしかしてそっちにはスダ・マサキがいないの?」と中川君が何かに驚いている。「いない。ちょっと待って検索してみる……スダ・マサキ……。うん、いない」「スダ君、本名はなんだったっけ。検索してみる……これだ。送る……」「検索してみる……。あ……海外のバンドのギタリストにいる……音楽専門誌のインタビュー記事が出てきた。んー、同姓同名の別人かな?」と記事のスクショを送ってみる。「遠景の写真すぎてわからないな……すごく似てる気はするけど……。とにかく役者にはなってないんだな。それって映画界の損失」「いい役者さんなんだ」「うん」と話す。

ラジオのほうは、お便りコーナーが終わり、コマーシャルをはさんで次のコーナーに変わっていく。

「さて！　お次はゲストコーナーです。ぱちぱちぱち！　ひゅうひゅう！　なんと、今夜は超豪華、大先輩、信じられないビッグゲストです。……宇多田ヒカルさんですっ。どうぞーっ！」

「はーい、こんばんはー」

「こんばんはっ！」

「宇多田です、ども」

「ふふっ」

「って、めっちゃうれしそうな顔してくれてるし。こっちもうれしいんだけど」

と二人の楽しそうな会話が続く。

互いの音楽の話題から、しばらくするとラジオの仕事の話に変わる。リスナーから届くメールを恋恋が「全部読んでます。わたし」と言い、「すごくたくさんくるでしょ。それ全部？」と驚かれる。「ええ……。移動中とかに、ちょっとずつ、ちょっとずつ。なんかですねー、一人一人べつの人間がこの世にいるんだなーって。って、何、当たり前のこと言っちゃってるんだろ、わたし……」「いやいやいや、わかるよ！　ぜんぜんわかる。うん」「あ……りがとうございます……。なんかね、たくさんの人の前で歌わせてもらってたり、音源を聴いてもらったりしてると、たくさんの人っていうひとかたまりになっちゃって。それは失礼だ、よくないって思ったりもして。この番組に届くメッセージを読むと、そのかたまりが解体されて、一人一人の掛け替えのない人格、命、歴史、そういうのを思いだせるっていうか。……思いだせる、なんて、傲慢で、ほんと、ごめんなさいっ……でも、こう、実感が。あー、もう、長々と何言ってんだよぉ、わたしぃぃ！」「いや、一言一句わかる。伝わってる、いま自分の気持ちちゃんと話せてると思うよ」「ありがと……。とにかく、わたし、そういうことを忘れたくなくて読むんです。一人一人の命があって、感情があって。それらが無限に繋がりあって社会ができて、いまこうしてみんなで生きてるんだなって」「うん……」「そしてその一つ一つの命には地球全体と同じぐらい価値があって尊いって」「うん……」という会話に耳を傾けてると、中川君も向こうの世界から「うん……」とつぶやいた。

と、ここでまたコマーシャルに切り替わる。

中川君がしみじみした声で「一つ一つの命に価値がある、かぁ。最近さ、例の中国の感染症のニュースをよく見てるからか、ちょっとこれは刺さるよなぁ」と言う。

「そっか。そっちはまだ大変なんだよね」

「ん。中国ではひどいことになっちゃってるけど。まぁ、日本は大丈夫っしょ。でも世界一周旅行中の豪華客船で感染が広がっててさ。感染地域から乗った客からうつったらしくて……。横浜港についたところで乗客乗員が全員下船できなくなって、もう二週間近く港に停まってる。ダイヤモンド・プリンセス号っていう船。海の上で軟禁状態で、中の人たちが大変そうだよ」

「えーっ……」

「ま、ほぼそこだけだから……。けど街中を歩くときも、念のためマスクするようになってきてさ。マスクが全国的に売り切れ始めたとこ。俺もそろそろ手持ちのがなくなってきて」

「えーっ！　マスクなんてこっちにはいくらでもあるのに。うーん、音源や映像だけじゃなくて物も送れたらいいのになぁ」

「だよな！　あ、それで思いだした」

「何？」

「スダ・マサキの出てる映画、あとで何本か送る。彼がいないってことは、小林、観てないんだもんな。お勧めがあってさ」

「わかった。楽しみにしてる」

と話しているうち、コマーシャルが終わる。ちゃらっちゃっ、ちゃっちゃらら、ちゃっちゃらっ……とまた耳に馴染んだあの音楽が流れだす。

この週の週末は三連休で、浅草界隈にもいつもの一・二倍ぐらい人が溢れていた。都内在住の観光客と海外からのお客さんが入り混じり、食べ物屋さんはどこもすごい行列だった。

日曜の昼、また中川君と待ち合わせして、浅草の街をそぞろ歩いた。コロッケを買い食いしたり、気の早い桜が咲いているのを見上げたりし、のんびり話す。……なんだかこっちの世界のほうが人が多そうに感じた。中川君側の動画に映ってる街は三連休にしては落ち着いて見える。

「……そうなんだよ。それがさ」

二人で浅草演芸ホールに入り、いちばん後ろの隅の席に着き、小声で話した。「街から人が減ってるっていうか、いや、お年寄りが減ってる、みたいなさ」「お年寄りが？」と囁き返す。年季の入った赤い天鵞絨《ビロード》張りの座席、いぶしたような金色の垂れ幕、低い天井……。昭和時代のロケのセットみたいな劇場内はお客さんでみっちり埋まっていて、ほとんどは祖父母ぐらいの世代の人と見える。「こっちは客席ガラガラ」「こっちはほぼ満席」「うん、見えてる見えてる」「えーっ」「だからさぁ、高齢者が減ったんだって。やっぱり感染症が怖いのかな。相撲とか歌舞伎もこのところ空いてるって聞いたよ」「そうなんだ。あ、始まる……」「こっちも」と言いあい、口を閉じる。

五十代ぐらいの漫才コンビが舞台に走りでてきて、フリートーク的に話し始めた。のんびり聞いてたら、飲食店でこういうことがあったから店員に文句をつけてやった、みたいな話になって、ちょっとしんどい。カスハラっぽく感じたけど、正しいことを判断して自分なりの結論を出すには基礎的な体力がいるから。考えるのが大変すぎて、そっと立ちあがった。周りのお客さんを見回す。

笑ってる人はいなかったけど、黙って観ている年配の人たちがどう受け取ってるのかまではわからない。

通路に出て、ふぅー、と息をする。中川君に「店員さんをいじめた話が始まって、つい出てきちゃった」と言うと、「えーっ。……よかったらこっちの聴く？」「そっちはどう？」「それがさ、結局、客が四人しかいなくてさ」「えっ」「いま若手の落語家の人が出てきて、『練習しますから聴いてください』って」「練習？」「客席から自由にアドバイスしてって」「えっと、静かにカオスだね？」「おう。だって四人だからなー。今日の登壇者より少なくて……」「確かに……」とうなずき、薄暗い通路に置かれた古いベンチに座って、中川君側の舞台で「目黒のさんま」を披露してる落語家さんの声に耳を傾けた。

面白いな。落語って、ちゃんと聴いたことなかったけど。

聴き終わる。わたしが小声で感想を言い、中川君が向こうの舞台にいる落語家さんに伝える。返事が返ってくる。またわたしが答える。中川君が伝えて、落語家さんから返事が……。パラレルワールドにいる知らない落語家さんと意思疎通できるなんてなんだかおかしいな。

帰り道、中川君に名前を聞くと、「さっきの人？　えーと、江戸家鰯《いわし》っていう噺家《はなしか》だよ」と教えてくれた。「鰯？」「そう、魚の鰯」「鰯ね……」と立ち止まってスマホで検索してみる。

すると、そんな芸名の落語家さんはこっちの世界にいなかった。

つーっ、と涙が流れた。

なんでかわからなくて、驚きすぎて手の甲ですぐ拭いた。「いなかった！」「え、なんだよ、スダ・マサキも江戸家鰯もいないのかよ、そっち。って、江戸家鰯は今日知った人だけど」「なんか、

なんか、わたし、さびしい……っ」「おぅ。わかるようなわからないような」「あ、また桜咲いてる！」「って、急に上がったな。今日、いつもより感情の起伏が大きめじゃない？」「え？　あー……。うん」と一人で呻く。

そうかも。週が明けて水曜になったら、入院、手術だから、わたし動揺してるのかな。

薄ピンクというかほとんど白の桜の花びらを見上げ、ゆっくりと息を吐く。「俺、カキフライ食べたいな」「カキフライか。いいね。きっとトンカツ屋さんにあるよね」「おう。お互い探そうぜ」と話しながら、気の早い桜の木の前を通り過ぎていく。

三連休が明けた火曜日。

明日から入院だから、小旅行用の小型スーツケースに着替えや洗面道具を詰めたり、冷蔵庫の中の食べ物を整理したりと、朝からばたばたした。それから台所のテーブルでMacBookを広げ、いまのうちにと仕事も進めておいた。

お昼休みの時間、中川君から「こっち、ちょっと変な空気かもしれん」とLINEが届いた。「変って？」「マスクしてる人が急に増えた気がするんだよ。駅の利用客も。店の店員さんや宅急便の人も。みんな。週が明けたら空気がシンとして、緊張して、静かで。すっごく寒くて。うまく説明できないんだけどさ」「そっか」とやり取りしつつ、自分の入院のほうが気になってつい斜め読みした。やがてお昼休みの時間が終わり、やり取りはこれで終わりになった。

翌朝。

楓が有給を取ってくれていた。一人は心細いからありがたかった。

病院の正面玄関で待ち合わせする。七階の六人部屋の病室に案内される。わたしのぶんのベッドは日当たりのいい窓際にあった。わたしがベッドに、楓がパイプ椅子に腰掛け、ふぅ、と息をつく。同室の人たちに気を遣って小声で話しだす。「楓。麻酔ってちょっとやばくない？」「は。やばいとは？」「口のチャックにも麻酔が効いて緩むって聞いたことがあって。さっき、エレベーターを待ってるとき、急に思いだしちゃってさ」「口のチャック？」と楓がこれのことかと言うように、口の前で親指と人差し指をしゅっと横に滑らせてみせた。「そう、そのチャック」「チャ……チャッ、ク……？　あ！　わたし、何かの昔の小説を漫画化したのを読んだことがあった。それに出てきたよ」「どんなの？」「秘密を持ってる女の人が、麻酔が効いてるとき喋っちゃうのが怖くて、むりやり麻酔なしで手術して……。その秘密は、じつは手術するお医者さんのことが好きだって話だったかなぁ。で……。あー、ラストは、その、忘れた」「忘れたのぉ？　けど、麻酔ってそういう怖さもあるわけでさ」「ふむ。ナミ、口にしてしまうのを恐れるような秘密があるの？」「ない」「いやっ、ないのかよっ」と楓が笑い、ツボにはまったのかそのままほしばらく黙って肩を震わせてるので、わたしもついおかしくなった。

手術は午後からだった。午前中は主治医の先生が診察をしてるからだ。つい先日までのわたしみたいな、点滴治療中のたくさんの女の人たちを診てるところ……。時間が経つのが妙にゆっくりに感じられる。楓と小声で何か喋ったり、動画を観たり、仕事を少し進めたりする。

お昼休みの時間、また中川君からＬＩＮＥが届いた。あれっ。切迫した箇条書きのメッセージが続く。「コンサート、演劇。中止、延期。怒濤《どとう》のニュース。つぎつぎ。急にびっくりだよ！」「映画館も博物館」「も」「あー、美術館も閉まる！」「街が閉じてく！」「まぁ日曜もあんなに空いてたもんなぁ」「連休明けたら急にこれかよ」とつぎつぎ届く。なんだか動揺してるのが伝わってくる。「んー?」と大きめの声が出て、楓に「どした?」と聞かれる。「あ、いや……」と首を振り、なんて返事したらいいんだろうと思ってるうちに、お昼休みの時間が終わった。もう少し時間がある気がしてたんだけど、看護師さんに「小林波間さーん!」と呼ばれ、手術着と紙製の下着を渡され、ベッド周りのカーテンを閉めて着替えることになり、スマホを手から離した。カーテンを開け、「あー……。ちょっと、返信……」と急いでスマホに手を伸ばすけど、カテーテルとか点滴の針とかを装着することになったり、わちゃわちゃして、なんかそのまま、スマホを楓に預け、廊下に出て、看護師さんなど四人の女性に周りを囲まれ、歩き、歩き、するとすると謎の青いドアが開いて、壁の中にあった白すぎる廊下をまた歩き、歩き、「こちらでーす」と言われて、背後を小走りについてきてくれていた楓を振りむいて、急に不安になって目を見開くものの、そのまま手を引っ張られて角を曲がると、頼みの綱だった楓の姿が急に見えなくなった。

手術室に寝かされ、天井の白いライトが眩しくて、女性の声で「点滴で麻酔を入れていきまーす」「は、はい……」「一、二、三……四、五……」と聴くうち、意識がなくなり、何もわからなくなって、つぎ、はっと気づくと、ストレッチャーに乗せられて廊下をガラガラガラガラガラッ……とけっこうなスピードで運ばれているところで、と思ったらもう病室に戻ってて、ストレッチャーからベッドにどうやってかフッと完全ノーストレスで空間移動。主治医の先生が小走りに近づいてきて、間近で「小林さん! 終わりましたからねー。もうー大丈夫ですよ、ぶじ終わりましたよー! 大丈夫よーう!」とかなり遠くにいる人にかけるような大音声で言ってくれたので、耳がぼわんぼわんしてるけどちゃんと聴き取れ、ふっと微笑み、また眠り、起きたらベッドサイドに、兄がいた。楓もいて二人で小声でコソコソ話してる。

「なに、話してるの……」

「うわっ。起きたか。おい」

「二人で、なに話してるのって……」

　顔を見合わせ、兄が代表して「夕飯は何食ったか、って。俺は、せっかく築地にきたからさ、海鮮丼食べたけど、店選び失敗して微妙だったって話」と答えた。「あははははははっ」「おーいっ、笑うとこかぁ？　てめぇ、ほんといい性格してんなぁ。昔から」「あーははははは」「なんだよ、もうっ」「ははは、はは！　はーはははは！」「おい、おまえちょっとおかしいぞ……」と兄が眉をひそめる。横から楓が「あ！　麻酔のせいだと思う……思います」とフォローしてくれた。

「足！　足が熱いから、お布団から出してほしい……。お兄ちゃん。うう、うぅぅ。お兄ちゃーん……助けてよぉ……あぁぁぁぁ！」

「わかったわかった！　ってそんな、泣くほど熱いか？　足がぁ？　なんだよもうっ。ほら、これでいいかっ？」

　意識が遠のいていき、兄の「寝たか……」というほっとしたような声がかすかに届き、また何もわからなくなる。

　つぎに目を開けたら、明け方。カーテンが少し開いていた。窓の外がしらじらと光り、日が昇っていくのをぼーっと見た。

　新しい一日が、こうして始まる。のか。

　どんな寝方をしたのか、背中全体がカチカチにこり、息が苦しい。夜勤の看護師さんがやってきて「起きましたねー」と囁く。それから装着されていたカテーテルを外してくれた。背中のこりのことを相談すると、主治医の先生が出勤されたら湿布を処方してもらおう、と言ってくれた。

そろそろと起きあがり、ベッドからゆっくり降り、女子トイレに向かう。朝早くて誰もいなかったので、鏡の前でそっと手術着の前をはだけ、貼ってあるガーゼをはがして患部を見た。おぉ……。左胸がほんとになくなっていて、そこはぺたっと平らになるのだとなんとなく予想してたのだけど、筋肉組織も一緒に取ったからか、いや、詳細はわかんないけど、平らじゃなくてむしろ緩やかなカーブを作ってやんわり優しくごっそりえぐれてた。

ふぅん、と思い、なぜか、ショックはなく、まぁいいんじゃない、と思った。

病室に戻り、ベッドに腰掛ける。ぼんやりしてると、ベッドサイドに置かれたスマホが急にブブッと震えた。

手に取る。うぉっ……。中川君からのLINEだ。えーっ、未読十二件？　そうだ、昨日のお昼過ぎ、返信できなくてそのままになって……。見ると、夕方から夜にかけて「ニュースがどんどん流れてくる。もう全部追いきれねぇよ」「Perfumeの東京ドーム、今夜二日目だったけど、直前に中止決定って、いま」「会場に入ってたファンたちがショック受けてるみたい」「LDHグループもすべての公演を二週間中止にするって」「総理大臣がイベントやスポーツは今後二週間やるな、延期しろって記者会見で言ってるらしい」「ジャニーズも全部延期……？」「あー、劇団四季も」「サッカーの試合も延期って」「東京ガールズコレクションは無観客に……これは、俺はよく知らんけど。会社の子が言ってる」「日本は大丈夫って思ってたけど」「これってなかなかどうなん？」と続いていていた。

そして、たったいま届いたいちばん新しいメッセージは……「TOEICのテストも全国で取りやめ」だ。

迷って、頭もぼーっとしてて、「昨日返信できなくてごめんね……。そっち、なんだか急に大変だね」と送り、これでよかったのかわからなくて、唸った。と、看護師さんが湿布を持って戻ってきてくれた。看護師さんとほぼ同時に、スーツ姿の楓も、出勤前に顔を出してくれた。背中に湿布を貼るのを手伝ってもらう。

朝ごはんが運ばれてきたので、食べようとし、お茶碗を持ち、楓にふと「昨日、麻酔で爆笑したの、自分でも覚えてる……」と言うと、

「は？　爆笑？　あぁ、あっちね……」

「あっち？」

「海鮮丼のことで、笑ったほうね」

「ほう？」

「ん」

「えっ！　もしかして他にも何かやらかした？　わたし。……えっ、なんで黙ってんのっ。ちょっ、嘘でしょ、ちょ、ちょっと。何？　秘密、もらした？　いや、秘密ないけど！」

「秘密じゃなくて。いやー、なんだろうあれは？」

「何よぅ……」

「その、こう、秘密を、自称する……」

「自称……？」

「うーん、うん。秘密を、自称する、壮大なるマルチバースなパンデミック・ストーリーをずーっとハイテンションで話してたよ」

と楓は首をひねり、

「あー。ここそっくりの、べつの世界があって。そっちに友達がいて、なぜかＬＩＮＥでだけ連絡が取れる、って。これ、ぜったいに秘密だからね、って。で、その人には病気のことは話さず、週末だけ遊びに行ったり、気楽なメッセージの交換をしてるんだ、って。でもさいきん、向こうの世界で、中国のある街から、名前を忘れちゃったけど、ともかく、危険な感染症が出て。旧正月のお休みで、中国から世界中に観光客が訪れたから、どんどん広がってる。日本でもそうなってて、観光客を乗せた東京の屋形船から感染者が出ちゃって……」

「あー……」

「……というストーリーを、夜、君はめっちゃ大声で話してた。同じことを何回も言うからこうして覚えてしまったよね」

麻酔、こっわ……。

と声に出さずに思った。お茶碗をぎゅっと握り、「わたしにそんな秘密があったとはね」と呟くと、楓は「ほんと。人って意外」と肩をすくめた。それから顎をぐっとひいて、笑ってるのを隠そうとした。

それにしても、入院中って、果たして何したらいいのか、けっこう謎だ。

こっちの世界の中川君が描いてる漫画の続きを読んだり、売店に行ったり。ちょっと仕事を進めたりもしてみる。

向こうの世界の中川君からは、「北海道の知事が自治体独自の緊急事態宣言を出したんだって。一日で六人も感染者が出たからって。やっぱりさ、人気の観光地だと多くなっちゃうのかな」とＬＩＮＥがきた。「えっ、緊急事態宣言って、映画に出てくるような言葉だね。現実にも使われるんだね……。紛争地帯の言葉みたいっていうか」「だよなぁ。俺もそれ思った」「なんて言ったらいいか」「正直、こうして聞いてくれるだけで俺は楽かな」「そう？　それなら、まぁ」「なんかさぁ、なくなるってデマが流れてトイレットペーパーも売り切れちゃってるの。ウケる」「えっ？　こっちにはいくらでもあるのに。送れたらなぁ。マスクも」「ほんとだよなー」とやり取りを続ける。ニュースの動画やスクショも届くから、あぁ、ほんとに現実なんだ、と思って、でも理解が追いつかなくて思考停止する。

二月が終わり、三月一日に。

この日は日曜で、年に一度の東京マラソンの開催日だった。この日だけは特別に東京の車道の真ん中をみんなで走れる。わたしも前に参加したことがあって、めちゃくちゃ気分爽快だった。今年は楓が当選し、「ちょっと走ってくるわ」と先日、小刻みにジャンプしながら言っていた。なぜか兄も「俺、応援してくるわ」と乗りだし、この日のお昼ごろ、病室でお茶碗と箸を持ってごはんを食べようとしてるとき、ＬＩＮＥで動画を送ってきた。

煮物のにんじんを一口、ゆっくり食べる。動画を観ると、人波で盛りあがる沿道にユーモラスなデザインのビールジョッキの被り物をつけた兄が立ち、「すっげぇ楽しい。走ってないのにもう腹減ったし。はははは」と笑っている。

一回見て、首をひねり、スマホを置く。そこにちょうど病室のドアから深南が顔を出し、きょろきょろしだした。

無言で手を振ると、わたしに気づいて微笑んで、ととっと近づいてきて、

「お疲れー」

「ほんと、そう……」

「はい。シュークリーのシュークリーム」

「わぁ！　これ一回食べてみたくて。……並んだ？」

「いや？　そんなことなくて」

という声のキーの高さで、人気店に並んでくれたんだな、と思った。

深南もわたしの少し後に点滴治療を無事終えて、今月半ばに摘出手術も行う予定だった。「手術どうだった？」と聞かれ、「麻酔で寝てて何もわかんなかった。気づいたら終わってた」と答える。「そっかぁ」「終わってほっとしたなぁ。このあとも治療は続くけど。ひとまずはね」「だよね。ようやくここまできたんだもんねぇ」と噛みしめるように言うので、「うん」とうなずく。

スマホがブルッと振動した。兄からまた動画だ。深南に「友達が東京マラソンに出てて。なぜか兄貴も応援に行ってってさ」と話しながら、二人でスマホを覗く。車道をカラフルなウェアやコスプレ姿の都民ランナーがいっぱい走ってて、沿道から声援が響く。鮮やかな水色のウェアを着た楓が走ってきて、兄に気づいてスピードを緩め、笑顔でこっちを見る。右手のひらをこちらに向け、中指と薬指の間だけぐっと開けるという謎のポーズでキメて静止。やけに真剣に深くうなずくと走り去っていく。兄の「がんばれよーっ」という声がする。

いまのはいったいなにかなと思っていると、隣の深南が「『長寿と繁栄を』？」と呟いた。横を見たら、右手で同じポーズをして首をかしげている。「それ何？」「アメリカの昔のスペースドラマに出てくる宇宙人の挨拶？　旦那が好きでさ。わたしはわからないんだけど」「あ！　楓、そういうのも好きかも。わたしもぜんぜん知らないな」「ちょっと聞いてみるね」と深南がスマホを操り始める。と、夫さんからすぐ返信がきて、「やっぱりそうみたい。『スタートレック』って。水色のウェアも、登場人物の制服の色だからコスプレだったんじゃないか、って」「へぇー……」と話す。

深南が食べ終わったお昼ごはんのトレイを片付けてくれ、「お茶淹れてくるね」と出て行った。その間に、中川君にLINEで「こっちは東京マラソンの日だよ」とメッセージを送ってみた。すぐ返信がきた。「こっちもだよ。でも、オリンピックの出場選手を決めるためにエリート走者だけ走って、一般ランナーはなしだって。感染症対策で。沿道の応援もだめみたいでさ。あー、近くを通るからちょっとだけ見てみたいな」「え、そうなんだ。エリート走者だけかぁ……」とやり取りする。

深南と紅茶を飲み、シュークリームを食べて、いろいろ話した。やがて深南が帰っていき、また一人になる。

スマホを見ると、いつのまにか中川君からLINEで動画が届いていた。

……あ。

どうやらこっそり沿道に見に行ったらしい。ガラーンとした車道を、驚くようなスピードでエリート走者の一団がほんの一瞬で通り過ぎていくシュールな動画だった。沿道にはほぼ誰もいなく、声援もなく、まるで世界の終わりの日のように無音だ。

「こっちはこんなんだったわ」と届くので、つい「こっちはこう」と、さっき兄から届いた動画を中川君に送る。「うわ、盛況だなっ。てか、例年ならこうなんだよな。こっちが静かすぎておかしいんだよ」「うん」「この映ってる女の子。俺も知ってる人じゃない？」「楓のこと？」「そう、小林の友達の楓さん。バーベキューのときとかきてた」「そうだっけ。あー、そうかも」とやり取りする。しばらくして「インスタにいたからフォローしてみた」と届く。「え？　楓の話？」「うん」「そうなんだ」「うわっ」「何？」「光の速さでフォロバされた。ビビる」「何それ。まず自分がフォローしたのに？」「それもそうだな」とも言い合う。

日が暮れるころ、楓と兄がそろって面会にきてくれた。

今日はこんなコスプレのランナーがいたとか、有名ランナーの走りを間近で見て感動したとか、いろいろ話し、笑ったり感心したりする。やがて二人が「築地だしお寿司食べて帰る所存」「うん。俺、今回は失敗しねぇから」と言い合い、連れ立って楽しそうに帰っていった。

もうだいぶ元気なので、廊下まで出て、手を振って二人を送り、またベッドに戻る。

スマホを手に取ると、中川君から「ちょ、追撃すげぇ」というＬＩＮＥのメッセージがきていた。

え、追撃？

「楓さんからメッセージがきてさ。『小林波間さんの大学のお友達さんでしたよね』『小林さんとお顔が似てる方』って。『そう、そいつです』って言ったら、『どんなお友達だったんですか？』って。小林との思い出についてすっげぇ聞かれてさ」「楓から？　つまりそっち側の楓から……？」と返信しつつ、廊下のほうをふと振り返る。

向こうの世界の楓とはいえ、なんだか、らしくない行動だなと思った。よく知らない人に、そんないきなり、質問責めするような子かな？　しかもどうしてわたしなんかの話を……？

「よくわからんけど。切実感があってさ。がんばって思いだして一つ一つ送ってるところ。いやー、俺たちって、そういえばあのころ何して遊んでたっけ？」「えーと？」「な？　具体的に思いだそうとすると遠くてさ。学生時代なんてさ。楽しかったなぁって気分のことだけやけに覚えててさ」「まぁ、そういうもんだよね。あ、それこそ夏はバーベキュー。あと五人で自主映画みたいなの撮ろうとしてたときもあったよね？」「あった、あった！」「漫画の話もしたよね。中川君とはさ」「あーっ。してたしてた……」「あれは？　パフェがおいしいカラオケ屋さんがあってさ」「そうだ！　みんなでよく行ったなー」「一瞬、同じ本屋でバイトしてた時期もなかった？」「そうだ、そうだ」「って、さっきからわたしばっかり思いだしてるんですけど」「いや、ほんと。俺、言われてようやく思いだせてる。とにかくいまの全部送っておくわ。めっちゃ聞かれてるから」とやり取りする。

なんか変な感じ、と思う。こっちの世界のわたしが思いだした昔の記憶を、中川君を通じて向こうの世界の楓に伝えてる、って。

しばらくして「『ありがとうございます!!!』だってさ。『また小林さんのことで思いだしたことがあったら教えてください。どんな小さなことでもいいです』って」とメッセージがきた。向こうの世界の楓、謎すぎるな……と思いながら「そっかー」と返信し、消灯には早いけど、目を閉じて一回眠る。

翌朝、月曜日。

午前中、主治医の先生が病室にこられた。診察して「ん！　もう大丈夫そうですね」となり、患部から管を抜き、急遽、午後に退院になった。急なことで、兄と楓にも連絡してみたけど、お昼休みの時間にそれぞれ職場から「何ぃ、今日ぉ？」「えーっ、いまから退院？」と相次いで驚きの返事があった。

午後三時ごろ、小型スーツケースに荷物をまとめ、病室を出て、退院の手続きをしにいこうとすると、親世代ぐらいのベテランの女性看護師さんが「ご家族は？　付き添いは？　あなたまさか一人で帰るの」と驚いた。「はい。急に決まったんで。平日だからみんな仕事中だし」と説明し、帰れるぞー、と明るい気持ちで歩きだしたものの、ふと振りむくと、看護師さんが痛ましそうな表情を浮かべてじっと見守っていた。

何を可哀想と思うか、人それぞれなのかなぁ……と思った。

お金はないけど、今日ぐらい贅沢していいよねと、病院前の乗り場からタクシーに乗る。運転手は祖父世代のおじいさんで、「明日から休みを取ってバリ島に行くんですよ。年に一回海外に行くのが楽しみでねぇ。バリ島は初めてで……」と何度もこっちを振り返りながらうきうき話した。

バリ島かぁ……。

夕方になり、まず楓が、ついで兄が、部屋にきてくれた。楓は鳥鍋の材料を買ってきてくれ、やがて台所からぐつぐつといい匂いがしだした。兄は寿司折とビールを持参した。ちゃぶ台に鳥鍋と寿司が置かれ、「ま、お疲れさんってことよ。ナミ」と兄が乾杯の音頭をとった。

夜が更ける。二人が台所を片付け、帰る。

一人になる。

またベッドの上にMacBookをおいて、ラジオをつけ、スマホでＬＩＮＥ通話して、向こうの世界の中川君と、月曜恒例となった「恋恋のオールナイトニッポン」を聴いた。ちゃらっちゃっ、ちゃっちゃらら、ちゃっちゃらっ……。という音楽を聴きながら、ふと、無事に日常に帰ってきたなぁと思った。急にほっとする。

とはいえ、病気の治療はまだまだ続くけども……。

半年間の点滴治療、腫瘍摘出手術の後は、手術後の患部に万一悪いものがちょっと残ってた場合のため、念のため放射線を当てる治療もする。約一ヶ月間、一回二十分。毎日同じ時間に病院に通う。わたしは午前十時四十五分からの予約枠になった。

というわけで、退院したと思ったら、またあの列車が走りだし、毎日停まって、放射線治療をして、走り、停まって、放射線治療をして、また走って……というせわしない一ヶ月が始まった。

人によっては全身がだるくなるらしい。いまのところわたしは大丈夫。体力も少しずつ戻り、それに冬の寒さも和らいで春になってくるしで、日に日に気持ちも楽になる。

その一方で、中川君がいる向こうの世界はというと、世界ごと坂を転がり落ちるように混迷を極めていた。毎日届くＬＩＮＥの内容に頭がまるで追いつかない日もあるぐらいだった。

危険な感染症が始まったと見られる中国ではだいぶ収まってきたものの、代わりにヨーロッパで流行り始め、とくにイタリアで爆発的に広がって、ミラノやベネチアなどが都市封鎖された、と中川君は言うのだった。結婚式やお葬式も禁止され、住人はみんな家に籠るように命じられてるんだと。え、でも大きな都市でそんなことができる？　可能かな？　メッセージを読むたび、ピンとこなくて首をかしげた。……イランでもすごい広がってるって？　えーっ、アメリカでも？　ニューヨーク市でも非常事態宣言が出たぁ？　ほんとぉ？　世界の株価が急落……えぇっ！　何、それどういうこと？

ある日、放射線治療を受けに病院に向かう途中、中川君から「アメリカの大統領がついに国家非常事態宣言を出したらしい」とメッセージがきた。パニック映画みたいっていうか、正直ぜんぜん現実感がない。ニュース動画もどんどん届き、うわ、これほんとじゃん、えー、嘘でしょ、とびっくりする。

ハリウッドでの映画やドラマの撮影がすべて延期になり、ロサンゼルスのスーパーには人が溢れて、食料や日用品が一晩で売り切れてしまったという。アメリカの大統領は自らを戦時大統領と呼び始め、フランスの大統領も「いまは戦時下である」と公式に発言したって。と、ドイツの首相まで「これは第二次世界大戦以来の試練だ」と国民に呼びかけたって。……えっ、ほんと？　フランスのパリでは飲食店が閉鎖されることになり、前夜は、これで最後だとお酒を飲んで踊ったり、夜中まで大勢で盛りあがったって。……ヨーロッパ各国が国境を封鎖。アメリカもヨーロッパからの入国制限。世界中のディズニーランドがすでに閉園……。

アメリカは、朝鮮戦争のときにつくった国防生産法という昔の法律を久しぶりに発動させ、国家に必要なものを民間企業に作らせることにしたって。この場合は、武器じゃなく、医療器具とかのことなんだって。アメリカのフォード社や、ヨーロッパでもモエ・ヘネシー・ルイ・ヴィトン社やロールス・ロイス社が、医療器具や除菌グッズの製造を急ピッチで始めたところだって。

セレブたちがＳＮＳの影響力を駆使し、世界中のファンに向けて「ステイ・ホーム！」と呼びかけ続けてるって。レディー・ガガに、アリアナ・グランデに、ビリー・アイリッシュに、メッシに、テイラー・スウィフトとかが……。と、中川君が説明するセレブの中にわたしの知らない名前が幾つも混ざってたけど、いまそういう細かい部分を指摘するのは憚《はばか》られた。

感染症はいまや向こうの世界にものすごい規模とスピードで広がっていて、とくに欧米がすごくて。

一方、中国の武漢ではもう収まり、新規感染者がゼロになったたって。日本でも、北海道の緊急事態宣言が明けたりして、国内と東アジアはもう大丈夫じゃないかって雰囲気らしいけど、中川君は「でも、ほんとかよって。そんなわけなくない、って、みんな不安がってる。俺も、ニュースを見たり人と話したりしてると、余計わけがわからなくなってさ。もう！」とぼやいてる。

ギリシャでは、観光地であるパルテノン神殿が閉鎖され、今夏開催の東京オリンピックに向けた聖火リレーのスタート式典も中止になった、って。中川君にそう聞いて、こっちはどうなのかなとニュースを検索したら、こっちの世界では聖火リレーなるものがまさにパルテノン神殿で華々しく始まったところだった。赤々と燃える火がゆっくりと松明《たいまつ》に移されていく……。

そのことを伝えようかと思って、やめた。いまは聞くことに集中しようって。動揺してる中川君の言葉を。

このころ。中川君と再会した昨年九月の通り魔事件のとき、いまは〝戦前〟なんだ、これから〝戦争〟が始まるんだって感じたことを、また思いだしていた。

そういえばどうしてるだろうかと、東南西北のYouTubeチャンネルをおそるおそる確認した。あの事件後、どうやら二ヶ月近く更新されなかったらしい。そのあとは前と同じような企画動画が定期的に公開されてたけど、リーダーのケントくんは抜け、四人で続けているらしかった。

　事件から約半年も経ったいまでは、もうわざわざ話題にしようとする人はいないみたい。加害者のことも……。被害者のことも。

　それに気づくと、いたたまれないような悲しいような、いやな気持ちだった。

　三月二十日から三連休が始まった。ポカポカした陽気もあってか、街には人が溢れた。

　向こうの世界でも、中川君曰く、少しずつ街に人が戻ってきたらしい。日曜日、ビデオ通話しながら緑溢れる代々木公園を散策し、アイスクリームを買って芝生に座って食べたりした。

　中川君側の公園にはなぜか晴れ着姿の人がたくさんいる。自分の周りを見回すと、洋服姿の人しかいない。聞くと、「こっちは大学とかの卒業式が中止になったからさ」と言う。「あぁ！」「会話が聞こえてくるけど、記念写真を撮っておくために晴れ着で集まったっぽいな。屋外ならいいだろうって。みんな写真を撮りまくってる」「そっかぁ……」「ほんっと変な状況だよな。……なんかさ、ああやって集まりたいの、俺もわかるんだ。……妙な気持ちのこと話していい？」「いいよー」「最近、知らない人が怖いんだよ」「知らない人が？　人見知りするタイプだったっけ？」「いやぜんぜん。それとはちがってさぁ……。マンションのエレベーターでも、前は住人どうし挨拶してたけど、いまでは誰もしないんだよ。シーンとして、顔を背けあって、ピリピリしながら乗る。声を出すと飛沫が飛んじゃうって警戒しあってるのもあるけど。それだけじゃなく、つまり、怖いんだ。だって……」「うん」「だってじつは誰が感染してるかわかんないだろ」「あ！」「無症状の感染者も一定数いるっていうからさ。だから」「うん……」「でもさ、会社とか、常連ばっかりの近所のバーに入ると、俺、ほっとするんだよな。知ってる顔ばかりだから安心な気がして。それって医学的根拠がないんだよ。知ってる人と知らない人が俺に病気をうつす確率って、変わらないよな。だから医学的じゃなく、本能的にさぁ……。知らない人が怖くなってきてるんだよ、俺たちは」「え……っと」「もう終わってほしいな。こんな変な時期。自分が変わってしまうのが怖いんだ。だから早く過ぎさってほしい。元の感覚に戻りたいんだよ！　俺って人間が別物に変わりきる前にさぁ。こんな、ビビりながら暮らすのとか、ビビり方の根拠で悩むのとかさ、いちいち人を怖がるのとかさ、もー。つまり俺にはこれが全部負担。ちょ、無理！」「そっか……」「なんて話、さいきんずっと聞いてくれててありがとな。小林……」「え！　そんな、ぜんぜん。むしろ聞くしかできなくて……」「腹、減らない？」「お、おう。話題、直滑降で変えたね」「ははは！　小林は何食いたい？」「ラーメンかなぁ……。餃子も少し。二つぐらい。一皿頼んで分けるとか……」「いやいやいや、餃子、分けられないから。だって俺ら、世界線ちがうから」「だったねー。じゃ、一人で一皿、がっつり食べようかな」と話しながら、芝生からのっそり立ちあがり、歩きだす。


そんな、ポカポカあったかかった三連休が明け、月曜の朝。

急にまたぐっと冷えた。分厚いコートを出してきて、羽織り、部屋を出る。

いつも通り病院に行く途中の道で、桜の老木に薄ピンクの花が少しだけ咲いているのをみつけた。冷たい風に凍えながら、うわ、やっちゃった、今年は早く咲きすぎたぞ、と花びらも焦ってるように見える。

この日の午後遅く、中川君から「こっちさー、東京オリンピック延期かも……？」というLINEが届いた。えーっ……とびっくりする。わたしのほうの東京では、街中にオリンピックのロゴマークの垂れ幕やポスターが溢れ始め、コンビニやパン屋さんのレジ前でマスコットキャラクターのグッズがいっぱい売られてて、オリンピックの青と白とピンクに東京全体がぐんぐん染まりつつあるのに……？「IOCのバッハ会長が延期を検討するって言ってるらしくて」「IOCってなんだっけ？」「国際オリンピック委員会、かな？」「あぁ……」「あっ！　いまニュースで……」「何？」「政府が、緊急事態宣言の発出を可能にするために、新型コロナウイルス感染症対策推進室を設置する……？　うーん、よくわからんな」「うん……」「東京都知事も『首都封鎖もありうる』って定例会見で言ったらしい」と聞いて、相変わらず頭がついていけないけど、向こうの世界に広がる不安が伝わってわたしもどきどきしだした。

二日後の水曜から、中川君の会社がテレワーク対応に変わった。夕方、「ちょ！　うちのマンションのWi‐Fi重すぎ！　カフェに避難してきたところ。住民みんな部屋にいて一斉に使い始めたからかな？」とスタバのカウンターからビデオ通話してきた。背後から子供たちの笑い声や泣き声も聞こえてきて、スタバにしては賑やかに感じられる。そう聞くと、「そうなんだよ。俺らみたいな会社員と、保育園児や小学生を連れてる親御さんがぐちゃぐちゃに混ざっててさ。保育園や公立の学校も休校だしな。いつもと客層が二重に違いそうだよな」「そっか……」「オリンピック、一年延期って正式に決まったんだよ。東京も近々ロックダウンになるって噂でさ。だからみんな浮足立っちゃってて……」「ん」「世界の感染状況もますます凄くなっててさ。アフリカでもロシアでも広がっててさ。ほんと、世界中だよな！　タイでさ、一日の感染者数が一週間で五倍になったってニュースを見たんだ。インドも全土封鎖だって。イギリスではチャールズ皇太子も……って、あっ、そっちの世界にもいる?」「いるよ」「皇太子も感染して、めっちゃ心配されてる」「そか、次期国王だから……?」と話してるうち、窓の外でいつのまにか日が暮れた。気温がぐっと下がり、まるで再び冬がくるように寒々しく感じられる。

この日の夜八時過ぎ。中川君がスタバから送ってくれたスダ・マサキ主演の映画を観始め、すっかり没頭してるうちに、LINEのメッセージが続けて届いた。「小池都知事が臨時会見始めたよ」「うわー、東京の一日の感染者が十七人から四十一人に激増」「企業はテレワーク、個人も外出自粛」「三密?」「外務省も不要不急の海外渡航を避けろって言ってる」と続き、映画が終わるころ、「都知事の会見が終わったらスーパーに人がめちゃくちゃ押し寄せたらしい。カップ麵とか米とか食料がもう売り切れたってさ」「ロサンゼルスとかロンドンとか、海外の都市でもそうなったってニュース見たんだけど。いよいよ東京も同じか」「……と書いてたらお袋から電話きた。米とかラーメンとか買い溜めたから取りに来いってさ」と届いた。

返信して、いろいろやり取りした後、「ところで、観たよ。めっちゃよかった。『溺れるナイフ』」と送ると、「だろーっ?」「ん」「あ!」「なに?」「いま、ホッとした」「ホッ?」「ようやくわかったよ。俺、いまむしょうに映画とか音楽の話をしたいんだって」「そう? わたしでよかったら……」「話そうぜー。小林、いてくれてサンキュ。なんか、こう、いないけどいる小林がいま超いる、どこかにリアルにいまいるって、急にすげぇ感じたし」「なにそれ。わたしの存在感が増したってこと?」「おう。俺、あのさー、ラストシーンのさ……」と話がパンデミックから映画に逸れていき、夜中までやり取りが続いた。

なんだか小腹が空き、LINEでやり取りしつつ、いちばん近いローソンに行く。店の前で二十歳ぐらいの五人グループがしゃがみ、喋ってる。店内には同世代っぽく見える男性の先客が二人いた。こっちの世界では、パンの棚に菓子パンや食パンがみっちり並び、調味料が並ぶほうの棚の下段には米袋もあり、日用品コーナーにはマスクもトイレットペーパーも並んでいて、売り切れてるものはなさそうだった。

おにぎりを二つ買って帰る。しゃがんでお喋りしている若い人たちの笑い声が夜空にぶわーっと夢みたいに広がって響く。……あ、また、パンデミックなパラレルワールドからメッセージが届いて、暗い道で不吉に白く光りだすスマホの画面をはっと息を呑んで覗く。

その週の日曜。三月二十九日は、明け方から冷え、雨がびしょびしょの大粒の雪に変わった。東京の路上やビルの屋上に青白くうっすらと積もっている。

わたしは午後、モコモコのダウンと雨用の靴を身につけ、えいやっと出かけた。東京郊外の動物園へ……。

天気のせいか、日曜の割には空いていた。いまにも凍りつきそうな池をペンギンがすーっ、すーっと身軽に泳ぎまくってる。

屋内に駆けこむ。特別展示〈蟻の終焉〉の部屋にまっすぐ向かう。

LINE通話で、中川君と囁き声で話す。「寒いー、寒いよー」というわたしに、中川君は「ちなみに俺はあったかい」と笑う。

向こうの世界では、動物園とか遊園地とか美術館とかが閉園中だから、〈蟻の終焉〉展も見られないらしい。だからこの日は、わたしが一人で出かけ、中継する、という初めてのパターンの休日になった。

「あ……っ」

蟻の巣は、もうだいぶ縮んでいた。

新しい働き蟻が生まれなくなってから約二ヶ月半。高齢化と個体の減少、労働力不足……。壁に貼られたレポートをみつけ、読むと、〈畑が少しずつ縮み食料が不足し始めています／一方で墓場が広がり続けています／大型の兵隊蟻が本来の役目ではないはずの葉を切る労働に準じるなど、社会における役割分担が自然に変わってきています／彼らは協力しあい、終末に至るほかなくなった世界で最後まで生き抜こうとしているのです〉とあった。

小声で読んで聞かせる。「おぉ、そっかぁ……」「うん」「巣はどう見えてる？」「えっとね、かなり縮んでる。お墓のスペースだけ増えて……。あっ、そうだ」と辺りを見回し、他のお客さんがいなくなったのを確認して、ビデオ通話に切り替えて巣の様子を映した。「ガラスの反射で見づらいなぁ。あ、あははっ。真剣な顔でスマホを持ってる小林が映ってるぞ」「まじかー。……じゃ、この角度はどう？」「お、見えやすくなった。サンキュ。……って、うわーっ、マジで地下の不気味な終末世界だな……」と中川君が呟く。

「でもさぁ、小林……」

「うん？」

「きれい、だよな。終わりってこんなに美しいものなのかなぁ」

「うー、ん……。きれいかなぁ、これ？」

と、自分もよく見てみる。

暗い土の中で蠢《うごめ》き続ける老いた蟻たち。縮み続け、すでにシステムを維持できなくなってしまった社会……。

ふと、地球全体も、環境破壊、人口減少で遠からずこうなるのかな、と考えた。ゆるやかな破滅へと……って。

でも、中川君に対して、いまそんなことを口にするのはやめた。

動物園からの帰り道。

駅まで歩くのがめっちゃ寒かった。中川君のほうも外に出て歩きだしたところで、「寒ぅーっ」と何度も言っていた。「それに傘に雪が積もって重っ」「わかるそれー」「やばいな。帰り、電車停まったりしてな」「てか、中川君はどこに向かってるの？」「実家。カップ麺とか早く取りに来いってずっと言われてたからさ。それに親のことも心配だから、顔を出そうと」「なるほど」と話しているうち、どちらも電車に乗ったのでかなりの小声になった。

より小さくなった中川君の声が、低く、静かで、暗く感じられた。

「小林。あのさぁ、俺、いま思ったんだけどさ……」

「なぁに？」

「――こっちの世界の女王蟻は死んだんじゃね？」

「はぁっ？　そんなわけないでしょっ！　いまだけのことで。すぐ落ち着いて、こっちと同じような世界に戻るはずで……」

「でも、何か変なんだよ。世紀末みたいな不穏な空気に覆われてて。みんなの不安とか悪い予感とかが空を覆ってるようで。……だいたい、あと二、三週間の我慢だろうって言ってたころからもう一ヶ月も経っちゃったし。東京も世界中の他の都市みたいにロックダウンするって噂ばかりで。もうさ、こうして小林と話すとき以外は、誰が相手でもその話題しか出なくて。要するに、女王蟻死んでね？　こっちだけ死んでね？　まだみんな気づいてないけど。なんて、俺……そういう気分でさっ」

「中川君……」

「蟻のさ、墓場がさ、めっちゃ大きくなってただろ……。ニュースで見たんだ！　ニューヨーク市では、犠牲者が増えすぎて火葬が間に合わなくて、臨時で冷凍トラックを待機させてるって。メキシコの国境近くの町では、そんなアメリカから感染者が入ってくるのを阻止したくて、住人がバリケードを作って無理やり国境封鎖したって。それにさっ、イギリスでも……」

「うん、うん……」

と小声で話すのに、小さく相槌を打った。そのうち中川君は電車を降り、実家近くの道を歩き始め、また「にしてもマジで寒いなぁ！」と言い、急に「あっ？」と足を止める気配がした。

「どしたの？」

「いや。いま、隅田川沿いの道を歩いててさ。川面にも雪が降ってて、なんかさ、江戸時代の浮世絵みたいな渋すぎる風景なんだけどさ」

「うん」

「屋形船が一艘だけ浮かんでる」

「えーっ」

「……ちょっと待って。動画送るわ」

と、通話が切れ、しばらくして動画が届いた。

雪がしんしんと降る川面に、赤や紫や黄のぼんぼりを灯した屋形船が一艘だけ浮き、川下に向かってまるで流されていくように心もとなく揺れている。

通話に戻り、「な?」「ほんとだね……。けど屋形船の業界って開店休業状態なんだよね?」「おぅ。どんなときも、いつも通り遊びたがる客がいるってことかな。屋形船を予約して、雪見酒して、カラオケやって、天ぷら食べて、って宴会しててんだろうなぁ」「うん……」「それが妙に夢みたいな風景に見えたからさ、つい小林にも見せたくなって。最後の生き残りの一匹みたいに見えたんだよな。屋形船が」「いや、生き残りって、船だし」「はは。そりゃそうだけどさー。えー、比喩?」「うん。比喩だねぇ、ふふ」「あ、実家着いた。一回切るわ。親の話聞いて、カップ麵とか受け取って、帰る……」「うん。じゃ、またね」「今日もサンキュ……。小林」と言い合い、通話を切った。

しばらく電車に乗り続け、窓の外の雪をぼんやりと眺めてるうちに、ようやく浅草駅に着いた。

駅からまっすぐアパートに戻ろうとして、ふと踵《きびす》を返し、隅田川のほうにゆっくり歩いてみる。

雪が降りしきる薄暗い空の向こうに、イカビルの巨大オブジェがうっすら白銀色に光っている。

——まるで巨大怪獣みたいに。

手前の川面を見ると、赤や緑のぼんぼりを光らせた屋形船が何艘も浮かんでいた。しばらく眺めていたけど、あまりにも寒くて凍え、急ぎ足でアパートに帰った。電気ストーブをつけ、「寒ぅっ」と中川君の真似をして呟く。するとと全身がぶるぶるっと震え、脱ごうとしたダウンをもう一回着こんで、ベッドに「はぁー。部屋も、寒ぅっ……」とぼやきながら腰掛ける。

週が明けると、寒さも和らぎ、柔らかな風から春の気配も感じ始めた。

放射線治療があと六日で終わり、という日。

急に全身がだるくなり、体が鉛のように重く、頭も淀んでぼーっとしだした。病院で問診票にそう書くと、いつもの看護師さんが一読し、「よくあることだから大丈夫よ」と宥めてくれた。「最初からだるくなる人、だるくならない人、後半になってだるくなる人がいるから」「あぁ……」「大丈夫だからね」「はい」と納得し、帰宅した。兄と楓が仕事帰りにまた顔を出してくれた。兄に「お兄ちゃん、わたしめっちゃだるい」と訴えたけど、面倒そうな生返事を続けられたので、「わたしの気持ちわかってくれたこと一回もないよね！」とつい言ってしまい、すると自分の恨みがましい言葉に引っ張られて涙までぽろっと溢れた。「はぁっ？　泣くかぁぁ？」「だってぇ！」「子供かよ。あ！　でもナミ、おまえ……」「なによっ」「子供のころはそういう子供っぽいところなかったよな。あのころのほうが大人っていうか」「なにそれっ……」「冷静で、成績もよくて、頭の回転もやけに速いガキでさぁ……」と話していると、楓が台所から「デシタネー」と妙に棒読みっぽく口を挟んだ。「だろーっ？」「ええ。兄者さんはヤンキーでしたヨネー」「おほっ、まぁな。俺はな」と照れたように兄が答え、わたしは、とにかく全身がめっちゃだるいし何か恥ずかしいしで、布団をかぶって寝たふりをした。

そしてまた週末がきて。週が明けて。

四月六日、月曜日。

あと二日で放射線治療も終了だ。だるいけど、家を出て電車に乗り、病院に通った。

この日も中川君からLINEのメッセージがつぎつぎ届いた。ニューヨークのセントラル・パークやテニスの全米オープン会場など、動画や写真で見慣れた場所が野戦病院みたいに使われ、患者さん用のテントが無数に並んでいるニュース映像とか。イスラエルのエルサレムに建つキリストの墓があるとされる教会が、感染防止のために六七一年ぶりに閉鎖されたとか。「前回の閉鎖はペストが流行したときなんだってさ。ペストってあのペストだよなぁ」「うん……」「あとさ、東アジアで感染がそこまで広がらないのはマスクをしてるからって説が出て、いまになって世界中がマスクの取り合いでさ。ドイツやイギリスが海外から買い付けたマスクを空港でアメリカが無理やり奪うとか。スパイも暗躍してのマスク大争奪戦になってるって報道も見たよ」「えーっ……ミッション・インポッシブルなマスク買い付けってこと……？　あぁっ」「こっちにはたくさんあるのにーっ、だろ？　ははは。ほんっとだよな。……あとさ、テレビ番組もリモートで、タレントが自宅から出演するようになったり。映画やドラマも撮影できなくなってきてるよ。『半沢直樹』ってドラマそっちにもある？」「あるよー」「二期の放送延期が決定した」「えーっ……」と話を聞き、そのたび、何もかもがあまりにもフィクションみたいで驚く。

四月七日。わたしは最後の放射線治療の日で、体がだるくて、鉛の塊を抱えてるように重いんだけど、気持ちは軽くなり、病院から帰ってきて、漫画を読んだり、配信でドラマを見たりしてゴロゴロしていた。

午後になり、中川君から「実家にまた荷物を受け取りにいくところ」と、しばらくして「帰る前に隅田川沿いを散歩していく」と届いたので、「わたしも出かけようかな」と返信して家を出た。

約六ヶ月前、最初に中川君と待ち合わせした隅田川沿いの公園に行ってみる。

平日だけど、クルーズ船に乗る観光客の列、遊歩道を歩く人などで相変わらず賑わっていた。ベンチに腰掛け、川の向こうに聳《そび》えるスカイツリーと、巨大怪獣じみた白銀色のイカビルをぼんやり見上げていたら、中川君も向こうの世界の同じベンチに着き、「よ、お待たせ」と腰掛けた。ビデオ通話し、互いの目の前に見えている風景を伝えあう。

向こうの世界には金色に輝くうんこビルが聳えている。

――まるでべつの種の巨大怪獣みたいに。

遊歩道にも人気がなく、静かなのがひしひしと伝わってくる。ほんと、こっちと向こうの景色がまったく変わってしまったな。

中川君が「待って。首相の臨時会見が始まる!」と言い、ノートパソコンでニュース動画を流し始めた。え、臨時会見? ほんと、まるで戦争が始まるときみたいだな、フィクションの中のことみたいだ、と思いつつ耳を傾ける。「今夜零時、緊急事態宣言を発出する。期間はゴールデンウィークが明ける五月六日までの一ヶ月とする」「国民は生活に必要な外出のみを心がけ、七割から八割の外出自粛を目指すように」「オフィスは時差通勤とテレワークを徹底し、学校はオンライン授業を行う」「一世帯あたり三十万円の現金給付を行う」……と情報がどんどん流れてくる。外出自粛? テレワーク、オンライン授業、現金給付……? 確かに緊急事態らしき、聞き慣れない言葉の羅列を呆然と聞いてるうち、日が暮れ、空が重たく、暗くなり、スカイツリーがとろとろっとした赤色に光りだす。

中川君のほうの景色では、スカイツリーが淡い紫色に染まり、儚《はかな》げに点滅している。

二つのスカイツリーを交互に見ていると、中川君が「そっちは赤なのかぁ」とつぶやいた。「うん……」「なぁ、小林。俺たちの道はこんなに……。いや、なんでもない」「ん……」と、声になりかけみたいな弱い相槌を打つ。

中川君の声がいつもより低く細く感じられ、それに気づいてわたしはますます混乱する。

自分のほうの、やっと放射線治療が終了したという静かな開放感と、向こうの世界を覆う未知の緊張感が、ぐちゃぐちゃに混ざり、明るさと嵐の気配に前後から同時に引っ張られてるみたいな気持ちで、ほんとどんどん混乱してきちゃって、とりあえずどっちのスカイツリーも見えないようにと一回目をつぶり、息も、ハッと音を立てて止めてみる。

日常は、いつだってゆっくりと戻ってくる。

気づけばいつのまにかもうその中にいて、あれ、わたしだいぶ戻ってきてるっぽいけどな、と気づく。

放射線治療が終了して数日すると、全身のだるさが少しずつ抜けてきた。点滴治療の副作用止めのステロイド剤の副作用らしき、変すぎるハイテンションも遠ざかり、心も体も落ち着いてきた。兄とつまんないことで喧嘩することも減り、一緒にゲームしたりと和やかに過ごせた。

ある日、楓が「さいきん仲良いデスネー」とひとしきりからかってから、「きょうだいっていい」とガチめの低音でつぶやいた。わたしは思わず「えー」と楓の横顔を見たけど、兄はゲームしながら「だよなー？　そうです、俺が自慢の兄貴です」と得意げにうなずいた。「うっざ」とつぶやき、「おーい、照れんなよ」と肩を小突かれる。

髪も少しずつのびて、青白い頭皮をくるくると隠してくれ、頭全体がちゃんと黒く見えるようになってきた。

四月半ば、また病院に行った。足取りもしっかりしてきたし、知らない男性からぶつかられたりすることもだいぶ減ったなと思う。

名前を呼ばれ、診察室に入る。

主治医の先生とよく相談し、今後は女性ホルモンを抑える注射と投薬を続けることにした。……同じ病気でも人によってタイプが違う。わたしの場合は女性ホルモンが作用するタイプだったので、ホルモン治療が有効なのだ。この治療は十年続く。つまり、今年の誕生日がきたらわたしは三十三歳だから、えぇーと……？　あ、そっか。わたし、これを四十三歳まで続けるんだな。

注射と投薬によって生理を止めることを目指すんだけど、といっても点滴治療の半年間で生理はもう止まってるから。だから、つまりこの状態を続けるのかな。

診察室を出て、館内の薬局へ。

薬の処方を待つ間に、深南と連絡を取り合い、外の隅田川沿いの適当な芝生で待ち合わせた。深南は毎日十五時半から放射線治療を受けているのだ。「おーい！」「いたいた！」と手を振りあい、芝生に並んで腰掛け、テイクアウトのお茶を飲みながらあれこれ話した。

深南の場合、女性ホルモンが作用しないタイプだから、放射線治療が終われば標準治療のゴールに到達する。あとは定期的な経過観察を続ける。深南は、生理が再開するのはいつか、体力が戻るかを心配してて、「元気になって早く妊活したい」と言う。「いつ再発するか、いや、もっと悪いことになるかって、未来がわからないから、めちゃくちゃ焦る。少しでも早く。生きてる間に。早く一人目をぜったいって」「ん……」「考えてるとパニクって頭がウァーッってなってきて」「うん、ん……」「旦那はさ、治療が大事で、子供はどっちでもいいって言ってるけど……」「ん」「で、さいきん、そういうことをとりとめもなくブログに書いてるんだよね」「えっ、そうなんだ」と深南の話を聞き、わたしのほうは、ホルモン治療の副作用が不安な気持ちを話した。「人によっては気持ち悪くなって、十年続けるなんて無理ってやめる人もいるらしくて。だって薬の力で急に更年期になるようなものだもんね……」「そっか……。期間も長いしね。十年ずっとだし。うん……」と話を聞いてもらううち、気が楽になってくる。

翌日の朝から薬を飲み始めた。ちょっと頭がボーッとして、生理中みたいなぼんやりがずっと続くというか、常に謎の違和感はあるんだけど、怖がってたようなひどい副作用は自分には起こらなかった。そのことにほっとする。ある日の夕方、楓がきてくれたので、一年ぐらい前に買った新品の生理用品を押入れの天袋から出しながら、「よかったら使って。もういらないから」と言った。楓は「えー、助かる。ごっつぁんです……」と言いながら台所から振りむき、わたしが両腕で抱えてる生理用品の物量に驚いて「って、多くないか?」とのけぞった。「薬局のセールで買い込んだところで病気がわかってさ……」「なるほど。では遠慮なく頂く……」「おぅっ」と元気よくうなずいてから、抱えた生理用品たちを一瞬ちらっと未練がましく見たりした。

女性ホルモンを抑える薬は、十個で一シート。シートの裏に一日ずつ日付をマジックで書いておくと飲み忘れなくていいと、ある先輩患者さんの匿名ブログにあったので、なるほどと思って真似してみた。十日経つごとに、次のシートを出し、十日分の日付をマジックで書く。そのたびわたしはこう感じた。「また十日生き延びた」って。……こないだ深南も言ってたけど、いつ再発するか、未来がまるで見通せない状況だから。だから。自然と遠い先のことを考えたり決めたりできなくなって、一日、十日、ほら、また生き延びた、また生き延びた、と自覚することを繰り返し始めた。

それが、一ヶ月、一ヶ月……また一ヶ月……ってこれからずっと続くんだろうか。長い一本の紐じゃなく、短い紐の束が徐々に太くなっていくように、わたしたち、つまり……経過観察中の患者の人生はぶつぶつとぶつ切れになっていくんだな。

そうしながらも、体力が一歩一歩戻ってきて、仕事もスピードを上げられるようになった。元後輩が「案件少し増やしていいっすか」と言ってくれ、「うわぁ、正直助かる。ありがとー」とうなずいた。貯金が治療費と生活費でじりじり減っていたから、ほっとした。

毎日、運動を兼ねて近所を軽く散歩しながら、「いつかまた走りこめるようになるのかなぁ」と考えたりもした。前みたいに東京マラソンに出たいなぁ、って。そんなふうにして、ゆっくり、ゆっくり。十日生き延びるごとに薬のシートを出してはマジックで数字をキュッキュッと書きこみながら。薄暗い日差しの中、ゆるやかな坂道を一歩ずつ登っていくように。ゆっくり、ゆっくり。気づけば日常らしきものに戻ってる。

あるときまたとつぜん転がり落ちるかもしれないけど。

と、そんなふうに、わたしが少しずつ元の生活を取り戻していくのとは逆に、中川君のほうは未知の生活――〝ステイホーム月間〟に突入していた。

四月七日深夜に始まった緊急事態宣言下での生活は、ＬＩＮＥだけでかろうじて繋がってるわたしにはわけがわからなすぎる状況だった。向こうの世界の人たちがいったいどうやって暮らしてるのか、把握できない。中川君は、住んでるマンションのＷｉ‐Ｆｉが混みすぎて繋がらないと、カフェや、公園や、いろんなところからビデオ通話してきた。外ではマスクをつけてて、「この一枚を洗って乾かしては使ってるんだよ」と言う。「まだマスク売ってないの？　あぁっ……」「こっちのを送ってあげたい、だろ？　ははっ」「うん……」と曖昧に微笑み返す。

中川君は町のあちこちの写真を送ってきてくれた。たとえば誰もいないコインランドリーとか……「感染が怖いからかなぁ。コインランドリーから客が消えてさ」……レストランの外に出されたテイクアウトの看板とか……「飲食店は自宅用のテイクアウトに切り替えてるんだよ」……薬局チェーンの前の〝マスク売り切れ〟という張り紙や……臨時閉店中の靴修理屋の〝申しわけありませんが修理中の靴はお預かりしています〟という張り紙や……「さいきんマスク警察がけっこう話題で」「なに警察？」「マスク警察。マスクしてない店員がいる店に苦情を入れたりとかネットに晒したりとか。けっこう強めのテンションで」「え……？」「あと、来月の司法試験が延期になったし、青森のねぶた祭りも中止だし。少年ジャンプが発売延期になった話もしたっけ？」「聞いてない。雑誌も……？」「編集部から感染者が出たみたいでさ。ま、仕方ないよなぁ。あとエヴァンゲリオンの新作も公開延期。完成はしてるけど映画館が閉まってるから」「『シン・エヴァンゲリオン』のこと？　こっちでは予定通り公開されるよ」と、とりとめもなく話す日々が続いた。

ある日は、マンションの非常階段に中川君が座ってて、憮然とした顔で「ここだと俺んちのWi－Fiが拾えるって気づいたんだよ。なんでここなんだろうな」「それじゃ一日そこで仕事してるの？」「おぅ。会議もオンラインでここから。西日がきつくて午後は暑い」とそんな話をして苦笑してると、どこか遠くから男の人の「よーいドン！」という声がした。首をかしげると、中川君が立ちあがり、手すりから下のほうを見て「あ」とつぶやき、わたしにも見えるようにスマホの角度を動かしてくれた。

マンションの下の道路にかかる歩道橋で、小学生ぐらいの男の子二人が全力で走っていた。お父さんらしき男の人が「よーいドン！」と繰り返しては、また反対側へと子供たちを走らせる。

「……学校も休校だからさ。子供のいる家は大変なんだってさ。公園もめちゃくちゃ混んでるし、道路で遊ばせると苦情がくるし。車も通って危ないし。だから歩道橋ってことなんじゃないかな」

「そっかぁ……」とつい言葉少なになる。

　日本国内のこと、東京での暮らしのことも、よくわからないけど。向こうの世界全体がどうなっているのかは、もっと、霧の先の景色みたいに、わたしからは遠すぎた。中川君から届くニュースのスクリーンショットでは、全世界で百五十万人が感染したとか、フランスでは一万人もの方が亡くなり、犠牲者の多さではイタリア、スペイン、アメリカに次ぐ四番目だとか、全世界の四十パーセント近くの人が一時解雇《レイオフ》か給与削減され、経済的損失が膨らみ続けてるとか。そういうニュースは、あまりにも、自分の理解の内においておけないほど恐ろしくて、まるでハリウッドのパニック物の映画や配信ドラマのストーリーみたいで、黙って聞いてるとき、わたしはいつもひたすら混乱の中にいた。


　そんなふうにしてわたしたちの四月が終わっていき、世間はゴールデンウィークになった。

　連休直前、元後輩から「上の人から、連休が明けたら会社に顔を出せないか小林さんに聞いとけって言われて」と連絡があった。「顔は出せる、けど」「……復帰できるか聞きたいんじゃないっすかね。急に二人やめることになって、人が足りなくて」「なるほど……」とうなずいた。

　そうだよなぁ。以前のように本格的に働く生活にいつかは戻らなきゃ。じゃないと前のレベルの生活ができないし。治療費も、ホルモンを抑える薬と注射と診察で三ヶ月ごとに三万円ちょっとかかるし。アパートの家賃も、一時的なことのつもりで兄に経済的負担をかけ続けてるし……。そう思って、五月半ばに元の会社に出向く約束をした。話次第では正社員に戻れるのかもと考えたけど、もしそうならほっとするはずなのに、心が落ち着かなくなった。自分でもなぜなのかわからなくて、畳に寝っ転がり、とりあえず、中川君から届いたこっちの世界には存在しない映画をぼーっと観たりした。

中川君はというと、四月後半になり、「俺……しんどいわ」とダウンしてしまっていた。「緊急事態宣言になってから二週間ぐらいはさ、非日常っていうか、テンションが上がって興奮状態で乗り切れてたんだけど。だんだん緊張の糸が切れたっていうか。その後も戒厳令下みたいな生活が続いて、先が見えないから。だから、なんかさぁ……」と話す顔が、マスクで半分以上隠れていても、疲れのせいか土気色になってるのがわかる。「外を歩くとさ、人の声がキンキン大きくて神経に刺さって。お店の人とかも、公園で子供を連れてる女の人も、疲れてるのか、声の質が前と違うんだよ。って、そう言ってる俺もかな」「いやっ、とくに変わってないよ。中川君の声は一緒かな……」「そうっ?」「ん……」「緊急事態宣言も、一ヶ月で終わるはずが、感染者が意外と減らないから五月後半まで延長されるんだよ。はぁっ、まだもうちょっとこの生活が続くのかな……」と肩を落としている。

それからさっき観た映画の話をしたり、向こうの世界で放送延期になったドラマ「半沢直樹」の二期の話をしたりした。こっちでは放送されてて、兄が話題に出すので、わたしも観ている。「先週こういうシーンがあったよ」と俳優さんの表情の真似をしてみせると、中川君は「うそだろ」と爆笑した。「ほんとにこういうシーンだったたってば」「いまの顔もう一回やって」「だからっ、こんなシーンが」「わはは！　こっちでも観たくなるなぁ」「送ろうか……？」「うーん？　いや。こっちの放送を待って答え合わせしようかな」「答え合わせって」「ねぇ、いまのもう一回やってよ」「だから、こうっ……」「小林ぃ、さっきとなんか顔ちがうぞぉ」「あれっ……」と笑いあう。

　でもこのめちゃくちゃ笑いあった日。夜、眠ろうとして部屋を暗くしたら、向こうの世界の凄まじさが重量のある影のかたまりみたいにぐんぐん迫ってきて、怖くなり、息も苦しくなって。起きあがって電気を点け、大きく何度も深呼吸したり、ちょっと涙が流れたり、はぁはぁ、息が荒くなったりした。


　翌日は、月曜だった。

　深夜になり、いつものようにベッドにMacBookをおいて、ラジオ「恋恋のオールナイトニッポン」を聴いた。ちゃらっちゃっ、ちゃっちゃらら、ちゃっちゃらっ……。スマホで中川君に繋ぎ、たまに感想をつぶやきあいながらベッドでごろごろして過ごす。

　後半にリスナー向けのメッセージ募集コーナーがあった。「というわけでー、来週のお題はっ、これですっ。じゃじゃーん！『あのとき言えなくて、ごめーん！』」という声が流れてきた。「ふふっ。ありますよねぇー。タイミングを逃して言い損なったり、やばっ、やっちゃったよー、と思ってつい隠しちゃったり。そういうみなさんなりの『ごめーん！』を、こっそり、わたくし、この恋恋に、教えてくださーいっ。わたしにもあるなぁ。前ね……」とささやくような声を聴き、中川君に「このお題ならわたしでも何か送れそうな気がするなぁ」と話しかけると、珍しく寝落ちしてるらしく、返事が返ってこなかった。「中川くーん、あれー、寝ちゃったの？」と聞きながら、向こうの世界から答えがないことがふと不安になった。ベッドの上で膝を抱えて丸まり、その膝に頬を乗せて考えこむ。寂しいな……。って、そのポーズのまま、自分も電気とかいろいろ点けっ放しで、恋恋さんのささやくような声を聴きつつ、いつのまにか眠った。

翌日。朝から日課の散歩をする。それから台所の机で一日仕事した。

夕方ふと、誰に読んでもらうということでもない手紙を書きたい気持ちになった。

恋恋さんのラジオに送るという仮の設定で、スマホのメモ機能を使ってゆるゆると書き始めてみた。そしたらゆるゆる、ゆるゆる、手紙はどこまでも長くなっていって。……あれ？　さてこれどうしようかな。長いんだけど。

「恋恋さま

はじめまして。わたしはあなたより一回りぐらい年上の人間です。

今週の『あのとき言えなくて、ごめーん！』というお題を聞いて、普段はラジオを聴いてるだけだけど、なんというか、あなたに何かを伝えたくなって、書き始めてみました。でも送るかどうかまだわかりません。ラジオで紹介してほしいわけじゃないんです。って、じゃ、おまえいったいなんの用だよ、ってなりますよね……。前、メッセージは全部読んでるって言ってたから。といっても、あんまり変な内容だったらスタッフが事前に弾くと思うけど。だからこれも、もし送っても恋恋さんには届かないかな。なんて、いまそこ悩んでも仕方ないか。自分が送るかどうかもわからないのに。

ちょっとやばめの内容から始まります。だからほんとにスタッフが弾いてしまうかも。

この世には、わたしたちが暮らしてる世界とはちがうパラレルワールドが存在するんです。なぜ知ってるかというと、去年の夏、ほんとたまたま、ほんと、ちょっとしたことで、別の世界線にいる大学時代の友達とＬＩＮＥが通じるようになったからです。それでお互いが住む世界のことを教えあうようになって。

最初はちょっとした違いが面白くて。たとえばイカビル。ほら、白銀色のオブジェがのったアサヒビール本社ビル。それが向こうの世界では金色の雲みたいなオブジェで、うんこビルと呼ばれてるとか。……あー、読むのやめないで。ほんと、ふざけてるんじゃないんですよ。でもふざけてるとしか思われないな、こんなの……。あとは歴史もあまり変わらないんですが。東京都知事さんとかも同じ方のようだし。あ、でも、その友達は向こうでは会社員なんですけど、こっちの世界では漫画家です。誰かは言えないけど、けっこう有名な……。あー、もう、ますます嘘っぽくなってどうしたらいいのか！　読むのやめないで、まだ。でも……。やめてもいいです。どちらでも……。

去年の年末のことです。中国の武漢という都市から疫病が始まり、向こうの世界にぐんぐん広がってしまいました。それで、友達によると、いまでは世界中で四百万人近くが感染していて、犠牲者も何十万人もいて、都市によっては、火葬がまにあわなかったり、病院に入れず行き倒れてしまったりと、大変なことになっているというんです。日本でもいくつかの都市が緊急事態宣言下となり、友達も戦争で戒厳令になったような息苦しい生活を送っているようです。

そして、恋恋さん。この伝染病は不平等に人を襲っています。基礎疾患のある人、つまり病気治療中の人や高齢者の方がたくさん犠牲になっています。欧米のニュースだと、対面で働かなくてはならないスーパーなどの販売員、交通機関の職員の感染率が高いとのことです。彼らの中には有色人種、移民などが多くいると。インドでは、感染率は男性のほうが高いのに、亡くなるのは女性のほうが多くて、それは看護などの家庭内労働を担っているせいだと言われています。つまり病人、高齢者、有色人種、移民、女性……立場の弱い人ほど犠牲になりやすいんです。

そんな中、アメリカのある著名な六十代の白人女性の歌手が『この疫病は平等で素晴らしい。誰もが感染するのだから』と、間違った認識をもとに疫病を賛美するかのような発言をして、大きな非難を浴びています。

病気が中国の都市から始まったため、世界各国で激しいアジア人差別が起こっているとも聞きました。

いまこれを書いているわたしは、アジア人で、女性で、病人です。ある病気で治療をし、十年の経過観察期間に入ったところです。

そしてわたしは、去年の夏、御茶ノ水駅と秋葉原駅の間の路上で起きた通り魔事件に遭遇した目撃者でもあります。あの事件でもっともひどい怪我をさせられた女性が、加害者より激しいネットリンチを受け続けるのを見て、最初は憤り、それから怖くなり、自分が傷ついたりいやな気持ちになるのがあまりにもいやすぎて、そのことについては一切見ないようになってしまいました。わたしは庇うより、逃げたんです。きっと……。自分の人生もあまりにも辛いから。って、言いわけだなそんなの。

そしてそんなわたしは、いまパラレルワールドにいる友達のことを心配しています。いつもその人のことが心配なんです。向こうの世界、イカビルじゃなくてうんこビルの世界、友達の生きている世界は、一日一日とガラガラ崩れ、まさに滅びていくところに見えるからです。

友達には、じつは病気のことを話してないんです。なんでかっていうと、最初はほんと、ただタイミングを逃して言い損なっちゃったんです。それが、だんだん、病気のことを知らない人となんでもないおしゃべりができる時間が、貴重で、大切になって、楽しくて、なんだかそのことに自分があまりにも救われるものだから、隠したままここまできてしまって。あ……。これがお題の『あのとき言えなくて、ごめーん！』なんです。あれ。重い……？　ですよね。こういうのじゃないですよね。番組から求められてるのって。なんか、すみません……。

その友達は、わたしを通じてあなたの歌を聴いてファンになりました。というのはですね、向こうの世界にはシンガーソングライターの恋恋さんという方は存在しないんです。きっと別のご職業についてるのだろうと思います。なので、恋恋さんの歌もラジオも、友達はＬＩＮＥのビデオ通話を使ってわたしと一緒に聴いています。

友達のほうも、破滅していく恐ろしい世界のことをわたしに話したり、一緒にラジオを聴いたりすることで、少しは気が楽になると言ってくれます。

もしかしたら、友達にも、わたしに話していないことが少なからずあるのかもしれません。じつはお互いがそうなのかもしれません。

わたし、さいきん、こんなことを思うんです。パラレルワールドってじつはどこにでもあるんじゃないか、って。だって、こんなちっぽけなわたし一人にも、〝向こうの世界に住んでいる健康なわたし〟と、〝友達の目から見た、こっちの世界にいる健康なはずのわたし〟と、〝こっちの世界にいる、じつは病人のわたし〟と、〝兄から見たわがままなわたし〟と、〝仕事関係の人から見た働くわたし〟と……もうごっちゃごちゃに、無数のパラレルなわたしが同時に存在していて。しかもどれも幻じゃなく、このパラレルなわたしというものはじつは隣りあって一緒にリアルに生きている。

友達も、きっとそうなんだろうと思います。

恋恋さんだってそうなのかも、と思います。

みんな、きっとそうなんだろうと思います。

みんなみんな、ほんとはそうなんだろうと思います。

パラレルなあなたは世界のあちこちに無数にいて、まるで短い紐を無数に合わせた太い束みたいに、知らず隣りあってて、はぁ、はぁ、といまも呼吸しあってるんでしょ？　お互いの苦しげな呼吸が耳元で聞こえるぐらい近くにいるのに、姿は見えなくて。で、わたしだけはそのことをよく知ってるんです、って。

いまこのときも。

ほら？

聞こえるでしょ？

パラレルなあなたの、密かな呼吸の音が？

って、さいきん、そんなことを考えてます。

……これ、やっぱり送らないかも。変だから。もし送ったとしてもラジオで読まないでください。

……めっちゃ迷惑なリスナーですね！　わたし地雷級ですね、ごめんなさい。けど、友達もラジオを聴いてるから。だから……。

送らないほうがよいなぁ。やっぱりやめよう。

恋恋さんのラジオ、わたしも好きです。あなたは、みんなというカタマリに向かって話してるんじゃなくて、いつだって、わたしとか友達とか、この世に無数にいるリアルにパラレルな一人一人に向かって、心を込めて話してくれるから。

何もかも、日々変わっていくけど、大人になっていくけど、価値があったはずのものが陳腐になっていくけど、それはもうとっくに知っているけど。恋恋さん、そこは永遠に変わらないでねって、祈るような気持ちです。勝手に。

さよなら。

ラジオネームは、Namimaです」

夜まで、少しずつ、こんなのを書いて、スマホを置いた。それで寝る前にまた少し仕事をした。


ゴールデンウィークが明けると、一気に気温も上がり、日差しも強まった。シャツ一枚で出かけてもいいぐらいの陽気の日もあって。

週末、東京オリンピック用に建て替えられた新国立競技場で初の単独イベントがあった。国民的男性アイドルグループのコンサートだった。

翌朝、隣駅にある楓の職場のバルコニーにカラフルな風船が三つ落ちていた。誰がなぜここに風船を、と職場全体がざわついた後、前夜のコンサートのラストで色とりどりの風船が上がったというニュースを一人が思いだし、おそらくその風船が飛んできたのだろうという推論で落ち着いたらしい。

この週、東京は翌々月に迫った東京オリンピックの色にますます染まり始めた。街のあちこちに白と青のロゴマークやマスコットの絵が溢れ、広告にも有名アスリートの勇ましい姿が増えて。

一方、中川君のいる世界のほうは、緊急事態宣言が月末まで延長されたとはいえ、連休が終わってからは空気がうっすら和らいできたようだった。「ビル建設の工事現場も、クラスターが出たりでどこも作業をストップしてたんだけど、再開し始めてさ」「そっか」「レストランや喫茶店も開き始めた。その代わり、マスク着用、手指消毒、少人数グループのみ、とかの新ルールができて、みんなで守りながらの再開っていう流れができてる」「新ルールかぁ」「ニューノーマルって呼ばれてる。新しい日常なんだってさ」「へぇ……」とうなずく。

——へぇ、ニューノーマル、か。

心なしか中川君の声が明るくなってて、だから、聞いていて少しだけほっとする。わたしも夜中に向こう側の世界のことが心配になってとつぜん飛び起きるなんてことが減ってきた。

五月の半ば。天気の良い日。

元の会社に出向いた。

オフィスビルの前で足を止め、見上げたとき、きっと懐かしく感じるだろうという予測から、心がなぜかぐにゃっと折れ曲がって横に逸れ、理由がわからないまま、じつは気乗りしてないような憂鬱な気持ちに襲われた。これは何だろう、と首をかしげつつビルに入る。

小会議室で待っていると、四十代の女性の上司二人が入ってきた。遅れて、仕事を回してくれていた元後輩もそっと入室してくる。立ちあがって挨拶しようとすると、上司の一人がわたしにスマホを向けて写真を撮った。ポーン、と軽い音がした。

「ご無沙汰し、え？　何……」

頭を下げかけたところでフリーズする。「小林さんが元気に戻ってきてくれたこと、シェアしたくて。ほんとによかったわ」と明るく言われて、「ありがとうございます……？」と最後ちょっと疑問形になりつつ答える。

……わたしにはまだケモブレインの症状が少し残っていて、落ち着いて振る舞えていても、こうして急にびっくりすると、頭が真っ白になってしまう。席に着き、またフルタイムで働けるか、その場合の条件は、という具体的な話を聞きつつ、じつは頭が切り替えられない。まるで頭蓋骨がからっぽな真鍮の壺になったみたいで、風が吹いて石ころがカラカラ、カラカラと音を立ててるみたいで、ほんと、いわゆる、これぞ、ザ・頭からっぽ。仕方なく話を機械的にメモする。じつは絶賛ホワイトアウト中だけど、あとで落ち着いて読み返せば大丈夫だろう。焦らなくていい。とりあえず会話の内容を理解できていないことは社会人として隠さなきゃって。

ふと隣席のもう一人の上司の視線を感じ、顔を上げた。と、なんともいえない嫌悪の混じる哀れみのような目つきに気づき、ぎょっとした。空き地に捨てられている子犬を、拾う気のない人間が見下ろしてるような表情。こんな目つきで見下されたのは生まれて初めて……。

ともかく、上司たちの言葉をメモし、一度持ち帰って家族とも相談しますと答え、会議室を辞す。

廊下をゆっくり歩きだす。元後輩がエレベーターホールまで送ってくれ、エレベーターが到着したところで、「先輩は大胆にも手ぶらで会社にきたんですか」と不審そうに聞いた。はっと両手を見下ろす。「まさかそんなはずないでしょ。さっきの部屋にカバン忘れた」「カバン忘れたぁ？　マジっすか」「……じつはね、ケモブレインという副作用の症状が残ってて。マルチタスクで物事を考えられないというか、何かに集中すると他のことが飛んでしまうというか。急いでるときは忘れ物も増えるし。出かけるときは、財布、鍵、スマホ、って指差し確認したりとか」「けものブレイン……？」「ちょっとちがう。の、はいらないの」と話しながら並んで廊下を戻る。

と、さっきの会議室の中から話し声が聞こえてきた。

「きれいな子だったのにね……」

「ん。ま、割とね？　お洒落ではあったわよね」

あ、やば、と足を止めた。本人に聞かせられない噂話が始まってる……。隣で元後輩がびくっと肩を震わせる。

「若いのに可哀想ね……。とってもいい子なのにね。ほんとやりきれない。神様なんていないのかしら」

「あれカツラよね」

「やっぱりそうよね……？　変かなとは思ったな。ほんと可哀想に……」

「太ってなかった？　瘦せ細ってると思って、会ったらショックを受けるのを覚悟してたから、あらっ、って」

「そうねぇ。肩まわりとかモリモリしてたかもねぇ。まぁ、それだけ元気になってくれたってことでしょう」

「顔とかまんまるで……」

おぉぉ、と思った。

肩がごつくなるのや、顔がむくむのは、副作用止めのステロイド剤の副作用で、バッファロー肩、ムーンフェイスと呼ばれる。……でも、病気なのに瘦せてない理由はこうですと説明しても実りはないし、とにかくカバンを……とドアノブに手を伸ばそうとしたとき、元後輩が「ぼくが一言言いますから」と低音で言った。

「えっ……！　いいよ……。わたしのことだし、べつに」

「……じつはやめるつもりなんです。だから今日か明日辺りからやらかしてもセーフな時期に入ったはずだと」

「は？　やめる？　すでに二人やめることが決まってるんだよね？」

「だから、小林さんが復帰してくれたらやめやすくなるなと内心思ってたんですよ。あのー、独立するつもりで」

「何？　さらなるマルチタスク……。あ、ちょ、無理……」

「けものブレインっすか？」

「だから、の、はいらないってば」

「はぁ？　ま、なんで一言言ってやりますから」

と元後輩がドアを勢いよく開け、会議室に入っていった。それからわたしが聞いたことのない謎の言語でわーっとまくしたて始めた。えっ、どこの国の言葉？　日本語でも英語でもない。これ何？

するとと上司の一人が、同じ言語らしきイントネーションでわーっと二倍ぐらい激しく反論しだした。……って、え？　え、ええ？　もう一人の上司もわたしと同じぐらい驚いていて、「二人とも何語で話してるの？　喧嘩してるの？　どっ、どうしたの？　いったいどうしちゃったの。やめて。一回やめて」とおろおろしている。

と、元後輩がわたしのカバンを抱えて飛びだしてきて、廊下を競歩みたいに早歩きしだした。その後ろをあわてて小走りに追う。

エレベーターホールに着くと、振りむいて、わたしに向かってカバンを差しだしながら「まさか通じるとはな」と呻いた。

「何語で喋ってたの？」

「クリンゴン語です」

「クリ、何？」

「通じるとはな！　すっげぇ居づらくなった！」

「えーっ？　だからいいって言ったのにぃ！　居づらくなっちゃったの……？　ちょっと待って、クリン、何？　あ、あー……」

エレベーターが着いた。

元後輩はわたしをエレベーターに乗せ、「後日連絡しますんで。じゃ……先輩、帰りもしっかり気をつけて」と言い、わたしにはわからない言語で早口でまた何かを言い、見たことない、でも楓がときどきする表情にどっか似てる、独特の漫画キャラっぽい笑い方でニーッとした。

本当にわけがわからない。ふらつきながらとにかくオフィスビルを出る。

振りむき、見上げる。

新卒から九年も通い続けた建物がまるで知らない場所のように感じられた。気心がある程度知れていたはずの職場の人たちも、まるで中身だけ異なる何者かと入れ替わってしまっていたような気がし始めた。

わたし、ここで前みたいにフルタイムで働くのかな？　大量の案件を抱えて、家にも持ち帰ったりして。

わたし、ここでまた働くのかな? プライベートな時間がない嵐のような忙しさの中で。

わたし、ここでまた働くのかな……?

また病気になるまで。

……それはもうできないことだって、この日急に感じられた。

約十ヶ月かけてじっくり治療して、経過観察中、つまり執行猶予の身になって。でも、だからって元の生活にすっぽり戻れるわけじゃないんだなって。わたしの気持ちも状態も前とは変わっていて。もちろん仕事もだけど、改めて考えると、実家暮らしとかも、前と同じようには到底できないと思う。

それどころか、一年前まで常連だったレストランやバーに足を向けるのさえ、なぜかどうしても気が進まないな。

そんなことに改めて気づきながら、ゆっくり歩く。

駅に続くいつもの大通りを戻ろうとして、足を止め、踵を返した。それから少し離れたところにあるべつの地下鉄の使ったことのない駅に向かって足を進め始めた。道順がわからないからスマホでGoogleマップを見て、角を曲がったり信号を渡ったりする。

ふと、思う。

いま振りむいても、ここまできた道は消えていて、ただこれから進む目の前の道しかないんじゃないかって。

それが、人が病を得るということじゃないかって。

じゃあ、自分は、これから、どこでどんなふうに、一日や、十日や、一ヶ月の繰り返しの、無数の短い紐の太い束である日々を送っていけばいいというんだろう？

わからない。

そんなことまだぜんぜんわからない！

とにかく自分なりの〝ニューノーマル〟をみつけなければならないって。

病が治ったのではなく、経過観察期間に入ったサバイバーの、前とはちがう、新しい日常を探すしかないんだって。

もしわたしがこれからも生きていくのなら。

……と、そんなことを考えながら、駅をみつけ、地下鉄に乗り、ちょっと遠回りになりつつ浅草に戻った。

で、その週の週末。

楓が部屋にきたので、会社での出来事について話した。すると楓は「はっ、クリンゴン語？『スタートレック』のクリンゴン語のことっ？」とガバッと身を乗りだした。

「『スタートレック』なの？　どこか外国の言葉かと思ってた。こんな発音だったかな……」

と記憶をもとに真似してみると、

「それぜったいクリンゴン語ですし！」

「何？　詳しく」

「えーっと、宇宙人の言葉だけど、ちゃんと言語として作られてて。濃いめのファンダムには喋れる人もいて。直接会ったことはないけど。ただ、そんな流暢に話せるほど詳しい人は希少だと思われ。東京全体で……そうだなぁ、探しまくっても十人いるかいないかじゃないかと」

「え……。なぜその十人弱のうちの二人がうちの会社にいたの」

「ほんと。あんたいったいどんな会社に勤めてたん？」

「ごく普通のデザイン会社……だと、思ってたけど……。あれかな、採用担当か社長の趣味で偏りがあったとか？　ほんっとわかんないな」

と首をかしげると、楓が「変な会社で草」と小声で言った。

ピザの出前を取って、台所の小さな机で向かいあい、二人で食べる。考え事をしながらぼーっと口に運ぶわたしの向かい側の椅子で、楓が「ピザの耳のところにチーズ入れることを思いついた人、天才すぎますし」と独り言を言いながらモリモリとピザの耳を齧《かじ》っていた。


ぶおっ、ぶおっ、ぶおぉぉぉっ……。波の音がちょっと怖くなるぐらい大きく響いている。

つぎの週の金曜、お昼過ぎ。

一人で隅田川周遊のクルーズ船に乗っている。屋根のない船尾の席で日差しとかすかな水しぶきを浴びつつ、少しずつ変わっていく川沿いの景色を眺める。

クルーズ船は相変わらず混んでいた。インバウンドもあって国内外の観光客が押し寄せて、浅草界隈はますます大盛況で、船内に笑い声や写真を撮る音が響いてる。

一人で乗ってるのはわたしだけで、辺りはグループやカップルばかりだ。

今日は平日なんだけど、さいきんはもう曜日を気にしなくなってて、中川君とのんびりビデオ通話中だった。「そっちすごい人が多いな！　平日とは思えん。もう別世界だなぁ。こっちではクルーズ船はもう運航してないしな」という声が聞こえてくる。

中川君のほうは実家の様子を窺いにいく途中らしく、駅の構内を歩いてるところだった。声に被さるように構内アナウンスが「新型コロナウイルスの発生により……。マスクを着用し……。車内での会話をお控えいただくよう、お願い申しあげ……」と滲んで遠く聞こえてくる。殺伐とした空気と緊迫感が通話越しにも感じられ、不安になる。

「そっちの様子はどう?」

「うーん? 電車ではさ、お互い離れて座る、もしくは離れて立つ、みたいな暗黙のルールができてるな。慣れると、乗った瞬間、自分が座ったり立ったりすべき場所がピンとくるから、ササッとそこにいくっていうさ」

「それ、慣れてないと間違えそう……」

と話しているうち、中川君が実家の近くの駅から出て外を歩きだした。天気だけは同じ。向こうも快晴だ。

こちらでは隅田川沿いの道を歩く人がクルーズ船に向かって手を振っている。瞬間的に陽気な気分になり、思わず中腰になって振り返す。

「あれっ、こっちも急に人が多いぞ。なんだろう」

という声に、スマホを覗きこむ。

大通りの交差点に人が集まり、空を見上げている。スーツ姿の会社員の人も多くて、みんな職場からわざわざ外に出てきたところのように見える。中川君が「何かあるんですか?」と質問している声が聞こえた。それから「おーい、小林! こっちではブルーインパルスが飛ぶらしいぞぉ?」と訝しげな声がした。

「ブルーインパルスって何？」

「え、戦闘機じゃね？　あのほら、自衛隊の」

「戦闘機ぃっ！　な、なんで飛ぶの？　えーっ、そっちの世界、大丈夫なの……？」

　去年、中川君と再会した日、（いまは〝戦前〟なんだ。これから〝戦争〟が始まるんだ）となぜか自分がとつぜん思ったことを思いだし、戦闘機ぃっ、の、機ぃっ、のところで声が裏返るような声を出してしまったけど、「きた！　ほら、小林も見えるかぁ？」と青空に向けられた中川君のスマホのカメラ越しに、白銀色の戦闘機が六機、煙で模様を作りながら青空をぐんぐん飛んでくるのが見えて、「ん？　見えてるっ！　えっと、何かのデモンストレーションってこと？」と首をかしげた。

「あー、もう行っちゃったよ。……うん。そういや医療関係者への感謝を込めての政府のイベントっていうニュースを見たな。戦闘機と医療との関係はまったくもってわからんけど」

「へぇ……？」

「ま、まるでわからんことは多いからなぁ。さいきんとくにさ。とにかく、わかるようなわからないようなニューノーマルとやらに慣れて、ストレスを溜めすぎず、なんとか自分の生活を守っていかないとなぁ。緊急事態宣言はようやく明けたけど、元の生活に戻れたわけじゃないし。コロナ禍もしばらく続きそうだしなぁ……」

「そうなんだね……」

　とうなずき、空を見上げると、雲が出てうっすら暗くなってきていた。そうだ、天気予報では夕方から雨だったかも、その前に帰ろうと思ったとき、中川君が「わっ、ブルーインパルス、戻ってきたぞ！　まだ飛んでたのかっ……」と、また青空に向かってスマホを掲げた。

「見えるかぁー？　小林もぉ。おーいっ？」

「うん……。うん、見えてるよ、中川君。ブルーインパルス……。そっちの世界の戦闘機。よく見えてる……」


……六月になった。

病院に行くと、いつもの主治医の先生が大腿骨を骨折してお休みされてて、臨時で別の先生の診察を受けることになった。

この先生に今後の体力回復について聞いたら、「そうですねぇ。以前の七割戻ったらいいなというぐらいで、気長に待つのがよいですよね」と話された。「やっぱり一度免疫を抑制するとね。人間の体というものはねぇ」「そっか……。そうですよね……」とうなずいて診察室を出た。

薬局の待ち時間のとき、なんとなく急にすごく不安になり、深南にLINEした。するとびっくりするぐらいすぐ返信をくれた。「腿を骨折？　えー……。波間の先生、大丈夫かな。けど主治医の先生がいないと心細いよね。大丈夫？」「うん。ありがと」「なんかさ、主治医の先生って不死身のような気がしちゃわない？　当たり前だけど、先生もわたしたちと同じ生身の人間で、怪我されたりするんだね……。って、変なこと言うけど」「変じゃないよ！　その感覚わかる」とうなずく。

深南のほうは、闘病ブログを精力的に書き続けていて、評判もすごくよく、さいきんフリーのエディターを名乗る方から連絡もきたという。「ブログを本にできるかもって。まだわかんないけど、とにかく一回会ってみるね」「え、すごい！　すごいね」「ね？　自分でもびっくり」といううれしそうな返信を読みながら、深南もまた、次第にパラレルな深南となり、わたしと一緒に必死で闘病していたこの世界線の深南から、無数にあるべつの世界線の深南へと、音を立ててぐんぐん分岐していってるような気がした。いや、すでに少し前のどこかのセーブ地点で分岐し終えて別ルートの深南になった人と、LINEでだけまだ対話できてるというような……。これって変な感覚かな……。ここにもパラレルワールドがあるようなというか。明るくやりとりしつつ、新たな謎の心細さが生まれ、胸がちくちくし続けた。

　薬局で薬を受け取り、病院から帰る途中。楓から連絡がきた。急だけど一緒に晩ごはんを食べようと言ってみると、了承してくれ、ほっとした。浅草駅近くで待ち合わせ。裏通りのうどん屋で、楓はカツ丼セット、わたしは卵とじうどんを頼んだ。

　深南のブログのことを話すと、楓はカツを一口噛んで、「もっ……」と呻き、何か話したそうな表情のまま、もぐもぐ、もぐもぐし続け、飲みこみ、「前聞いたとき全部読んだよ」「そうなの。すぐ読んでくれてたんだ……」「そばでナミを見ててもわからなかったことが、当事者目線でわかりやすく書いてあって。患者に近しい人間にとってはありがたかったよ。文章がすごく上手な人だよね。ちなみに兄者さんも読んでたよ」「兄貴も？」「ん」とつぎのカツを齧って、またしばらくもぐもぐ、もぐもぐし、ごくっと飲みこんで、「なんて言ってたかな。そうだ……」「なんて？」「『妹の外面《そとづら》の良さに恐怖を感じる』って」「はぁっ？」「ほら、ブログにナミらしき友達のNさんが出てくるでしょ。淡々として、動揺せず冷静に構えてて、年下とは思えないぐらいしっかりしてるって。自分はすぐ泣いたりパニックになったり落ちこんだりするから、尊敬してるって」「うん……」「兄者さん、そこ読んで、『妹の外面の良さに恐怖を感じる』『ほんとはぜんぜんそんな奴じゃないのによ』『あいつなんて病人ヤクザだろ』って言った後、なぜかぐすぐすってちょっと泣いて。わたし、なんでかわかんなかったから、なるべく離れた。壁際に」「泣いてた……？　兄貴が？」とわたしもびっくりし、なんでなのか妹の自分にだってわからないと首をかしげたけど、卵とじうどんを食べ終わり、雷門の左隣にある和風のスタバでお茶を飲んで、お喋りして、楓と別れてアパートに帰る途中、その話を思いだしたら、なぜだかわたしまで泣けてきて、だけど、やっぱり、なんで兄がちょっと泣いたのか、自分もいまつられて涙が滲んでいるのか、ぜんぜんわからず、心が海水みたいにすごく揺れて波打つような気持ちになった。

それから、ゆっくり歩き続けながら、わたしも深南も、ドラマとか小説とかに出てくる、主人公の病気になった恋人や妻やお母さんじゃなくて……つまり、善良で無垢だけど、本当は何を考えてたのか最後までよくわからないままという、おとなしくて、物語への聞き分けがよくて、だから本当の意味での自己開示はぜったいにさせてもらえないという、あの無数の架空ののっぺらぼうみたいな女性じゃなくて……本当は一人一人、主体のある個人で、だから、だから、わたしも深南も他の患者さんも、もう誰一人、感動のために存在してあげたりしないって、だから、頼むから、わたしたちが物語に対して無抵抗だなんてもう誰も思わないで、これからはみんなで生き抜いてやるから、と思った。

アパートに着いた。鍵を回し、ドアを開け、いつもの一人の静かな部屋にこうして帰る。

と、そんなふうに多少は気を強く持てるようになってきたのも、日々、体力が戻ってきたからかもしれない。

余力が生まれるにつれ、また政治的なニュースを追えるようにもなってきた。

いまアメリカでＢＬＭ運動が起こっていて、香港では民主化運動が激化している、ということも把握できている。

驚いたことに、中川君によると、パンデミックの最中にある向こう側の世界でもほぼ同じことが起こっているらしかった。

楓とそういった社会の問題についてもだんだん前みたいに話せるようになった。相手が早口で頭の回転も速すぎるように感じられて、やっぱりときどきスピードについていけなくなってはしまうけど、去年ほどひどくなかった。自分の意見も言えるし、楓が話す内容もほぼほぼリアタイで頭の奥ではわかってる、という状態まで戻ってきた。

まぁ、以前の半分、いや、よくて七割の稼働かな？　臨時の先生の（体力が七割戻ればよいと思って）という声を思いだして、まぁひとまずこれで充分ってことにしよう、と自分を宥めた。とりあえず暫定的に、七割弱稼働の自分と共存していこうって。つまり、その。

――これも〝ニューノーマル〟ってことで。

体力の回復に合わせ、六月の終わり、アルバイトを始めた。浅草寺近くにある明治創業の古い洋食屋で、ランチタイムとディナータイムの洗い場を担当する。初めは「フロアをやって」と言われたけど、お客さんに予定外のことを質問されたら「えーっと……？」と絶賛ホワイトアウトしてしまいそうで、怖くて、断った。何も考えずに淡々と洗い物を続ける時間は、無で、この無はそんなにいやじゃなかった。

同じころ、会社の元後輩……クリンゴン語の男の子から連絡があった。「会社、やめます。というかもうやめた。スタートアップっぽいやつでして」と言う。え、早っ。とりあえず一度会おうと約束した。

髪もだいぶ生えそろってきた。ベリーショート、いや、バズカットというぐらいの短さではあるけど、ウィッグなしで外出できるようになった。最初の数ヶ月だけは癖っ毛で生えるという謎仕様らしく、色素の薄くなった細い髪が弱々しくクルクルしている。ウィッグをかぶる手間がなくなっただけで気が楽かな。

わたしなりのニューノーマルも、こうして少しずつ変わり、勢いをつけ、前に、前にゆっくり進んでいく。


六月のある月曜の深夜。

いつも通り、アパートのベッドの上にMacBookとスマホをおき、LINEのビデオ通話の向こうにいる中川君と「恋恋のオールナイトニッポン」の始まりを待っているとき。中川君が急に「小林。恋恋の本名ってわかる?」と言った。

「どうして?」

「じつはさ。ちょっと聞いてくれる? あのさぁ、俺、いま自転車で行ける範囲のいろんなカフェでテレワークしてるだろ。でさ、青山のブルーボトルコーヒーにめっちゃくちゃ……めっちゃくちゃ……」

「めっちゃくちゃ、何……?」

話の続きが予測できなくて、小声で聞き返す。すると中川君もつられたように小声で、

「めっちゃくちゃ……恋恋と似てる店員さんがいるんだよ」

「えーっ？」

「顔はさ、マスクで隠れててよくわかんないけど、似てる気がするんだよな。声はもうそっくりっていうか一緒っていうか、もはや声のドッペルゲンガーっていうか。だから気になっちゃってさ」

「えー……。そっか。そっちの世界には恋恋さんっていう歌手の方が存在しないんだよね。ということは、その店員さんが恋恋さんという可能性もなくはないよね」

「だよな？　その人、他の店員さんや常連さんからハル様って呼ばれててさ。同じ人なのかな、こっちで呼ばれてる名前が本名なのかもって……。でもマスクしてるし。俺の勘違いかも」

「ちょっと待ってて……」

と、恋恋、本名、で検索してみる。中学の卒業アルバムの画像が出てきた。名前は……。

「本名は、鞘《さや》師《し》春、だって」

「あー！　ほら！　ハルっ……？」

と、中川君が大きな声を出したとき、ちゃらっちゃっ、ちゃっちゃらら、ちゃっちゃらっ……といつもの音楽が流れ、番組が始まった。

「はーい！　今夜も、いつものっ、恋恋ですっ。みなさんは一週間いかがお過ごしでしたかっ？わたしはですねー、先週からツアーが始まりまして、えー、これから三ヶ月、全国津々浦々とっ……」

といつも通りに元気よく番組が進んでいく。

しばらくするとゲストコーナーになった。今週のゲストは都市伝説に詳しいことで有名な五十代のベテラン芸人さんだった。「いきなりだけど、恋恋ちゃんはマンデラ・エフェクトって知ってる?」と低い声で話しだした。

「知らないです。なんですか、それ」

「マンデラ・エフェクト、またの名を集団的虚偽記憶」

「んー、知らないです」

「たとえばさ、ご存命でご活躍されてるタレントさんのことを、自分だけなぜか何年も前に亡くなったと勘違いしてる、みたいなこと、失礼だけど、たまにない? そういうとき、僕一人の勘違いだったら、別のタレントさんのニュースと混同したんだろうと思うけど。同じ勘違いを、会ったことのないたくさんの人が同時にしてる場合があってさ。不思議だよね? 他にも、有名な国民的アニメのラストを実際にはないシーンで覚えてる人が大勢いたりさ。自分だけなら、勘違いしてたで終わるでしょ。でも存在しないシーンをはっきり記憶してる人が全国に何百人もいると、あれっと思わない? ほんとに存在しないシーンなのか、って。どこかに……って、どこかはわかんないけど、この世のどこかにそのラストシーンのバージョンも存在してるんじゃないか、って」

「あー……。なる、ほど?」

「こういうことはさぁ、おそらく、何人も何十人もが勘違いするようななんらかの原因があるんだろうと推測されてる。たとえば訃報の場合は、べつのタレントさんのニュースと勘違いされやすい芸名や印象的な役の類似があったとか。国民的アニメの場合は、キャラクターを使用したコマーシャル映像をアニメ作品のラストと混同してるとか。そう説明されると、ま、一回納得できるよね。なるほどって」

「ですね。あ、あのー……」

「ん？」

「ところで、どうしてマンデラ・エフェクトっていうんですか」

「おっ！　その話もしようと思ってたの！　あのね、中でも世界的に有名な集団的虚偽記憶があってさ。南アフリカで反アパルトヘイト運動をし、後に大統領になったネルソン・マンデラ氏について、一九八〇年代に獄中で亡くなり、その遺志を継いだマンデラ活動が世界中で続いてるという虚偽記憶を持つ人が世界のあちこちにいるんだ。それでこの名がついたというわけで……」

「そっか……」

「この場合、世界のあちこちにばらばらに存在する人たちが、具体的な歴史として記憶し、細部も合致している。だからなんらかの原因による勘違いでは説明がつかないんだよ。これは歴史上の重大な事柄なんだけど。他にも瑣末なマンデラ・エフェクトはじつは僕らの生活のあちこちにあるんだ」

「瑣末な、ですか」

「たとえばオオサカの表記は大きい坂でしょ。でも大きいに阪神タイガースの阪という表記だったはずという人が一定数いたり。イカビルっていう銀色の飾りがついてるビルがあるでしょ。あれも少し前まで金色の飾りがついててべつの呼ばれ方をしてたっていう人がいたり……」

「えーっ！」

「わっ！　急にどうしたの。何……。もしかして恋恋ちゃんもいま言ったような虚偽記憶を持ってるとか……？」

「いえ。ぜんぜん。イカビル……？　金の……。え……？」

と恋恋が動揺したような声を出す。

「とにかくさ。これらは一般的には集団的勘違いと説明されているけど、その一方で都市伝説的な解釈もされつつある。つまり、もしかしたら……僕らがいるこの世界の裏側にはべつの世界がいくつもあり、それらの世界はこっちの世界と似てるけど少しずつちがうって。そしてそんな別の世界にいる自分の記憶と混ざりあってる人がときどきいるんじゃないかって」

「パラレルワールド……みたいなことですか」

「そう！　そういう話。ま、こういうのは、信じるのも信じないのも自由だけど、僕は昔からこういう都市伝説が大好きだからさ……」

わたしも中川君も不気味なぐらい黙ってずっと聴いていた。

やがて番組が終わると、中川君が「マンデラ・エフェクトか」と呟いた。「これってさ、俺たちがいるようなべつの世界線の話なのかな。イカビルとうんこビルの話もしてたよな？」「ん……」「どうした？」「あ、いや……。そういうこともあるのかなって。だって実際にこうしてわたしと中川君が存在を認識しあえて話したりできてるわけで……」「だよなぁ」「あとさ。恋恋さんの反応……イカビルのところで、えーっ、って驚いてたのがじつは気になって」「あぁ、急にえーって叫んでたよなぁ」と話しつつ、MacBookを確認してみる。

先月、送らないつもりで書き綴った番組へのメッセージを見ると、あ……。送信済みトレイにあった。わたし……あれ、送ったんだ……？　思うがまま書いて、ほっとして、送って、そのことを忘れてたのか……。

恋恋さんがイカビルの話で驚いたのは、わたしのメッセージにもイカビルのことが書いてあったからかな。もしかしてあの変な文章を読んでくれてたのかな。どうかなぁ……。まぁ、わからないな。

「小林、どした？」

「いや……」

と言い淀み、それから、じつは先月、番組宛にメッセージを送ったこと、パラレルワールドに住む友達がいるとか、イカビルは向こうではうんこビルなのだと書いたことを話してみた。中川君は驚いた。「てことは、さっきの反応、小林のメッセージを読んでたからかな？　うーん、わっかんないな」「関係ないかもだしね……」「俺もメッセージを送ってみようかな」「おっ？」「書いたら転送してくれる？」「もっちろんだよっ」「そっかー……」と中川君が少し眠そうな低ぃ思案声で、「じゃ、いつか送ってみようかな、俺も？」

と、呟いた。

ある日のこと。

楓と兄から「ナミ、行きたい国とかある？」「やっぱりハワイか？」と相次いで聞かれた。「え、国？」とつい不審げに聞き返してしまう。

どうやら、わたしが元気になってきたので、楓と一緒に海外旅行に行くという計画を立ててくれてるらしかった。わたしのぶんの旅費は兄が全部出すと……。「でも、おか……」「金ならあるっつってんだろうが！　何度も言わせんなやごるぁ！」と唐突に凄まれたので、わたしは振りあげた拳を下ろすように「そう……」と黙った。お金の話になると、兄貴が、ある、とキレるから、いつもなんとも言えない辛い気持ちになった。

しかし行きたい国か……。「ロンドンかなぁ？」と楓に小声で言うと、「えっ、ロンドン？　意外な返し」と驚かれた。向こうの世界にいる元気なわたしが留学してるのがロンドンだから、とっさに口をついて出たのかもしれない。楓と兄がさっそく、格安航空券と宿代は、何月ごろに行くと幾らぐらいかかって……と膝を突き合わせて調べ始めてくれて、そんな二人の姿を少し離れたところから膝を抱えて見たりした。

ある週末。

あのクリンゴン語の元後輩に会いに、土曜の午前中から電車に乗った。

車内にはいろんな匂いが渦巻いていた。……点滴治療の副作用には、人工的な匂いに敏感になるというのもあるんだけど、どうやらその症状も残ってるらしく、同じ車両に乗る人たちの服からさまざまな柔軟剤の匂いが混ざって渦巻いてきて、鼻に対して情報過多で、口呼吸に替えて乗り切ったりした。

元後輩は、隅田川の向こうにある、近年再開発が進む清澄白河という街でシェアオフィスを借りたとのことだった。駅を出て歩くと、古びた倉庫街のあちこちに、昔の建物を思い思いのセンスでリノベしたおしゃれな飲食店や洋服屋が建ち並んでいた。シェアオフィスも年季の入った五階建ての青レンガのビルで、一階がカフェとチェックインカウンター、二階がシェアオフィス、三階から五階は東京オリンピックのインバウンド需要を見込んだゲストハウスになっていた。

ブルックリン風の明るい木造の内装が心地よい。シェアオフィスでは用途に合わせて大テーブル、ソファ席、カウンター席を自由に使えるらしかった。

元後輩とソファ席で向かいあう。一階のカフェで注文したラムカレーとアイスラテが運ばれてくる。一緒に「えっ、これめちゃくちゃおいしい」「ですよね。僕もそう思ってたんすよ」と食べながら、今後の話をした。

前の会社と基本的に同じような依頼を受ける予定だけど、将来的には業務の幅を広げたいらしい。「一緒にやりませんか」と言われ、ただ当面はお給料が前の半分強ぐらいになってしまうということで、よく考える……べきなんだけど、「やろうかな」と答えた。

元の環境に戻れたら、生活は安定させられるけど、でも……。あの日、とくべつ何がいやだったとかじゃなく、つまり、べつに上司たちの会話を聞いたせいじゃなくて、前と同じ生活に戻ることはぜったいできないとやっぱり強く感じていた。それに、だいたい自分はなぜあんなにも働いてたんだろうか？　それなのになぜがんばるほど自己肯定感が下がりまくってたんだろうか？　あのころはそんな悪い環境にいるとは思ってなかったけど……。ともかくもう無理な気がするって。

夜、兄に会って話すと、かなり食い気味に「おぅ、好きにしろってばよ！」と大声を出された。その声にも押され、元後輩改め現社長のところで働くことに決めた。

社員は当面はわたし一人。毎日、洋食屋でランチタイムのアルバイトをしてから清澄白河のシェアオフィスに通った。その日の気分や混み具合によって、テーブル席、ソファ席、カウンター席を選んでMacBookを開き、黙々と作業したり、打ち合わせする。

シェアオフィスでよく会う他のスタートアップの人たちとも顔見知りになっていく。

週末だけやってくる大学三年生の三人組は、サブカルチャーに特化したマッチングアプリを開発したらしかった。好きな音楽、映画、絵画、小説などで検索でき、人の感想や批評も読め、自分も投稿できる。お互い趣味の合う相手をみつけやすい……。「ナミさんも登録してみてよ」と言われて試しに操作してみたけど、どのジャンルも専門性がえぐすぎて「ちょ、自分がどこのジャンルのどんな人なのかがまずわからないよ……。これすごいね！　友達にカルチャーに詳しい子がいて、その子のほうが向いてそう」とギブアップし、楓に教えた。と、楓から「〝沼で出会おう〟なアプリ？　なるほどなるほどー」と返信がきた。

三十代半ばぐらいのご夫婦もいて、平日の昼はキッチンカーで日替わりランチボックスを販売しにいき、夕方以降は出前専門のゴーストレストランをやっていた。アプリで注文がくると、ゲストハウスと共用の三階のキッチンでささっと弁当や惣菜を作り、バイクで配達する。中東や東南アジアや中欧など、異国の家庭料理もリクエストに応じて勉強して作るので、留学生や移民の固定客も多いらしかった。わたしと現社長も、お腹が空くとゴーストレストランで晩ごはんを買い、ソファ席でおしゃべりしながら食べたりした。

他に三十歳前後の男女四人組もいた。クラウドファンディングでオーダーメイドポルノ専門の会社を立ちあげたという。「へぇ、オーダーメイドポルノ……って何？」と聞くと、「お客さん一人一人と面談してシチュエーションやストーリーをオーダーしてもらい、オリジナル動画を作る仕事」とカウンター席で忙しそうにノートパソコンに何か打ち込みながら早口で説明された。

親しくなるうちにわかってきたけど、女優二人男優二人のユニットで、男性一人は実家暮らしを し、残る三人は五階のゲストハウスに居住していた。ゲストハウスは個室も一部屋当たり三畳弱と狭いので、そこは寝室兼クローゼットのように使い、普段は一階のカフェか二階のシェアオフィスか三階の共用キッチンで過ごしているという。……そっか、それでいつオフィスにきてもよく三人と会うんだな。このユニットは、オーダーに合わせてシチュエーションごとの家具や衣装などを探す業務に手が掛かるらしく、劇団から舞台装置をレンタルしたりスタジオを手配したりと、いつも忙しそうだった。

ある日、出勤すると一人が「ナミさん、きたきた。社長はいつごろくるのかな。聞いておいてほしいんだけど」とカウンター席からくるっと振りむき、早口で話しかけてきた。わたしはスマホでのんびり落語を聴きながら入ってきたところだったから、イヤホンを切り、あわてて「ん？　なぁに」と聞く態勢を作った。

「業務を一部委託できないかな？　いまのシステムだとうちら限界っぽくて。家具とかの手配を減らしてCG処理できるものはそうしたい」

「その作業をうちに発注してくれるってこと？」

と聞き返すと、相手は忙しそうに「そう、そう」とうなずいた。具体的に話を聞いてまとめ、現社長に回した。翌日、経営者どうしで改めて詰めた後、うちで委託を受けることになった。

そんなふうにして、新しい会社の業務は身近なところからも少しずつ増えていった。現社長とわたしで手分けしてこなす。

日々は少しずつまたバタバタと忙しくなっていく。

その年の七月の初め。

清澄白河のシェアオフィスでいつも通り作業していたら、深南から連絡がきた。

二人とも、治療を完走し、一応は寛解ということになり、経過観察の期間に入ってからは前ほど連絡を取り合わなくなっていた。わたしは段階的な仕事復帰に必死な毎日になったし、深南には家庭のことがあって。……そういえば少し前にこう感じたことがあった。わたしと深南のシナリオはゲームの分岐点でルートを分かち、べつのパラレルワールドに進んだみたいだなって。ときどき、本当のパラレルワールド、本当の別世界にいる中川君と同じぐらいの遠さと近さを深南に対しても感じた。もちろん、あの子のことがなんだか好きだという、出会ったときからの思いに変わりはなかったけれど。

ブログを出版するという話がペンディングになった、という連絡だった。落ち着いて書かれた文面に読めたけど、なんとなくそうじゃないような気もした。「いまから会えるかな」と返信すると、「会えるよー」と言うので、カウンター席からソファ席のほうを振り返り、めちゃくちゃ忙しそうな元後輩で現社長の人に向かって「友達の危機っぽいので出かける」と、さも当然という言い方で……無理があると思いつつも言ってみた。すると現社長は顔も上げず「りょ」と言った。「え？」「友達の危機のときは早退できる、って社訓にくわえとく」「社訓？　ありがと。夕方には戻るから」「いいよ。明日またきて」「……うん」なんだかサークルみたいだな、と自分で言っておいて不思議になりつつ、MacBookをぱたんと閉じ、リュックに放りこみ、立ちあがった。

一時間後。錦糸町のニットという喫茶店で深南と会った。いま流行してる昭和時代のレトロ喫茶で、横長の船の形のグラスに乗ったプリンアラモードが二つ、しずしずと運ばれてきた。ロケでもよく使われるお店らしく、このお店が出てくるドラマや映画のポスターが華々しく壁中に貼ってある。

「かわいい！　クリームソーダも頼みたくなっちゃうね」

「うん。あとで頼もうか」

「いいね」

と、目尻で薄く微笑みあう。

ティースプーンで生クリームやプリンを崩しながら、深南の話をよく聞いた。

連絡をくれていたフリーのエディターさんが気を遣って遠回しに話したことを、深南がさらに遠回しにわたしに説明するので、概要が摑みづらいのだけど、要するに……。

「死なないと本にならないってこと？　はぁ！　マジ？」

「あっ、そんなはっきり。波ちゃん。言っちゃったね。うん、でもそう。かな……？」

深南のブログは、三十代前半の既婚女性が病気になり、治療し、夫との間に子供がほしいと妊活を始める、というノンフィクションだ。エディターさんが読み、書籍化を企画し、あちこち回ったところ……。

「すぐには無理そう、って。子供ができて出産したらオッケーってことかと思って。聞いたら、どうも歯切れが……」

病人がリスクを負って妊娠出産したが、病気が再発したりして悪化し、最終的に亡くなったら本にしたり映像化したりと優良コンテンツ化できる、という話なのかもしれなかった。あまりにも遠回しだから確信が持てないけど……。

淡々と、いつになく小さな声で話す深南の背中側の壁に、量産型ラブロマンス映画の大きなポスターが貼ってある。

美男美女がみつめあい、男性のほうは涙を流しそうな表情をし、女性のほうは曖昧な顔つきで微笑んでいる。背後には青空と白百合の花……。あ！　これ知ってる。学生のころに読んで感動した漫画が原作のやつだ。確か、運命的な出会いをして恋人どうしになるけど、彼女には秘密があったというお話。不治の病におかされ、余命わずかで……。

え？

なんですかそれ？

死なないとオチ、つきませんか？

わたしたち。女たち。不幸にも病気になった若い子。AYA世代の患者たち。

なんか、わたしがこのポスターに向かって一人でぶつぶつ言うことかは、わっかんないですけど。でもほんと、そういうふうにわたしたちのことを、一方的にマジカル病人にして消費するの、できたらもうやめてもらえませんか？

当事者不在で。しかも、病気のこと、そんなに詳しく調べず、そこはけっこう適当に書いて。お話の都合で、わたしたちの病気を急に悪化させたり。変なタイミングでぶっ倒れさせたり。主人公が人生の真理に気づくための道具にされたり。泣きながらいろいろ話しだすのを、めちゃくちゃ体調悪いのに、長い時間聞かされたり。お葬式で空を見上げられたり。

そういうこと、全部、全部、こっちからしたらめちゃくちゃ有害なんで、できたら、ほんともう全部、全部、やめてもらえませんか？

おまえらみんなしてほんとふっざっけんなよ。

と、思った。

「どうした？　波ちゃん……。クリームソーダ、もう頼む？」

「あー、もう！　ふっざっけんなよっ。そもそもずっと腹が立ってたけど！」

「あ、キレた。え、すごい急だね」

「だってさぁ！　一回、出版できますみたいな、喜ばせておいて、やっぱり無理です、当分死なそうだし、元気すぎるから、死んだら出直して、みたいなの、マジでどうなの？　まず人としてどうなの？　自分で、あれっ、ちょっと俺いま倫理的にアウトだったかもとかぜんぜん気づかないもの？」

「んー。それぞれ、事情があるんだよ、きっとさ。それに、その人、申しわけなさそうにしてくれたし。向こうも泣きそうで。企画が通らないのも、それをわたしに言わなきゃいけないのも、苦しそうで。だから、怒ったり、とかは、わたしのほうは、ほんと、ぜんぜん……」

「怒って！　いいよ！」

「市場が……つまり」

「つまりぃっ？」

「求める人がたくさんいないといけないって。商品に、ならないって。……もちろん切り口の問題もあるし、そこは自分の力不足でもありって、自分のせいって、すごく、謝ってくれたし……」

「市場？　切り口？　くそっくらえだよ、これはエンタメのフィクションじゃない。センセーショナルな見世物でもない。わたしたちここにいるんだよ？　ここに、いま、生きてるんだよ。見えてる？　ここにいますけど？　息してますけど？　見えてます？　どうなってんの。すごく謝ってくれたぁぁぁ？　ぜんぜん足りないね。深南に、もっと、全力で、命と実存をかけて、許されなかったら切腹のレベルで本気で謝れよぉ！」

「すみません。クリームソーダ、二つ……。あ、はい」

わたしが口を閉じ、うつむいて、おしぼりをいじりだすと、深南が小声で「波ちゃあん」と呼んだ。ちらっと顔を上げると、右手の中指と薬指の間をぐっと開けた〝長寿と繁栄を〟のハンドサインをし、変な真顔でこっちを見ていた。

「何……」

「友達が内心引っかかってたことを全部言ってくれたから、急に平気かも」

「あー……」

「波ちゃん、まるで腹話術の人形みたいに、ほんとは思ってたけど口にしちゃいけないと感じてたことをぶちまけてくれてて。怖いけどすっきりしたかも」

「そう。じゃ……」

とわたしはすごい速さでもう到着したクリームソーダのグラスにそっと手を伸ばしながら、

「……駆けつけて、よかったのかな」

「あ！　あれ……？　そういえば仕事に復帰したんだよね。平日なのに大丈夫だった？」

「ん。うち社訓があるから。えっと、友達の危機のときは早退できる、って」

「なにそれ？」

「……変な会社で草」

とつぶやき、きれいな緑色の炭酸水を飲む。

目の前で深南がおしぼりを手に取り、目尻にぎゅっと当てた。……ねぇ。病人を振り回して、傷つけて、泣かせて、ちょっと謝って自分の中では終わらせて。ほんと、みんな、全部、全部、なにがなんなんだろうね。「波ちゃん。わたしもだけど、波ちゃんもさ、うー、体力が戻ってきてるよね。波ちゃんって、う、もともとは、そんなふうに怒ったり、めっちゃ早口でしゃべったりするような人だったんだね。こう、姉御的存在……？　みんなが言いづらいことを代表して言う係っていうか？」「あー。そうだったかも……。自分では気づかなかったけど、急に元に戻ってきたかも。点滴治療中はさ、弱気で、おどおどして、まるで自分じゃない誰かに乗っ取られてるみたいだったんだよね。そのくせステロイドでテンションだけ爆上がりして、いやな恥もかいて。ずっとずっとわたしがいつものわたしじゃなくて変だった。あれってなんだったんだろう」「わかる！　ねぇ、こういうことを、わたしたち、元気になったら忘れていくのかな？」「えー。忘れられないようなひどい経験だって思うけど。どうだろうな」「あんなのぜったい忘れられないかな……」としんみり話し、向かいあって黙々とクリームソーダを飲んだ。

深南は別れ際に「ブログは続ける。もともと自分のために始めたし。読んだら力になるって言ってくれる人たちもいるから。べつにやめることないもの」と言った。店の前に停めていた自転車に乗り、「じゃ、またね」と泣き笑いみたいな表情を一瞬し、隅田川の方向に遠ざかっていった。

見送りながら、二人の共通イベントの特別シーンが終わり、シナリオが再び分岐して友達が自分だけのパラレルワールドへと帰っていくように感じた。

大通りに出て、錦糸町駅に向かって一人で歩きだす。……そういえばあと半月ほどで東京2020オリンピックが始まるんだよなぁ。PARCOのビルに青とピンクと白の垂れ幕がさがり、駅前ロータリーには白と青の宇宙人みたいなマスコットのグッズを売る屋台が横一列に並んでいた。バス停の横に、海外から来た関係者専用のリムジンバスの臨時乗り場ができている。駅に入っていく人も、出てくる人も、選手と関係者か、早めにやってきた観光客かわからないけど、海外からのお客さんがどっと増えていた。インバウンドの波が加速してるのを肌で感じる。

オリンピックに向けて東京の条例が変わり、飲食店とかが禁煙になったから、道のあちこちに路上喫煙する人たちがいる。わたしは病院で副流煙を避けるようにと言われてるので、そのたび息を止めたり遠回りしたりして歩く。

そうやって、まっすぐじゃなく、紫煙避けゲームみたいにぐるーっと歩いて駅構内に入る。

こういう事情、なんかいちいち地味だなぁ、とふと思った。それから、だいたいにおいて毎日がこんなふうで、派手な事件もロマンティックな出来事もそうそう起こらないけど、あと、すぐ死なないけど、わたしたちみたいなのが出てくるお話も一つぐらいあったらなぁ、いや、でもぜったい無理でしょ、と思った。

だって、人生のすごい目的とか、とくにないし。そこは、他のたくさんの人と、まぁ一緒というか。つまりただ生きてるだけなんだけど。でも、だから、これからだって生きてたいし、もう少し続いていきたいだけで。なんて、それじゃ、誰も見ないかな。

ねぇ。病人のこと語るのに、大きなドラマ、なんで必要なの？

それは病気じゃない人のためなの？

ホームに上がり、電車を待っていると、楓からメッセージが届いた。ロンドン行きの旅行日程が書いてあった。……こういうの、前はわたしに任せてもらってきっちり作ったけど、いまは臨時で楓がやってくれてるんだなぁ。苦手な作業のはずなのにがんばってくれてる。

すぐそばに優しい人もいると、それに気づくと、なぜか余計悲しく切なくふがいなくなる。「わかったー」と返信する。

ゴォーッと電車がやってくる。空いてる。乗る。と、向かいの席にどっかで見たような顔の四十代の男性が座っている。知り合いなのか、それとも何らかのメディアで見ただけなのか、とっさにわからず悩む。そこにパラレルワールドの中川君からLINE電話が着信。「いま電車の中」とメッセージを送る。駅に着き、ホームに降りてからかけ直す。

「え！　ロンドン行くのか？　楓ちゃんと？　二人旅？　羨ましすぎるんだけどー！」

まず旅行の話をすると、中川君は重めに唸った。

「そっか。そっちは、まだ……」

「まだどころか、出口が見えないトンネル状態！　第二波襲来ってメディアでは言われてる」

「ダイ、ニハ……？」

「うん！　先月末にさ、東京都の感染者数が一日五十人に激増してさ。うわっと思ってたら、二日後、なんと百人に増えて。倍かよ、早いな、って。官房長官は『また緊急事態宣言を出す可能性がある』って会見で言うし、都知事も緊急会見でモニタリング……えーと、モニタリング会議がどうこうって、細かい内容は忘れちゃったけど、緊迫感多めで言うし。……しかしこの感染症、夏になると増えるのかな？　風邪もインフルも減るのにな？　意味わかんなくてさぁ」

「だよね……。わたしも夏になったらおさまるんだろうなって。そっちのこと勝手にそう思ってた……」

「それは俺もだわ」

　と中川君がため息をつく。

「はー。俺も旅行行きてぇなぁ。とりあえず、海、越えたい。飛行機で、海、越えたい。海。海、越えたい！」

「わーかったよ。海、海って。……仕事はずっとリモート？」

「うん、うちはそう。会社によるみたいでさ。カフェとか行くと、リモートで働くお客さんはだいぶ減ってるけど。また増えるのかなー。この様子じゃなー。……あ、例のさぁ」

「例の？」

「ブルーボトルコーヒーの店員さん。ハル様。平日よく行くからときどき話すようになったんだけど。やっぱり、顔も、声も、恋恋本人だと俺は思うんだよなぁ……。まぁ、それはもちろん言わないけど。だって、客からあなたはパラレルワールドで音楽やってますよって言われたら、まぁ、普通にすごい怖いよな」

「怖い、怖いよ」

「わーかってる。だから、黙ってる。……こっちでは服飾のデザインを勉強してるみたい。デザインのノートを見せてもらって。めちゃくちゃきれいでさ。『すげー！　なんでもできるんですね』

ってつい言っちゃって。『なんでも？』ってちょっと変な顔されちゃった」

「はは。つい言っちゃうの、でもわかる」

「だよなぁ。……俺もさ、そっちの世界のラジオに、そっちの世界の恋恋宛のメッセージを……いつか書くかな。書かないかな。わっかんないな……」

「うん……」

とうなずく。

地下鉄に乗り換える前に電話を切った。

二駅ぶん、電車に揺られ、いつもの浅草の街に帰る。

地下鉄のほうは観光客らしき人たちですごく混んでいる。大きなスーツケースを持ったジャージ姿の運動選手風のグループにぐるっと囲まれる。北欧からきた人たちのように見える。揃って長身で、女性としては大柄なはずのわたしの頭上で聞き慣れない言語の声を響かせる。

楽しそうな話し声は車両のあちこちから同時にする。わいわいと混雑する様子を見渡し、ふと自分のことを俯瞰《ふかん》で見て、あぁ、こんな人もいるんだな、同じ車両にたまたま居合わせるときって、外からは見えない事情がある人どうしが隣りあってるんだなぁ、と思った。……たとえばわたしは、肩幅ががっちりしてて長身で髪はベリーショートの三十代前半の東アジア人女性だけど、じつは病気の治療の影響でこういう見た目になってるわけで。それに、病院のオンコロジーセンターに溢れていた年齢も性別もばらばらな患者さんの姿を思いだすと、この車両にも同じ病気のサバイバーが何人もいるかもしれないとも思う。まぁ、いちいち言わないもんね。きつい治療を乗り越えた後なら、なおさら。きっとあのときのみんなも、それぞれの居場所にまぎれてひっそりといまを生きてる。それに、べつの病気、怪我、障害……不当で理不尽な差別を受けているところの人……いま悲しい人、めちゃくちゃ怒ってる人、なにかあってすごい幸せな日の人……。いろんな人が同時にここにいるんだろうな、お互い、言わないけど、だって知らない人どうしだからお互いの事情なんてわかりようがないし、って。

まぁ、いろいろあるよね、みんな、って。

そんなことを思いながら、浅草で地下鉄を降り、いつものアパートの部屋に戻る。それから台所の小さな机でこつこつと仕事の続きをする。

七月半ば。

東京には世界中から人が押し寄せてるように見えた。成田空港から直結の地下鉄浅草駅からスーツケースを引っ張るグループがどんどん出てきて、ホテルやドミトリーに吸いこまれていく。飲食店もコンビニも混みあい、あちこちからいろんな言語が同時に聞こえる。

開会式の前週、楓とロンドンに出発した。たぶんわたしの体の負担を減らすためだと思うけど、直行便にしてくれてて、正直すごく助かった。成田空港まで兄がついてきて、地下鉄の中で、お土産にほしいというロンドンのスポーツウェアのブランドの話をずーっとしていた。もーうるさいなぁ、と言いたかったけど、なにしろ旅費を全部出してもらってるしで、おとなしく聞いていた。

兄はまるで自分が旅行に行くみたいにめちゃくちゃにはしゃいでいた。胸が急にぎゅっとなった。……優しさを隠してるのについうっかり漏らして気づかせるのやめてよ、お兄ちゃん。病人で不機嫌で何一つ返せないのが辛くて耐えられないんだってば！　空港の手荷物検査場の列に並んで

「……行ってくるね」「なぁなぁ、この限定のキャップと、フーディーはＸＬサイズがあれば……」「わーかったってば、もう。百回聞いた！」「たとえおまえが忘れても、楓ちゃんは覚えててくれると信じてるぜ」「……ええ、何度も聞いたから脳内再生余裕ですし」「頼むぞー。じゃ、ほんとにほんとに楽しんでこいよ」とわちゃわちゃ話し、すると列が急にざっと進んで、そのまま「あ、じゃ」「おうっ」とわたしと楓が検査場の中に吸いこまれていった。

旅の日程は五泊六日。わたしの体調を見ながらゆっくり観光した。朝ごはんを食べて、一箇所出かけて、お昼を食べたら一度ホテルに戻る。わたしは二時間ぐらい休んで、その間に楓だけ近場の散策に出る。午後また出かけて、一箇所だけ観光して、晩ごはんを食べて戻る。わたしは休んで、楓は一人で飲みに出たりする。

昼は夏の日差しがけっこう暑くて、放射線治療をした左胸部分が次第に燃えるような熱を持ち始めた。放射線を当てた部分は汗腺がどうにかなってうまく汗をかけなくなるから、火にかけた鉄板みたいに熱い。それと、ホルモン治療で女性ホルモンを抑えてるせいか、更年期のホットフラッシュみたいな症状が、なぜかわからないけど足の裏にだけ出て、左胸と足の裏が燃えてるみたいっていう変な状態が続く。

そんな自分だけのオリジナルな熱さを抱え、異国の街をゆっくり歩く。ふと、そういえばパラレルワールドの健康な自分はまだロンドンに住んでいるのかな、と考えた。じつはいま同じ道を同じ時間に歩いてたりして、なんて。

すると二日目の午後、向こうの自分がインスタに上げていた写真の場所をたまたまみつけた。同じ構図で撮って中川君に送ってみる。「お？」と返信がきた。「お？　お？　同じ場所？」「そうだよー」「おおーっ」とやりとりする。

三日目は地方に行き、一泊した。

自然に囲まれたホテルで、朝ごはんの前、楓と林を散歩した。あ、栗鼠《りす》。マジか。可愛いな……。

「帰りたくないなぁ。このままずっとイギリスにいたい」と言うと、楓が真剣な顔で「それ、ナミならできるかも。しばらく海外に住んで、オンラインで仕事して、って」と答えた。……そう言われると、何もかも、病人だから自分にはもうできないんだ、と思いこんでたのに、いや、これから新しい生活ができるかもという気持ちが湧いた。

最終日。いつのまにか楓が兄のお土産を買っておいてくれたことを知る。キャップとフーディーを……「え、二つずつ？　同じの？」「ん。こっちはMサイズね。兄妹コーデってことで」「えっ？」「スーツケースに入れとこー……」と楓がいそいそと仕舞いこむのをぼんやり眺めた。

帰りの飛行機では、十二時間、ほぼ寝てた。ごはんだけ食べてひたすら寝た。成田に着くと兄が迎えに来てくれていた。楓と交代し、兄が浅草のアパートまで送ってくれる。荷物も全部持ってくれるから、手ぶらでゆっくり歩いた。

スマホで撮った写真を見せては、「ここのフィッシュ&チップスがいちばんおいしいっていうお店でね。ここでビールも飲んで。それからね……」「うん、うん」「テムズ川っていう隅田川みたいな川があってね。川沿いにでっかくてスタイリッシュな観覧車が。ロンドンアイっていうんだけど。あ、この写真。楓と乗ってねー……」「うん、うん」「博物館の建物とか、古い石造りで、ドラゴンや女神の石像もついてて素敵で。夜ライトアップされたらこんななんだよ……。もう完全にハリポタの舞台の街すぎない？」「おーっ！」「何、大声出して」「おまえ、すげぇ楽しかったんだな。はは」「あ!」「なんだよっ。自分も大声」「お土産! 楓のスーツケースに入ってて、楓が持って帰っちゃったみたい。今度ね……」「おうっ!」と、兄は眉尻を下げた笑顔でうなずいた。

帰ってきた東京はまさにオリンピックの最中だった。さいきんまた見るようになったSNSでも毎日その話題が飛び交っている。スケートボードで参加した日本の十代の選手が大活躍して注目されてる。やがて閉会式、パラリンピック開幕……。お祭りが続いて、終わって……街はまた少しずつ静かになっていく。


……東京の一日の感染者数は七月後半に三百人を超え、本格的に第二波に入った、とパラレルワールドの中川君は話すのだった。大阪もなかなかにすごくて、「感染の状況か何かによって太陽の塔がライトアップされるんだけどさ。信号と同じ緑、黄、赤の三種類で。こないだもう黄色になっちゃって」と言うので、「いや、さすがに嘘でしょ。そんなの」とつい笑ってしまったけど、ニュース動画が送られてきて、本当らしいとわかった。冗談みたいな現実すぎてにわかには信じられないけれど。

劇場、保育園、建設現場、ホストクラブなどで続々クラスターが発生している、とも言う。クラスターって何かと思ったら集団感染という意味らしい。飲食店もまた閉まり始め、職場もリモートに戻って……。

そんな話を、仕事しながら、うんうんと、割と長い時間、聞いた。

……わたしがロンドンに行って帰ってきてから、パラレルワールドの世界との間で時間の流れが変わり始め、それに応じてLINEの接続も少し悪くなってしまった。時差のある場所でメッセージを送ったせいかな？　いや、それは関係ないかな？　わっかんないけど。最初は、中川君の既読がつくのに時間がかかったり返信も遅くなってきたから、忙しいんだなと思ってたけど、そうじゃなくて、時間の流れがずれ、こっちが速く、向こうは遅くなってるせいなのだった。わたしのほうはもう八月半ばなのに、中川君のほうはまだ八月初めだったりする。メッセージの横につく日時の数字もずれてきてて。通話は繋がるときと繋がらないときがあって。そのことに気づいてからは、ようやく通話できると、切るのがもったいなくて。夜更かししたり、出勤中やシェアオフィスについてからもワイヤレスイヤホンを使って話し続けたりした。

わたしはなんだかこわくなってきた。……いまに完全に繋がらなくなってしまうんじゃないかと想像すると、不安で。向こうの世界の自宅やカフェでリモート中の中川君と、いつまでもたわいない話をし続けるようになっていった。

やがてわたしのほうの世界は九月の終わりに、中川君のほうの世界は八月半ばになった。向こうは猛暑で、外は灼熱だという。感染も大爆発し、「毎日何度も何度も救急車のサイレンが聞こえるんだよ。病院も限界で、症状が出てもなかなか入院できないんだって」という声の向こうからサイレンがワンワンと近づいてきて遠ざかっていったりした。

「道を歩いててさ、あ、また救急車だ、と思って見てたんだよ。交差点で、信号は赤で。でも青のほうの道路の車が停まらないんだよ！　救急車から『停まってくださーい。停まってくださーい。停まってくださーい』って声が拡声器で響いてて。でも、ぜんっぜん、一台も、停まらない。あんなの初めて見たな」「どうして停まらないの」「みんな自分のことで精一杯で人のことどころじゃなくなってきたんじゃない？　俺だってそれをぼけーっと見てただけだし」「そっか……」「あとウーバーイーツって知ってる？」「聞いたことはある。出前館みたいなのでしょ？」「そう。コロナ禍になってから、こっちでは急速に利用が増えてるんだけど。知り合いが昨日、配達の自転車に轢《ひ》かれて怪我してさ」「えっ！」「配達員もいらいらしてんのかな。こんだけ暑いし……。臨時の仕事なのかもな。で、轢き逃げされてコケてさ」「えーっ、だめでしょそんなの。ひどいね！」「おぉ。そうだな。……なぁ、こっちは治安がかなり悪めになってるかも。いま、言われて初めて、そうだなと思った。なんかー、俺も、麻痺してきてるかも？　今日の昼もさ、近所のレストランに入ったら、シェフっぽい人が、フライパンで壁をがすっがすって叩いてて。無言で、無表情でさ。で、いまはやめとこうって黙って出てきたんだけど」「怖いよ！　なにそれ、もうディストピアだね……」「だよなぁ！　パラレルワールドの人と話すとわかるわ。あれだわ。あれ。相対化？　されるわ。……あとさ、保育園や小学校でずっとマスクつけてるから子供が無表情になってきてしまった、情操教育に問題があるってニュースも見たし」「そっか……」とうなずき、あまりに平和すぎるこっちの世界のシェアオフィスをそっと見回す。

　中川君の声は続く……。近くて遠い世界の少し過去の時間から届き続ける……。海外では感染症対策が二極化してる、とか。「アメリカのニューヨーク州では厳しいロックダウンをし、感染はだいぶ抑えられてる。でもそのぶん経済が悪化して失業率も上がってるって」「そっか。まぁ、そうなるよね……」「だよなぁ。一方でアメリカの大統領は経済を優先させようとしてさ。失業だって死に繋がるわけで」「うーん……」「ドイツやイギリスではマスク義務化に反対するデモも起きてる。自由を侵害し人間を奴隷化するものだって。……こういうとき、何が正しいのかって混乱するよな。それにとにかく暑いし……」「んー……」とわたしも考えこむ。

「どこの国でも、感染症で亡くなる人の多くは高齢者と基礎疾患のある人で。若くても犠牲になる人はいるけど、比率がちがう。だから『弱者を守るために全員で犠牲を払う』か『一部の弱者を見捨てて全体を繁栄させる』かの選択を、世界中のあらゆる共同体が同時に迫られてるところだと言われてる。……でも歴史って常にそういうものなのかもな？　社会ってそうなのかなー。この二つに常に左右から引っ張られながら、騙し騙しやってきたんかなってさ」

「ん……」

「日本はどうなるのかな？　二年後、五年後、十年後、どうなってるのかな。なんて考えるけど。でも、暑くて。そう長くは考えられないよな……こういう難しいことはさぁ……」

「そんなに猛暑なの？　こっちはそこまでじゃなかったな。二つの世界は天候も少し違うのかな……」

「かな。とにかく、こっちは、ひたすら、暑い……。もうー、暑くて……」

という中川君の弱々しい声を聞きながら、元後輩で現社長の人がソファ席からパントマイムで晩ごはんの手配してと頼んでくるのにも気づき、うなずく。

作業を続けながら、ふと手を止め、ずっと座ってるカウンター席の横にある南国風の観葉植物をじっと見た。

わたしは体力が戻ってきて、前と同じは無理だけど、まただいぶ忙しくできるようになって、とりあえず元気に働けてはいる。そんな自分と、大変な世界で苦しみを深めていく中川君との間に、物理的な距離、時間的な距離以上の、心のありようの距離ができ始めたような気がした。

いまの中川君の話だって、わたしは切り捨てられる弱者、基礎疾患のある病人としての立場と、逆にそんな人たち、つまり弱者を経済発展のために切り捨てて進んでいく社会の一員としての立場の、なんか、こうー、微妙な境目……裂け目……ライン……に立ち、足場ぐらぐらの不安定な状態で聞いてたような気がする。

……あ。

そういえば、だけど。通院中、道路や駅構内でぶつかったり突き飛ばしたりしてくる男性と遭遇して怖い思いをしてたのに、元気になるにつれ彼らの存在は街から消えた。まるで最初からこの社会にそんなひどい人なんて一人も存在しなかったように。彼らはどこに行ったのかな？　いま、どこで、誰を、どんなふうに突き飛ばしてるのかな？　彼らが中川君のいるコロナ禍のパラレルワールドに飛び移っていったような気がしてぞくっとする。……まぁそうじゃなくて、ただわたしが病人らしく見えなくなってきたってだけだろうけど。病人、つまり……全体の繁栄のために見捨てられる弱者、もしくは、全員が少しずつ犠牲を払いながら守るべき弱者、には、もう……見え、ない、から……。

そんなことを考えた。

シェアオフィスを共有するゴーストレストランから、注文した晩ごはんが届く。ローストした鶏肉にベリー系のソースをかけた耳慣れない名前の東欧の料理だった。パラレルワールドのほうはもう真夜中で、中川君は「さすがにもう寝るわー。なんか今日いっぱい聞いてくれてありがとな……」と言って通話を切った。……つぎはいつ通話が繋がるのかな、とまた不安になった。話したいこと、耳を傾けるべき言葉がもっとあるような気がして。

「……あ？」

とわたしが小さな声を上げると、ソファ席で向かいあって晩ごはんを食べていた現社長が、ソフアの上にこぼしてしまった紫色のソースをペーパーナプキンで偏執的に拭き続けながら「何？」と聞いた。

「いやっ……。あのね、こないだね、錦糸町で乗った電車の中で、向かいに座ってる男の人の顔にぜったい見覚えがあって。でも誰なのか思いだせなくて。昔会ったことがあるのか、それともメディアで見ただけで知り合いじゃないのか。誰だったっけ、って悩んでるうちに駅についちゃってさ」

「あー、あるある」

「いま思いだしたんだけどね。知り合いじゃなかったの……。元NHKのアナウンサーで、都議会選挙に出たことある人。落選したけど」

と名前を言うと、現社長は「んー？」と首をひねり、スマホで検索して「あぁ、この人か。確かに絶妙にどこかで会ったことがありそうな気がする……」とうなずいた。

この人は人工透析を必要とする腎臓病患者などに対して、病気になったのは不健康な生活を続けたせい、つまり自己責任だから保険を適用すべきではない、と主張し、賛否両論の議論を巻き起こしたことがあった。思い返すと、その考えの根底には、病人、つまり弱者のケアは切り捨て、健康な者だけで社会を効率的に運用しよう、という信念があったようにわたしは感じた。……さっきの中川君の声が思いだされる。強い人、自分の力だけで立っていられる人だけで構成されて、誰も、転んで倒れている誰かを助け起こしたり、埋められていく誰かを掘り起こしたりしようとしない社会ってどんなだろう……？　ごくんと鶏肉のけっこう大きな塊を飲みこむ。あー……っ。わたしも紫色のソースを床にこぼしてしまい、ペーパーナプキンで忙しなく拭く。現社長が「このソース、とろみがありそうな色合いだけど意外とさらっとしてるな。二人揃ってこぼすの、なんか、いいな」

と、話しかけるのと独り言の中間みたいな微妙な声色でつぶやく。わたしも黙ってうなずく。……ねぇ、あの人は、電車の向かい側の席にいたあの男の人は、自分も病気になるかも、とは、たとえば人工透析が必要な体になったり、毎日投薬しなきゃいけなかったり、いますぐ休暇が必須の心の状態になってしまったりすることは、ぜったいないと思ってそうだったよね？　とふと考えた。自分だけはぜったい倒れたり弱ったりしないって。これ正常化バイアスだっけ？　ちがうっけ。だけど、じゃあ、あの人は根っからの悪人かというと、難しくて、たとえば青空と白百合の花のポスターの闘病ラブロマンス映画も観るかもしれないし、そしたらヒロインがラストで亡くなって、悲しくて号泣するかもしれない。……人間の想像力ってほんと難しいな。誰しも優しい一面を持ってるし。だから、そもそも自分は優しい人だって、そして自分の考えはすべて正しいって、この世のほとんどみんながそう信じてるのかもしれないし。自分が病気になるなんて思いもしないっていうのも、ヒロインが亡くなって主人公が悲しむシーンを観たら感動して泣いちゃうのも、全部、全部、病気になる前の、つまり当事者になる前のわたし自身の姿でもあって。だから、傍観者は、観察者は、見物人は、常に、って。

善良ですよね、って。

甘酸っぱい紫色のさらさらのソースに染まるチキンを食べつつ、心の中だけで、こっそり、誰にも言えないだろうそんな本音を抱いた。

そんなふうにして、わたしの毎日はそれなりに慌ただしく、あくまで無理のない範囲で忙しくしながら、ただただ過ぎていっていた。十月。オーダーメイドポルノの会社からのデザイン発注が急に増え、ほぼほぼわたしが担当することになった。どうも「TikTokで話題になって顧客が爆発的に増えて」ということらしい。顧客からシチュエーションや舞台の希望を具体的に聞くという最初のカウンセリング業務も委託され、手探りだけど、ときどき臨時でやった。女性一人かカップルの顧客のみ。男性一人の顧客は男性スタッフかうちの現社長が担当した。顧客からのコメントに、わたしのことを、話しやすくて適度にてきぱきした女子スタッフさんですー、と褒めてくれているのが一通あった。よかった、わたし、てきぱきした人に戻ったんだ、やっぱりだいぶ回復してる、とほっとした。

十一月。向こうの世界で九月後半の日々を過ごしている中川君に、こっちにしかないお勧めの邦画の動画データを送信した。接続がだいぶ弱くなってるから、重たいデータを送信するにはそれなりの時間がかかる。何日か経ち、ばたばたで、送ったことを半ば忘れたころ、中川君からＬＩＮＥ電話がかかってきた。こちらは冬の初めの晴れた日曜の朝で、わたしはアパートの部屋で、洗濯物をベランダに干したり、掃除機をかけたりと、たまった家事を片付けてるところだった。

出演されている俳優さんたちの名前を中川君が言ったように思った。掃除機を止めて「え？」と聞き返すと、「そっちでは」と声が聞こえ、耳を澄ます。

「生きてるのか。二人とも」

という声の向こうから、救急車のサイレンがキリキリと聞こえる。

……どういう意味なの、とはとっさに聞けなかった。映画は面白かったよ、と中川君が淡々と続けた。

向こうの世界を生きる人の苦しみは、話を聞いているだけのわたしには到底理解できないことで、いまここでわかったようなことを一言でも言ってしまったら、悔やみきれないほどひどい言葉の暴力になってしまうかもと感じた。向こうのサイレンがキリキリキリとどんどん大きくなり、声が聞き取りづらくなる。だからただ耳をすます。

「そっちの世界は、そっちの世界で、そっちとしてずっと続いてるんだなぁ。こっちはコロナでさぁ。こっちで苦しんでる人や、亡くなった方や、そういうみんな、そっちの世界ではいまも元気に暮らしてるんだなぁ。大学に入学したけど、校舎に入れなくて、先生にも学友にも一回も会えてない人も、そっちの世界では楽しく通学してるんだな。友達もできたんだろうな。仕事をなくした人たちも、そっちでは前と同じ収入があって、暮らせてるんだな」

「中川君……」

「生きてるんだな。みんなそっちではまだ生きてるんだな」

「うん……」

「こっちの世界では、世界中で、もう、百万人……」

中川君がくくっと笑いだした。

外で強い風が吹いて、ベランダに干したばかりのシャツが煽《あお》られ、あっ……ハンガーからはがれて西のほうの空へとふわっと飛んでいく。あー、拾いに行かなきゃ……と一歩踏み出し、足元にあった掃除機に思い切り躓《つまず》いた。いたっ……。痛いよ。

中川君がささやく。

「パラレルワールドってさ、あの世みたいだな。こうなってみるとさ」

この日、日曜だけど、とくに予定もないしで、このまま中川君と通話しながらわたしは出かけることにした。

電車を乗り継ぎ、動物園に行き、終了間際の、女王蟻が死んだ蟻の巣の特別展示を見た。

蟻の巣はもう墓場のように静かになり、湿った土ばかりで、ごく数匹の蟻の蠢きのほかには、目を凝らしても動くものが見当たらなくなっていた。

以前の中川君の声を……（こっちの世界の女王蟻は死んだんじゃね？）という声を……思いだす。しんと静かな気持ちになる。なんだか向こうの世界の未来を見てるようで……。ほんとに向こうの世界は終わってしまう、滅亡しちゃうかもと感じて、それをどうすることもできずに見てるしかないのが怖かった。

蟻の巣の前を離れて、外に出る。

キリンとかニホンザル、サイ、シマウマ……いろんな動物を見て、中川君に一つ一つ説明する。

売店でおやつのチュロスを買って、食べる。

なんてことない雑談を続けながら、中川君が向こうの世界の大変さを話したくなったときは注意深く相槌を打った。わかってないのにわかったようなそらぞらしいことは言えないし。って、じゃあ、こんなときいったい何を言えばいい？　自分は無力だと心底思う。「うん、うん……」と、なるべく相手が話しやすいように相槌を打ちながら、ときどき涙が滲むのを隠しながら、傍観者で、観察者で、善良な見物人であるわたしは、電車を乗り継いで、浅草のいつものアパートにただもう帰るしかなくて帰った。

vol.5 Survivor's guilt

その年の大晦日、二年ぶりに葛飾区の実家に顔を出した。

去年の年末年始はロンドンに行ってることにして避けたのだけど……。治療の影響で面変わりしたし、何か言われるだろうと覚悟した。兄と示し合わせ、例の兄妹コーデのキャップとフーディーで服装を合わせてみたりした。そっちのインパクトの強さでうやむやにできるかと思って。

いい日本酒、よそゆきのみかん二袋を持って、夕方、路地裏のちんまりした一軒家を訪ねた。病気になる前は二階の四畳半にわたしがいて、兄のほうが浅草のアパートで一人暮らしをしていた。いまは二人交代し、兄が二階に住んでいる。

一回大きく息をつき、インターホンを鳴らした。ほどなく父がとことこと出てきて、わたしの服装を見て短く唸った。「イメチェンか」「兄貴とおそろ」「おぉ……見ればわかる……」と首をひねりながら居間に戻っていく。

後に続く。実家の一階特有の臭いが強くなる。テレビの前におそろの服装の兄がゴロリと寝転んでいて、「きたかー」と顔も上げずに言った。

台所から母が振りむき、わたしを上から下まで、今度は下から上までじっくり観察した。びくっとする。病気ってばれたかな。「なんだかごつくなったわね」と不思議そうに言われ、それは女性ホルモンの分泌を抑えているせいで筋肉のつき方が変わったからだと思いつつ、黙って酒瓶とみかんの袋を渡した。

テレビがＮＨＫの番組をけっこうな大音量で流していた。もうすぐ紅白歌合戦が始まるらしい。食卓にはすき焼き用の鉄鍋、今半の牛肉の包み、野菜や焼き豆腐などが用意されている。

ほどなく家族団欒《だんらん》の時間が始まった。

わたしは長年、兄と母は気が合う、二人は仲がいいと思いこんでいたけれど、それってずいぶん前、十代のころの記憶が混ざっての現実認識だったのかもしれない。いまの母は、お気に入りの兄がいるのに不機嫌そうに見えた。この状態がデフォルトなのか、兄も父も返事のような唸り声のような音を発して受け流している。「……あなたは男なのに勉強ができなくて、あぁ、妹と男女逆らって、昔はね。まぁ、早くに結婚して内孫を作ってくれたのはよかった。でも結局離婚して、親権を取られて、いまじゃ養育費だけ持ってかれてねぇ……」と母が牛肉を鍋につぎつぎ投入しながら言うので、あれ、お兄ちゃん、なんだかこれ……といやな予感がした。「しかもお金がないってあんなに大騒ぎして、いい歳して実家に帰ってきて。妹を追いだして一人暮らしさせて。女の子なのにね。波間と二人だけで全部決めて勝手に帰ってきちゃって。それにいい大人がうちに月二万しか入れないし」と言う。

兄が元妻に渡す養育費は月に七万だと昔聞いたことがある。わたしが住まわせてもらってる浅草のアパートの家賃は月十万円弱だ。さらに実家に月二万円……。兄の年収は三百万円台の、えっと……と改めてざっと計算する。上等な肉の味が急にわからなくなり、「もっと食べなさい」と言われて、兄と父が出しているような唸り声のような低い音をわたしも発した。すんと鼻をすすると、喉の奥から塩辛い涙のような味がした。

　ちらっと母を見る。前よりも不幸そうに見えたけど、その原因の一端は自分だと、親の期待には応えられない病人の女になったと、責任を感じないようにしたくて、急いで心にがらがらっ……とシャッターを下ろした。いまは治療に、もはや健康ではない自分の人生に集中しなきゃ。真横に倒れて動けなくなってしまう。ほんとに死んじゃうから。比喩じゃなくマジで。

　母は、あるがままの現状を受け入れることができない不器用な人だとわたしは昔から思っていた。自分のことも家族のことも成果主義で測るから、予想よりふがいない結果だと、肯定感が目減りしてしんどそうになってしまう。「あんたは成績もよかったし、しっかりしてるし、収入も安定してるけど。女だからね」と、あ……矛先がこっちに変わったかな。「三十過ぎたら、見た目もなんだか……。女の子は老けるから。ねぇ、お父さん」「ん？」「こないだ話したでしょう。波間に産んでもらって」という言葉に、わたしが「え」と言うと、兄がこっそり目玉をぐるっと回して合図を送ってきた。そんな合図これまでされたことないし、解読できない。

「ほら、結婚させると、せっかく産んでも外孫だから。未婚の母で産んでもらって。波間は仕事が忙しいし、稼ぎ頭だから。わたしたちがここで育てる。孫がいればきっと……」

「きっと何？」

「幸せだと思う」

「あ……」

　とわたしも、一回目を伏せてから、こっそり兄に、目玉をむき出し、やったことない合図を送ってみた。兄も、なんだあれ、解読できねぇ、と困惑したような表情を浮かべている。

孫、孫……。孫ってあの孫のこと……？　世代の違いのせいか、家に孫さえいたら、という母の切実な気持ちをくんであげることがどうも難しかった。それに、自分は今後十年ホルモン療法を続けるから、少なくとも四十三歳になるまで生理がこない、つまり妊娠しない体で生きていく。もちろん妊娠、出産を望んであえてホルモン治療を行わない患者さんもいる。そのぶん生存率が下がるから、そのリスクを負う重い決断を下すのだ。

わたしは……。でも、わたしは……。

深南の選択を思いだす。

わたしは……。できないことはできない……。

吐息をつき、黙る。母は落胆したように無口になっていき、上等な牛肉をポンポン鍋に放りこみ始めた。父が黙々とほぐし、兄は黙々と食べている。

そんな気まずさに満ちた団欒から、夜十一時過ぎ、ようやく兄と抜けだした。楓も含む近所の幼なじみグループとコンビニの駐車場で待ち合わせ。一人また一人とだるそうに「うーい」と集まってきて、だるめのカウントダウンをしたり、一応近場に初詣に行ったりした。

わたしは隣を歩く楓の横顔を見て、相談しようかなとちょっとだけ思い、いや、やっぱりやめよう、一人で考えよう、と思い直した。

兄にアパートの部屋をそろそろ返さなきゃいけない、って。だってもう働けてるし。兄だって一時的なことのつもりで部屋を交換してくれたんだろうし。といっても、いまの自分に、新たに部屋を借りて一部屋分の家賃を払えるほどの収入があるかは微妙だった。いや、一応払えるけど、貯金はできなくなってしまう。貯金というのは、万一……再発したときの治療費、生活費が心配だから、なるべくまとまった額をプールしておきたい、ということだ。けどいつまでも兄に甘えてはいられないし……。

そういう悩みを抱えながらのお正月休みもやがて終わり、またシェアオフィスに出勤した。思い立ち、上の階の個室に住んでいるオーダーメイドポルノの会社のメンバーに「個室の住み心地ってどう?」と聞いてみた。一人が部屋を見せてくれ、「慣れたら楽だよ。キッチンもシャワーもトイレもカフェもオフィスも自由に使えるし」と言い、わたしが迷っていると、週末外泊する日に試しに一晩泊まらせてくれた。

小さな部屋とシンプルなベッドは、ごろんと寝転ぶとまるで宇宙船のコックピットみたいだった。非日常感がありつつ、小空間にすっぽり包まれて、落ち着きもする。わたしも大丈夫そうだなと思い、一部屋借りようと決めた。家賃は月三万円。払える額だ。

そうやって全部決めてから、アパートの部屋で兄に報告した。すると兄はものすごく怒った。「なんっでだよぉ!」「だって通勤しなくていいし、楽になるからさ」「金かっ? 金ならあるっつってんだるぉごるぁー!」とキレられ、わたしも「はぁっ? うっるっさいんだけどーっ!」と言い返し、またもや喧嘩になった。わたしと兄はこの日もなぜか兄妹コーデの服装だったので、この格好の三十六歳と三十三歳の兄妹が揉めているのはまぬけな気が少しした。ちょうど楓も遊びにきてて、台所からわたしたちの姿を眺めて、「これは草……」とつぶやいた。

結局、一月の終わり、本当にシェアオフィスの上の個室に引っ越した。荷物をかなり減らし、服と下着もロンドンに行くとき買ったスーツケースに入るだけ残して、あとはメルカリで売りに出した。売れるまでおいておくスペースがないから、アパートの押入れに入れ、兄に発送作業代行を頼んだ。兄は、わたしの引っ越し当日、さっそく浅草のアパートに戻ってきた。すごくほっとしてて、でもその気持ちを隠そうとしてるように見えた。

……中川君に返せないままの男物のジャケットは、コックピットみたいな新しい部屋に持っていく。

兄が荷物を入れたスーツケースを引っ張ってリュックを背負い、楓が中川君のジャケットを持ってくれたので、わたしだけ手ぶらだった。三人で電車に乗り、浅草駅から清澄白河駅へ。天気がよく、一月にしてはそこまで寒くなかった。駅前の花屋でガジュマルの小さな鉢を買う。兄が「買ってやるってば」としつこく言うけど、「これは自分で買いたいの」と断った。

個室は東向きの南側角部屋。床の半分は幅の狭い一人用ベッドで埋まり、ベッドの下が収納スペース。ベッド横にスーツケースを置き、壁のフックの一つに中川君のジャケットをかける。

小さな出窓に鉢を置くと、日差しを浴びて葉が黄緑にぴかぴか光った。それを見てものすごくものすっごくうれしくなった。……去年と一昨年の点滴治療中は、土とペットの排泄物に触ってはいけないという注意点があった。確か、免疫機能が落ちていて感染症にかかりやすいから、だったと思う。こうして植物の鉢に触れるようになったのも元気になった証と思うと、小さなことだけど心が浮き立った。

楓と兄が交代でベッドに横になり、「わー、ほんとだね。絶妙に宇宙船のコックピット。『ワイはこれに乗って金星に行く！』」「これ眠くなるな……。俺一回寝るかもしれんな……」と感想を言いあう。

夕方から、現社長、オーダーメイドポルノの会社のメンバー、マッチングアプリ会社のメンバー、ゴーストレストランの夫婦など、いつもの人たちが引っ越し祝いのタコスパーティーを開いてくれ、タコスの皮に好きな具をのせて食べるという手巻き寿司的な料理をみんなで食べた。兄と楓も交ざり、けっこう遅くまでいた。わたしが眠くなって目をこすり、個室というか寝室に入るのを見送ってから、二人は終電ギリギリで帰っていった。

兄と楓は、なんと次の日もきた。二人で引っ越し祝いを買ったと言う。家庭用の小型プラネタリウムで、夜ベッドに寝転んでスイッチを入れたら、天井や壁や窓ガラスが光りだし、本当に宇宙船のコックピットで星々を見ているような気持ちになれた。他の住人にも好評で、先に住んでいた三人もつぎつぎ同じのを買い、それぞれの部屋を一つの宇宙にした。

こうしてわたしの二〇二一年は、新しい小さな部屋で、とりあえずの試運転的に始まった。

体力が戻るにつれ、近所を歩いていても「あれ、ここにこんな花咲いてたっけ」とか「ここからの景色がきれいだったんだなぁ」と気づくようになってきた。花なんて去年も一昨年もあちこちでたくさん咲いてたはずなんだけど。あのころは視界全体が薄い灰色に染まってて、だるすぎて、あまりにしんどくて、鮮やかな色や命あるものの輝きなんて目に入らなかったんだろうな。

生え始めだけくるくる天然パーマのようだった髪も、直毛に戻り、伸びてきた。

女性ホルモンの分泌を抑えているぶん、前より太りやすくなったみたいだ。体重が増えると生存率が下がるというデータがあるので、気をつけ、少し太ったら夜だけ炭水化物を抜いたりした。

三月。病院で全身CT検査をした。年に一回、体のどこかでよくないことが起こってないかを調べるのだ。咳をしたり体のどこかがちょっと痛かったりするたび、病気が悪くなった結果じゃないかといつも不安になるから、検査の結果が出るまでの一週間は、ほんとまるで生きた心地がぜんっぜんしない。その恐怖と悲しさを、深南にだけ話せた。他の人にこの気持ちがわかるとは思えなかったし、そもそも誰にも余計な心配をかけちゃいけないはずだし、元気で明るくて前向きな病人という面だけを見せ続ける社会的な義務がわたしたち患者にはあるというような気がしていた。……今年はひとまず大丈夫だった。ほどなく深南も同じ検査を受け、無事に通過した。二人で待ち合わせ、ちょっといいケーキを食べた。どちらもこのことについては多くを話さなかった。どうかこれが毎年続きますように。

古倉庫をリノベしたシェアオフィスのビルは、なんとなくできた仲間がなんとなく集まるには絶好のロケーションだった。一階のカフェに降りると、話せる人がいつも誰かしらいてくれた。平日は、近くの飲食店や洋服屋で働く人が出勤前にコーヒーとパンを頼んだり、お昼ごはんを食べにきたり。週末は近所に住む人がふらりと訪れて。少しずつみんな親しくなっていき、誘いあってバーベキューに行ったり、区民農園を借りて野菜を植えたりし始めた。いつのまにかそれらは部と呼ばれるようになった。たとえばバーベキュー部、畑部、と。

兄と楓もよく遊びにきてくれる。兄はいつのまにかクラフトビール部の副部長になっていた。清澄白河はコーヒーの自家焙煎が盛んで、サードウェーブコーヒーの聖地と化していたけれど、クラフトコーラ、クラフトビール、クラフトショコラの製造に打ちこむ人たちも追って増えていた。試飲を頼まれ、一階のカフェに集まっては、仲間と味や喉ごしや香りの感想を言いあう。楓のほうは何部ということでもないけど、一度くるとけっこう長い時間いてくれた。

兄とは相変わらずいろんなことでぶつかる。でもだんだん、お互いテンションを上げきれなくなり、なんというかこう、兄妹喧嘩が消化試合っぽくなってきた。きっと兄のほうは何も変わってなくて、わたしがそれだけ元気になってきたのだろう。それに、経済的負担をかける状態を脱したぶん、負い目も減ったし。

病人の扱いってさ、すごい気を遣うよね、大変なんだよね、って、ちょっと余裕が出てきた最近になってようやく気づけたりもした。前の会社を訪ねたときみたいに、病気になった可哀想な人、って見下されるのはすごい辛い。かといってあんまり優しくされても追い詰められちゃう。なんていうか、わたしはどこかで、健康という人生のレールから外れたのは自己責任だと、周りに申しわけないと気に病んでしまってるみたいで。勝手に病気になったせいで迷惑をかけまくっているという負い目がいつもあって。だから、優しくされると自分のほうがさらに優しくし返さなきゃと思い、過剰に架空の聖人みたいに振る舞ってしまったりもする。

芸能ニュースやいろんなニュースで、闘病を続けてついに亡くなった方のことを知ると、ご遺族が「夫はずっと優しく、そして彼らしく、最後まで闘い抜きました。家族に思いやりを忘れない素晴らしい人でした」「妻は治療中も常に明るく、その人生を立派に全うしたのです」というようなコメントを発表されたりする。見るたび、素晴らしい人格の方だったんだなと思うけど、でも、じつはほんの少し抵抗も感じる。だって病人はパフォーマーにならざるを得ないからね。大事な人に辛い思いをさせてて、申しわけなくて、苦しくて、少しでも相手の心を軽くしたいと思うから。あの、それは、死を前にした渾身のパフォーマンスだったかも、です、って。

だってね、たくさんある匿名ブログを読んでよ。そんなに元気で明るくて前向きに死に向かっていった人がいるかな……っ、て。悲鳴の大合唱だと感じることがあるんだよ。死からの本当の声はメディアに載らないんだなって。でもここにいるのに。わたしたちここにいるのに。泣いて、怒って、怯えながら。健康な人が読んだら眉をひそめるようなひどい言葉を、隠して隠して隠しながら。匿名じゃなきゃ吐きだせないようなことがたくさんあるんだよ。……いや、ほんとはご遺族の方々もわかってるんだよな、とときどき考える。明るく前向きな笑顔から発せられる優しい嘘を死者から受け取りながら。……ほんとは、内心わかってたんだよね。わかってて、笑顔を作って、ずっとその嘘に騙されてあげてたんだよね、って。

お互いのための沈黙が永遠に続くから、それでああいうコメントだけがメディアという外部に載り続けるのかなって。わたしは。

……ねぇ。そうじゃない？

きっとそうだと、思ってて。だから、ただ、わたしは。わたしは。

メディアに載る理想的虚像っぽいものと、匿名ブログに綴られている身も蓋もない実像らしきものが、あまりにも違ってて、だから、いつも、混乱して……。

「……おまえなに恐ろしい顔してんだよ？　それマジ見たことねぇやつだわ。やっぱ！」

「んっ……」

顔を上げると、兄貴が紙コップを片手に全身真っ赤のつやっつやで立っていた。えっ、この人クラフトビール何杯飲んだんだろ……。「なんでもないよー」とむっつり答えると、「おまえも飲んでみろよ。これがいちばんうまい。土と、さくらんぼの香りがするやつ……」「土？　え、あの土のこと？」「って書いてあった。なにしろ試作品だからさ、まずいのはすっげぇまずいぞ……。だからさ、俺の犠牲の上におまえと楓はいちばんうまいのを飲め。な?」「そんなかっこいい言い方されるともやもやするよ……」「はっはっはー」と兄が酔っ払いの陽気な笑い方をした。

千鳥足で離れていく後ろ姿を見ながら、もやもやしながら、改めて自分と兄のこれまでのことを考えたりした。

赤ちゃんや小さな子供が可愛い見た目なのは、大人たちに保護して育ててもらうための生存本能だという説を聞いたことがある。……それなら病人も、優しく聞き分けが良く明るく見せようとするのは、治療のバックアップや看病をしてもらうための生存本能なのかなぁ。だって、嫌われて放っておかれたらどうにもできないし、命に関わってしまう。

わたしも、だから、兄曰く、恐れをなすほど外面のよい患者だったのかなぁ。それなのに兄にだけは八つ当たりして、不安や苛立ちまみれの姿を隠さずにきたのは、身内だから、妹だから、この人だけはどんなひどい姿を見せてもぜったいに自分を見捨てたりしないって信じてたからなのかな。

唯一の安全な場所が、お兄ちゃんだったのかな……。

「……うっわっ、なんだよ。くっつくなよ。きもっ。うわー、きもいわマジで……マジで!」

「わたしもそれ一口飲もうかな。土とさくらんぼの香りのビール」

「おうっ。……おーい、楓ぇ! おまえも飲めよ。こっちこっち!」

楓もやってくる。三人でビールの入った小さな紙コップを持ち、カフェを出て、外の道路で輪になった。

なんてことない会話をしながら夜空を見上げる。あぁ、すっかりもう春だ。モノクロからカラーに戻った季節が目の前でぐるぐる回りだしていて。

そして春から、梅雨を経て、一気に夏へ。

日に日に気温が上がる。今年も左胸と足の裏の皮膚だけが燃えるように熱くなってくる。そこで左胸と、シェアオフィスで座ってるときは足の裏にも、冷えピタをぺたっと貼ってみた。ん、まぁまぁ快適かな。そのままサンダルを履いて歩くと、ふわふわと雲の上を行くような変な歩き方になり、現社長に「小林さん、さいきん動きの癖が強いね？」と不思議がられた。

七月の終わり。隅田川花火大会をみんな楽しみにしてたけど、スコールのような大雨が降って中止になってしまった。出かけたい欲、遊びたい欲を持て余した近所の人たちが一階のカフェに集まり、混みあった。誰からともなく映画を観ようということになり、シェアオフィスのメンバーがノートパソコンを持って降りてきて、あちこちのテーブルにおき、同時に同じ映画を流しだした。先週配信され始めたばかりのアメコミ映画で、みんな椅子を動かして近くのテーブルに集まり、ビールを飲みながらわぁわぁと感想を言い合った。

わたしも一緒に楽しく過ごした。でも映画のラスト近くの〝悪役が指パッチンをしたら世界の半分の人間が消える〟というシーンで、全身からすーっと血の気が引いた。急に貧血みたいになって、「わたし寝るね……」と立ちあがった。「もうすぐ終わるのに？」「眠くて……。酔ったのかな」「そっかぁ。じゃ、またね」と近くにいた仲間と言い合い、四階の個室に帰った。

暗いまま、プラネタリウムのスイッチを入れ、ベッドに寝転がる。

誰かの指パッチンで半分の人間が消えてしまう世界――。

わたしには、パラレルワールドで起こってるパンデミックみたいに思えた。

中川君……。

そっと目を閉じるとちょっと涙が出た。

目を開けると、壁に窓に天井にきらめく星々があった。壁のフックにかかる、持ち主に返せない男物のジャケットも、星々の光で鈍くきらめいていた。

向こうではいまどれぐらいたくさんの人の命が消えていってるのかな。いつか本当に世界から半分の人間がいなくなってしまうのかな。向こうでは、いまこのときも……。

……と、時折そんなふうな夜はありつつ、それでも、次第に元気になり、病気治療中だからと気を遣われることも減ってきて、再び忙しく、生活も楽しくなるにつれ、パラレルワールドの存在は薄まって遠ざかっていくばかりになった。ＬＩＮＥの接続もさらに悪くなってしまい、リアルタイムの通話はいまでは滅多に繋がらない。互いにメッセージを送りあい、相手に届くまで気長に待つ。これってまるで遠くの国と郵便でやりとりするようなスピード感だな……。それでもわたしも中川君もめげずに言葉を送り続けた。

向こうの世界は、いまではこっちより半年近くも時間の経過が遅いのだった。こちらが二〇二一年の夏に入ろうとしているとき、向こうではようやく二〇二〇年が終わる、というふうに。

大晦日に中川君が送ってきたメッセージによると、東京都の一日の感染者数が前日から約四百人も増え、千三百人以上になったとか。初詣客が集まらないように、明治神宮の正門の扉がとつぜんゴゴーッと閉められたとか。大阪では太陽の塔がついに真っ赤にライティングされたとか。第三波到来と言われてるとか……。日本医師会が、都のモニタリング会議が、東京都病院協会が……医療崩壊を叫ぶ会見をつぎつぎ行ったとか……。

そして年が明けてほどなく、またもや緊急事態宣言となったらしい。「全世界の犠牲者数が百八十万人を超えたんだよ。アメリカだけでも三十万人以上亡くなってて、これは第二次世界大戦の戦死者より多いんだってさ」というメッセージを読んで、指パッチンのシーンをふとまた思いだしてしまう……。そして、フィクションと重ねるのは不謹慎だなと恥ずかしくもなる……。「イギリスの首相もアメリカの大統領もフランスの大統領も感染してて。大国の国家元首が倒れるといろいろやばそうだよな。でも年末にさ、カナダとかイギリスとかアメリカとかで新開発のワクチンが緊急承認されたらしくて。もう一般の人に打ち始めてる国もあって。これが効いてくれるなら一気に落ち着くかもって」「はー。それにしてももう一年経ったんだよな。一年だよ？　最初は何週間かの騒ぎで終わると思ってたのに。もしこのあとも第四波、第五波……ってずっと続いたらいやだな！いや、まさかな」と届いて、ほんとに向こうの世界のパンデミックはいつどうやって終わることができるんだろう、このまま滅亡してしまったりしないよね、とまた怖くなった。

そのうち向こうの世界にも遅れて春がきた。梅雨を経て、夏に近づく。

ようやく前みたいにビデオ通話が繋がったある日。

青山のブルーボトルコーヒーのテラス席に座ってる中川君が、「こっち、一年遅れで東京オリンピックをやるらしい。まだコロナ収まってないけど」とぼやいた。「オリンピック？」「そっちは去年やったんだよな。どうだった？」「えっとねぇ」と話してる間に通話が途切れ途切れになって「あー……」と切れてしまい、あとはメッセージで「こっちではスケートボードの十代の選手が活躍して大人気だったよ」と送ったりした。

そんなふうに、リアルタイムの通話はなかなか繋がらなくなったので、恋恋さんのラジオも一緒には聴けなくて、録音してデータを送るようになっていた。初めは一人で聴いてたけど、斜め向かいの個室の女の子がじつは恋恋さんのファンで、ときどき一緒に聴いてくれるようになった。

　ある日、中川君から、番組宛に送ってほしいと恋恋宛のメッセージが届いた。中身は読まず、転送した。それからしばらく経って、夜中に三階のキッチンの隅のテーブルで斜め向かいの個室の女の子と一緒にラジオを聴いてたら、「恋恋の、オールナイトニッポン！」ちゃらっちゃっ、ちゃっちゃらら、ちゃっちゃらっ……といつもの音楽が鳴り始め、女の子が「お茶淹れるね。夜だからハーブティー」と立ちあがり、マグカップを二つ持って戻ってきて、椅子の上で並んで膝を抱えて丸くなって座り、黙って聴いてると、お便りコーナーになり……。

「……続いて、ラジオネーム、イラカさんからのお便りです。……ぼくはじつはべつの世界線にいて、そっちの世界線に住んでる友達とＬＩＮＥでだけ繋がってるんです。恋恋さんのラジオも、友達を通して、聴いてます。って。おおー、そうなんですね……。で……？　えっと、こっちの世界では恋恋さんという歌手の方はいなくて……え！　わたし、いないのかい！　あはは。でー……青山の、ブルーボトルコーヒーでアルバイトしてます？　ブルーボトルコーヒーですか。事務所、割と近いんで、じつはときどき行くんですよね。ディレクターさんが、……え？　具体的だよね、ですって。ですねぇ。……で、えー、こっちの世界のあなたは服飾の専門学校に行ってて、ときどきドレスのデザインとかを見せてくれます……？　へぇー。あのー、インタビューとかラジオとかで話したことないけど、わたし洋服作る人にもなりたかったんですよ。ふーん、そうなんだ。向こうでは洋服を作ろうとしてるんですね……。え？　ディレクターさんが……騙されすぎ、って？　こんなの作り話だからね、って笑ってます。あ、前もー。そう、この方のお友達の方で、こっち側の世界にいて、ＬＩＮＥで繋がってるという女性の方からもメッセージをいただいたことがあって。そのときはご紹介できなくて、ですね。ええ？　またディレクターさんが……。同じ方が書いたんだろうって言ってます。メールアドレスも同じだしって。でも、それは……あー、はい。ふふ。

……ともかく、続けますね。……ぼくのいる世界では、いま感染症が世界中に広がってて、まぁ大大変ではあります。でもきっとまた感染症が収まった世界になって、生き残った人たちでなんとかやっていくのだと思います。人類がこれまでずっとそうだったように。そのとき、生き残れなかった人のことも忘れないという役目が社会に必要だと、ぼくはいま思ってます。社会を立ち直らせるために働く人たちももちろんたくさん必要だけど、忘れないという役目も同じぐらい大事で、でもその部分は人類は常に人手不足問題を抱えてるし、だから、ぼくがそうしなきゃって思ってます。

えっと、今週……ぼくのところに届いたラジオの音源で、来週のお題は『忘れられないこと』だったので、いまこうして書いて、そっちの世界の友達に託そうとしてます。けど、ＬＩＮＥが届くのにもけっこうタイムラグがあるんで、ずいぶん経ってから変なタイミングで届いてしまってるかもしれませんね。……ふーん。お題が『忘れられないこと』だったのって、えーと……そっか、先週ですね。うん、惜しい。少しだけ遅れました。え？　ディレクターさんが、また……。はい。あのぅ、でも、でもですよ。実際に起こってることと心の中で起こってることは、同じって、わたし、常々思ってて。だから、この方が本当にパラレルワールドにいるのか、心の中だけの想像の世界なのか、とか、そこはあまり、こう、追求したいところではなくて、ですね。それってわたしの作る音楽と同じなので。だから……」

マグカップに手を伸ばし、ハーブティーをごくっと飲む。

「こんなふうに誰かの声が届くって、自分の言葉が届けられるって、やっぱり奇跡ですよね」

隣の椅子で一緒に聴いていた女の子が「ふー……」と言った。

この回の録音もLINEで中川君に送った。ますます接続が弱くなっていて、なかなか送信し切れない。ようやく送れてから、中川君から返信がくるまでにさらに一週間近くかかった。「俺ラジオに送ったの初めて。読まれて感動！」とあった。

それにしても、通話はもうほとんど繋がらない。そのことを考えると不安になる。ときどき届くメッセージを通じて、わたしは、向こうの世界では今年も猛暑となり、オリンピック開催と第四波が同時にやってきたことを知った。

三ヶ月に一回、病院で診察を受けている。胸部の超音波検査で局部再発してないか診てもらい、女性ホルモンの分泌を抑える注射をお腹に打ち、薬の処方箋をもらう。もしこれからも生きてられたらだけど、これが合計十年続くんだなぁと毎回思う。

注射の待ち時間にLINEのメッセージが届いた。あっ、中川君からだ。「小林、すぐ病院行け」とある。唐突すぎて意味がわからないし、実際病院で受け取ったのもあって、変な気持ちだった。と、続けて「同世代の女の知り合いが病気になってさ。若くてもなるんだってびっくりして。心配でみんなに言って回ってるところ。だから小林だけにというわけじゃないから。会社の女性社員や友達の家族や奥さんにも……」という理由を書いた長めのメッセージも続いた。なんだろうと首をひねりつつ、書いてある病名はまさにわたしが治療中のものなので、「大丈夫。毎年検査受けてるよ」と返信した。

帰り道、なぜかなんとなく、ずっと、このことが気になり続けた。

病気になった中川君の知り合いって誰だろう。まぁ、知らない人だろうけど……。

数日経って、その引っかかりを心が忘れたころ、ＬＩＮＥのメッセージが続けて何通も届いた。

「じつは楓ちゃんに話したんだよ」「こっちの楓ちゃんに」「一昨年、パラレルワールドの小林波間と会ってから、ＬＩＮＥでだけ繋がってるんだ、って」「最初ぜったい信じないから、勝手に悪いけど動画とか写真を見せちゃった。そっちの東京マラソンのそっちの楓ちゃんの動画とか、そっちの小林と楓ちゃんが一緒に写ってるロンドン旅行の写真とか。そしたらめっちゃパニクってなぜかブチ切れてたけど最終的に信じた」「小林と、なんとか一回だけ話がしたいって言ってる。えっと、とくに理由はないらしいんだけど。なんかしら理由があってとかじゃないから。これほんとに。ただ……」「一目、そっちで元気にしてる姿を見たいって。泣くから」「接続が悪くなってるからもうビデオ通話は繋がらないとは説明したんだけどさ」と続く。

このメッセージを受け取ったときは、そろそろ冬という季節の週末の夕方で、わたしはシェアオフィス一階のカフェでめちゃくちゃまったりしていた。目の前にはこっちの世界の楓がいて、試作品のクラフトショコラをハムスターのようにカシカシ齧り、作った人に丁寧に感想を伝えていた。機嫌がよく、楽しそうで、適度に脱力してる、いつもの楓だった。その横顔をじーっと見た。……この人が自分の言い分を通そうとして人に何かを無理強いしようとするようなところを、そういえば一回も見たことがない。小三から仲いいから、もう二十五年ぐらい？　それなのに、パラレルワールドにいるわたしと話したいって、向こうのわたし自身が言い張るならともかく、なぜ楓がそんなに……？

そういえば、去年もおかしいなと思ったことがあった。中川君が楓のインスタをノォローしたら、光の速さでフォロバして、小林波間さんとのことを教えてくださいって頼んできたって……。

「どしたの？」

と、ショコラをカシカシ齧りながらこっちの楓が聞いてくる。「あ、いや」「ん？」「もしかしてパラレルワールドにいる……わたしに……」「パラレルワールド？　前、聞いたことある。手術の後、ナミ、麻酔で譫妄《せんもう》状態になって、壮大なるパラレルワールド・パンデミック・ストーリーを話してたよね……」「そんなこともあったね。自分ではぜんぜん覚えてないんだけど」と笑いあい、あとの言葉を飲みこんだ。

ねぇ、楓……。

パラレルワールドの話、じつは本当なんだけど。麻酔の影響の譫妄とか、病気が辛すぎて想像の世界に逃げて作ったイマジナリーワールドとかじゃなくて。誓って本当のことなんだけど。でね、パラレルワールドにはもう一人のわたしがいて。そっちのわたしは、幸い健康で、ロンドンで暮らしてる、とずっと思ってたんだけど。

それは違ったかもしれない。

向こうでも何かよくないことが起こっていたかもしれない。

ねぇ。

中川君がいう、若いのに病気になってしまった同世代の女の知り合いって、もしかして……。

だから向こうの世界の楓は様子がおかしいの？

いや、まさか。

でも……。

そうなのかな？

こっちのわたしは、向こうのわたしがインスタにあげたロンドンの写真を中川君から受け取って、自分のインスタにあげ、ほんとは浅草のアパートで闘病中なのにロンドンに旅行中ということにしたりした。もしかしたら向こうのわたしも、前に撮った写真を使ったりしてロンドンに留学してるって設定にしただけで、ほんとの生活はぜんぜんちがったのかも。なんて……。

次の日。

また中川君からメッセージが届いた。「とりあえず楓ちゃんにスマホごと貸すことにした。気長にトライし続けたら、たまに急にビデオ通話が繋がるだろ。でもいざ繋がったとき、急いで楓ちゃんを呼ぶのは難しいしさ。だったら最初から貸しといたほうがいいかなって」とある。……そんなこと急に言われても、どうしたらいいかも、自分がどうしたいのかもわからない。だって怖い。だって、だって……。こっちのわたしは、このわたしは、いま自分が生きてることだけで精一杯で、じつはぜんぜん余裕がなくて、だから。だからさぁ。……その日一日、そう考えていた。でも翌朝、目を覚まし、三階のキッチンでパンを焼いてゆっくり食べ、食べ終わり、エイッと気合いを入れて「わかったよー」と返信した。

それからは、仕事中も、食事中も、お風呂やトイレのときも、スマホを肌身離さず持つ生活になった。

充電が減ってないかも心配でまめにチェックした。

念のため、バッテリーもカバンに入れっぱなしにする。

はぁ……。

向こうはまだ夏らしいのに、こっちは冬だ。外を歩くと息が白い。すごく寒い。夜、コックピットみたいな個室で横になり、こっちの楓と兄が買ってくれたプラネタリウムのスイッチを入れる。

すると一人ぼっちで宇宙に投げだされ、星々の間をめちゃくちゃ孤独に漂いながら、ばかみたいにスマホをぎゅーっと握りしめ、地球からの助けの交信を祈って待っているような、不思議な浮遊感と焦りと静けさを強く強く強く感じた。

楓、向こうの楓……。無事繋がるのかな。わたしたち。

だって、誰かに声を届けたり、誰かの声を受け取ったりできるって、恋恋さんがいうように、それって、奇跡だからね。


……ビデオ通話がようやく繋がったのは、二週間以上経ってからだった。平日のお昼過ぎ、オフィスを出て、いちばん近いコンビニに行き、冷凍のパスタを二種類買って戻る途中。木枯らしがびゅうううっと吹いて、軽い素材の赤いマフラーが右から左へと昔のアニメのヒーローみたいにハタハタとなびいた。スマホが音を立てて、見たら、中川君のアドレスからだった。

正直、ぎょっとした。

でも急いで出た。すると画面に、こっちとは髪形がぜんぜん違う、黒いマスク姿の楓が映っていた。向こうも外にいるみたいだった。背景は夜空で、あ、向こうは、夏の、夜なんだな、と思った。

何かを言ってる。でも声がちゃんと届かない。聞こえないよー、とジェスチャーしつつ、近くのビルの植え込みに力なく座りこんだ。……寒っ。北風、強っ……。向こうは逆に暑そうで、スマホを持ってないほうの手の甲で額の汗を拭ってる。

振りむいて、大声で誰かを呼んでるみたい？

それからこっちを覗きこみ、また何か言う。「げん……き……」と聞こえたようなちがうような。わからないや。声、届かないよ。「ナミ……。ナ、ミ……」とわたしの名前らしきものも聞こえたような。わからないや。だから、届かないよ。とにかく接続が悪くて、向こうの発する言葉、わからないや。届かないよ。

向こうの楓が何度も瞬きし、何か聞く。

わたしも、とにかく何か伝えなきゃと思って、でもこっちの声だって届かないんだろうし……。自分の顔を指して「健康、健康」と言った。「元気。わたしはこっちでは元気だよ」「健康、健康だよ！」って。きっとそれを心配してるんだろうって。向こうと同じ辛いことがこっちでも起こってほしくないんだろうって。そこはもうなんかわかってたから。

と、楓がまた振りむいて誰かを呼び、ほどなく呼ばれた人が横に現れた。……兄だった。兄も黒いマスク姿だ。

向こうでもこの二人は、ふがいないわがままな性格の悪いこんなわたしに寄り添ってくれてたんだろうか。

最期まで。

兄が目をむき、たぶん、「ナミ、ナミだ！　ナミーッ！　ナミーッ！」と言ったと思う。

二人、両手を振ったり、楓の目から涙が流れだしたり、兄が何かわからないけど叫んだりしてる。

接続がやっぱり悪くて、ぶつぶつと途切れ途切れになる。けど何をどうやって伝えられるの……。あ！　ハンドサインならきっと、と気づいて、右手を上げ、中指と薬指の間をぐっと開けて、「長寿と繁栄を」のポーズをしてみた。と、楓の瞳がありえないぐらいぱーっと輝いた。早口で何か言ってる。兄に説明してるみたい。楓も同じハンドサインを作り、兄も真似して、ちょっとまちがえてるけどほぼほぼ同じポーズをした。わたしたち三人ともハンドサインを見せ合いながら弱々しく笑う。涙もどんどん流れた。接続が止まり、また復活し、また止まり、ついに……。

切れた。


(――パラレルワールドってさ、あの世みたいだな。こうなってみるとさ)


それから数日経ち、シェアオフィスでいつものように仕事してるとき。中川君の声をふっと思いだした。

ねえ、向こうからしたら、こっちの世界はいったいどんなふうに見えてるんだろうね。

死んだはずの人たちが元気に暮らしてるあの世みたいなのかな。

(ねぇ。病人のこと語るのに、大きなドラマ、なんで必要なの？　それは病気じゃない人のためなの？)

(そのとき、生き残れなかった人のことも忘れないという役目が社会に必要だと、ぼくはいま思っ

てます）

中川君のスマホはどうやら元の持ち主に返還されたようだった。また中川君からのメッセージが届き始めたから、ということは、そうなんだろう。でもメッセージの送受信もほんとにもうなかなかうまくいかなくなってきてしまった。

向こうの世界は、第四波の到来とオリンピックの開催が重なったせいで感染者が増え続け、救急車のサイレンが毎日鳴り続け、病院は患者で溢れ、新たな入院なんてそうそうできないという状況で、日に日に事態がひどくなるようだった。自宅療養中に亡くなってしまった方のニュースが毎日続いてるらしい。若くて基礎疾患もない、つまり健康で体力のある方までつぎつぎ倒れていると。「この夏、コロナで急に死んでもさ、きっとみんな世の中的にまるっとまるごと忘れられてくんだろうなー」というメッセージの後、「体調悪い。熱もあってだるい。発熱外来も混んでて。それに陽性ってわかっても治療受けられないだろうし」「小林が言ってたスケートボードの選手、こっちでも活躍してる」「マジで調子よくない。寝てる……」と続く。それを受け取ったとき、こっちはもう二〇二二年になるというところで、あぁ、向こうはまだまだ夏なのか……と思う。「体、大丈夫？」と返信して、でもそれにはいつまでも既読がつかない。ずいぶん時間がかかるなと思って、年が明け、お正月休みが終わって、毎日忙しくなって、で、気づいたら、もうずっと既読がついてない。

これって、ついにこっちの世界と向こうの世界との通信が断絶してしまったのだろうか。

それとも中川君の身に何か……？

こわくて毎日確認する。でも既読がつかない。

既読がつかない！

ある日、シェアオフィスのある清澄白河駅近くのセレクト書店の前を通る。ガジュマルの鉢を買った花屋の並びの店だ。畑部のメンバーの男の子が店番をしていた。「ここの人だったんだねー」と手を振る。にこにこと手を振り返してくれたので、なんとなく店内に入る。

レジ前に漫画の新刊が並んでいる。

「あっ」

こっちの世界の中川君の漫画『彼女が言ったすべてのこと』の最新刊だ。

レジの男の子と話しながら、漫画の表紙をぼんやり眺める。

こっちの世界の中川君は、元気で、漫画の連載を続けていて。

向こうの世界の中川君がどうなったかは、わたしにはもうこのままわからないのかな。

ＬＩＮＥで繋がれなくなって、互いの声がもう届かなくなって。それからのほうが向こうの世界のことを毎日考えるようになったかもしれない。中川君はあのあとどうなったのだろうか、無事だろうか……。世界の感染状況はどうなっているのだろうか。新開発されて緊急承認されたというワクチンは効いてるだろうか。そもそも平等に、すべての人類に、行き渡っているのかな。

こっちの世界では元気に生きているたくさんの人たちが、向こうの世界では犠牲になり、命を落としていて。

あと……。

このわたしも、きっともう存在しないし。

ねぇ。

最近考えてしまうんだよ、中川君。あぁ、この話も中川君としたいな。もう一回、声が届きあうあの奇跡の時間を持てたらどんなにいいだろう！

ねぇ……。

いまこうして無事に生きてるわたしを、肯定し、寿《ことほ》ぐことは、どこかべつの世界線で生きられなかったほうのわたしを否定してしまうことなのかな？　べつの誰かを無神経に傷つけてしまうことなのかな？

サバイバーであることをアイデンティティに組みこんで、いまにも崩れそうな心を支え、そんなプライドに力いっぱいしがみついて、なんとか一日一日を暮らそうとするのは、同じ病で亡くなられた方々への配慮に欠ける暴力的な罪なのかな？

あの世って呼ばれた、こっちの世界に暮らしながら、毎日、毎時間、向こうの世界のことばかりを考えてる。そのときはいつも複雑極まる気持ちだ。悲しみだけじゃない、虚しさだけじゃない、無力感だけじゃない、ぬるくあったかい何かも流れる、いたたまれず、恋しく、懐かしい、けど苦しい、だからつまり……。

ほんと、ただ、ただ、複雑極まる気持ちだ。

vol.6 War

二〇二二年、二月。〝戦争〟が始まった。

東欧のウクライナに大国ロシアが侵攻したのだ。

報道とインターネットの投稿によって、どこで何が起こっているか、ほぼリアルタイムで情報がどんどん流れこんでくるようになった。シェアオフィスでも毎日その話題で、友人とのやりとりも同じだった。

ウクライナが数日で占領されてしまうという見方がほとんどだったけれど、そうはならず、一週間経ち、十日経ち……。ロシアが苦戦する戦況が伝わってきた。専門家がテレビの情報番組やＳＮＳを使い、さまざまな専門知識による分析を語っていた。

ロシアの大統領はなぜ無茶な侵攻をやめないのか、これは論理的判断かという疑問の合間に、大統領がじつは健康不安を抱えているという説も流れてきた。同一人物か迷うぐらい面変わりした動画も一緒に。

夜、コックピットみたいな個室に一人でいるとき、その動画を観た。はっとし、少し迷ってから深南に連絡した。「これって……」「ムーンフェイスっぽいよね」「うん……ね」「この肩も」「バッファロー肩に見えるよね……」と言い合い、あとは二人とも重たい無言でいた。

丸くむくんだ顔、モリモリした肩、筋肉が落ちて痩せ細った手足。苦しそうにテーブルの端をつかむ両手……。

体は辛くて、心だけハイになって。時間が過去から未来から同時に飛んでくるような、あまりにもまとまらない感情の渦の中に存在するようになって……。

いや、わからない、何も考えられないよ、情報がないのに思いこんじゃいけないし、仮に何かの治療中だとしても病名がわからない。それに……それに……。

情報がない。わたしには何もわからない。

そう思って、スマホを枕元におき、布団をゆっくりかぶった。


「俺、志願したわ」

と兄が伝えにきたのは、その二日後。

天気も悪いし風も強くて、少しでも外に出た人は斜めに降り注ぐ強めの雨にやられて腰から下をびしょびしょにして戻ってくるような日だった。兄は一階のカフェで青い雨合羽をガサゴソ脱いで「ふぃー」と言い、それからとつぜんそう告げたのだった。

「志願って？」

「義勇兵！」

「ギ……ユウヘイ……？」

「ウクライナ、行ってくるわ」

「え？　は？」

兄はいつになく精悍《せいかん》な顔つきをして、

「日本のウクライナ大使館が外国人義勇兵を募ってるから。俺は行く。仲間もいるからさ。世界中からUAEに集まる。まずポーランドに飛び、陸路で……」

「えっ……？」

「男に、なるんだ。俺、生まれて初めて自分になれた気がするぜ。……おまえもこうして元気になってきたしなぁ。なんかもうだいぶ大丈夫っぽいよな。というわけで、さらばだ、可愛い妹。達者で暮らせよー！」

「は？」

とわたしが何度も聞き返している間に、クラフトビール部の仲間とか近所の顔見知りの男性たちが兄を囲み始め、質問したり、応援の大声を上げたりしだした。なんかたぶんいますごく大事なとき、というか非常時、人生の中でも上位のエマージェンシーなタイミングかもしれないのに、ふがいないことに、わたしはとつぜんの話題すぎてまた絶賛ホワイトアウト状態になっちゃって、静かに兄と周りの人たちを眺めてるだけになった。

兄はしばらく熱狂的な様子で説明し、それから右の拳を握りしめ、

「大変なときは、やっぱり、男なんだよ。俺ら男が、女、子供、年寄りを守らにゃいかんだろ。だよなぁ？　助けるんだよ、俺が、男に生まれしこの体で。だから、おまえらさ、そう、おまえらのためにな、俺はな、行くんだよ。俺は、俺はな、俺の息子たちのために行くんだ。で、な。ナミ、なぁ、ナミよ、おまえのためにも行く。俺は、俺はな、だから、俺はなぁ！」

「ん？　えっ？」

「俺はっ、たった一人の妹を助けられねぇような弱っちいオトコじゃねぇんだよ。わかったか、世間！　わかったか、俺を半笑いで見てた奴ら。わかったか、わかったか……神様……」

「お兄ちゃ、ん？　何……」

「泣くなよ、ナミ！　俺、生きて帰ってくるからさ。帰ってきたらさ、外国の国歌とかいろいろ歌ってやるよ」

「いや……。わからなくて泣いてるんだってば……。お兄ちゃんの言ってること、わからなすぎて……だか、だから、ショックなんですけどっ……。なんなのよ、いったい！」

　わたしはいまだケモブレインの症状が残ってるのかなんだかわからないけど、とにかく頭が真っ白のまま、目の前に立つ兄をぽかんと見ていた。兄は激しい興奮状態にあるように見えた。十年近く前、上の息子が生まれて、「生まれたぁ！　さっき！　まじかよ、人生サンキュー！」と明け方に電話をくれたときみたいだった。って、お兄ちゃん。って、男に生まれしこの体とか言ってる人。息子のためとか、妹を助けるとか、出征するとか、これは何、何の騒ぎ、ねぇ……何かをなさないとオトコでいられないものなの？　素のまんまじゃだめなの？　あ……。（勉強ができなくて……あぁ、妹と男女逆ならって、昔はね……）って、これは誰の声だったっけ。（お金がないって……妹を追いだして……女の子なのに……うちに月二万しか入れない……）って、誰、ちょっと一回静かにして、だっていま、お兄ちゃんが、お兄ちゃんが……。

　兄を囲む人たちの人数がどんどん増えて、男性ばかりで、騒ぎに気づいてあとから入ろうとした現社長が弾きだされてクルッと一回転してわたしのそばにきて、「何かあったん？」と怪訝そうに聞いた。わたしは首を振り、壁際の席に座り、頬杖をついた。脳が限界になってしまい、そのまま置物のようになる。

その夜、四階のコックピットみたいな個室で、兄妹コーデのフーディーを着て、膝を抱えて座りこみ、何が起こったのだろうかと考えた。でもぜんぜんわからなくて、とりあえず楓には報告しなきゃいけないと感じ、パニック状態のままメッセージを送信した。「兄貴、わたしが甘えすぎたせいで、有害な男性らしさで戦争に行くって」と送ると、十五分後「kwsk」と返信がきた。詳しくと言われても、何も理解できないし、どうしよう……。と、さらに「いま兄者さんに連絡して聞いた。事情がつかめないけど。もう十二時過ぎてるから一回寝な。まず体を休ませて」と届いて、そうだ、一回インターバルをおく、それも大事、と思った。

ライトを消し、寝転んで、目を閉じる。

するとそらしたいような醜い現実そのものが暗闇に充満してきた。匂いを感じるほどリアルな煙みたいなのにわたしは囚われた。

優しい性質の兄が、病気になった利己的な妹に依存されて八つ当たりされ、ずっといじめられていたんじゃないかと。

そして、もしかしたら母は、内面化された有害な男性らしさを振るって兄を育ててしまったんじゃないかと。父も、家族の中で起こるすべてのことを〝傍観〟することで、兄の魂を見捨て続けたんじゃないかと。だけど、家族の誰もが兄を愛してたのに。……じゃあどうしてこうなったの。ねぇ、どうしてこうなったの。真っ暗な窓の外からテラス席にいる男性たちの声が聞こえてくる。中心にいるのは兄らしい。「土曜に出発するぞ……」と言ってるのが聞こえる。ねぇ、これ止められるの？　止めるべきなの？　でもどうやったら止められる？　誰か。助けて。どうしてこうなったの。どうしてこうなったの。どうして？

土曜になり、兄はいちばん大きなリュックを背負って本当に出奔した。

って、え、本当に？　本当にだ。

浅草のアパートの鍵をわたしが預かった。兄はUAE行きの飛行機が飛ぶ直前に実家に連絡したらしく、その後、実家から「いったいどういうことか」と何度も電話があった。でもわたしにも説明できない。最初の三回は電話に出たけれど、三回目の最後に「ごめん、風邪を引いてて……」と嘘をつき、四回目からは辛くてもう出なくなってしまった。

そうして兄がいなくなっても、生活は変わりなく続いた。

毎日、昨日のような今日がくるから、一日を乗り切り、また眠りにつく。

朝、四階のコックピットみたいな個室で目を覚まし、共同の洗面所で身支度し、キッチンでパンかヨーグルトを食べ、薬を飲む。二階のシェアオフィスで仕事をする。働きすぎて体に負担をかけないよう気をつけて、夕方六時になったら、作業の途中でもやめる。

お金の余裕がないから、食事はなるべく自炊する。お昼は現社長と交代で作ることが増え、わたしは肉や魚を野菜と炒めるかソテーするかして白いごはんにのっけるという丼物をよく作った。現社長は業務スーパーで買った小麦粉の大袋を使ってピザ生地をこねる日が多くて、「チーズと一緒に何でもいいからのせたら、とりあえずシェフの気まぐれピザ的なものになる」と言ってはオーブンでピザを焼いた。

楓もときどき顔を出してくれたし、深南も、兄のことを話したらびっくりしてこのビルによく訪ねてきてくれるようになり、そうなると二人が偶然同じ時間にいる日もあって、顔見知りになってきた。ある夕方。三階のキッチンのテーブルに深南と夫さんと三人で座り、現社長がオーブンでどんどん焼いてくれる気まぐれピザを食べていると、楓もきて、なんとなくピザパーティーのような状況になった。お勧めのドラマや近場の飲食店の話をしながらピザを食べる。お徳用ベーコンと水菜のピザ、半熟卵とトマトのピザ……。

ピザの真ん中に鎮座していた半熟卵の黄身を、深南が「あぁー！」と悲鳴を上げながら大皿と取り皿の間のテーブルに零してしまい、夫さんが笑って拭いた。その後、「さいきん元同僚の人からよく連絡があって。昨日も会ってたんだけどね」と深南が急に話し始めた。隣に座る夫さんが「二ヶ月ぐらい休職中の人だっけ」と聞く。「うん、そう。ごはん食べようって言われて、普通にうれしくて、出かけるんだけど。なんかさ、向こうはいま辛いときみたいで」「あぁ……」と楓が小声で相槌を打つ。「わたしの病気のことをすごく聞かれるんだけど。前向きな話とか元気になってきた話だと微妙なリアクションで。こう……」「つまりあれかな。弱音とか辛い話を聞きたいのかな？」と夫さんが言う。「うー、そうなのかなぁ。そうかも。自分が弱ってるからもっと弱ってる人とじゃないと会えない、それぐらいあの人はいま苦しいのかって」「えーっ」と不満そうな相槌を打ったのはわたしで、現社長がオーブンから出してきた焼きたてピザを受け取り、包丁で八等分に切り分けつつ、「それはやだな。レッテルを貼られてるように感じて。ざっくり、可哀想な人っていう」と怒る。「ん……。まぁ、だから、愚痴とかは聞かれても言わないんだけど。そもそも体力も回復してきてるし。ただ相手の話は聞いてる……。まぁ、ほんとは言いたいこともいろいろあるよ。けど、現にいま何かに疲れている人を前に辛辣にはなれないし、なるべきじゃないとも感じて」「わたしならなっちゃうかも」「うん。その率直さが波ちゃんのいいところ、強いところだよ。……そこが好きだし」「え、急に何」「ふふふ。……ちょっとトイレ」と深南が席を立ち、しばらく残った三人で黙々と焼きたてのピザを食べた。

　ふと夫さんが顔を上げ、「うちの、なんていうか、昔からああで……。優しいんですかね」と妙に不思議そうに言った。

「です、ね。そういえば去年も……」

　と、フリーのエディターさんのことで自分がめちゃくちゃキレた日のことを思いだして、深南の反応は、なんか、優しい、って言葉でいいのかな、こう、自分が非常時であっても、余裕のあるときと同じぐらい柔らかい人なのかもしれないなと考えた。「……わたしなら怒るのにということで、反応が少しちがったこと、ありました」「それ、わかる気がします」と夫さんと話していると、深南が戻ってきて、「前から思ってたけど、トイレのタイルの色きれいだね。ピンクみたいなオレンジみたいななんともいえないふわっとした色」と薄く微笑した。

　その横顔を一瞬眺め、またピザのほうに集中し、もぐもぐと咀嚼《そしゃく》しながら、自分が病人という存在であることの、周囲に対しての暴力性というか、よくない影響について考え始めた。

　深南が元同僚の人から求められたある種のマジカルな期待のようなもの。わたしが兄に与えてしまった逃れがたい圧力のようなもの。わたしや深南が病気になったという現実そのものが、本人にとっても周りの人間にとっても抑圧になるんだけど、そのことから誰も逃れられないし。こんなふうに、そこに気づくと、しんどいなー、って。

現社長がピザを焼き終わり、落ち着いて座って、自分も食べ始めた。「それで思いだした。これ知ってる？」とスマホの画面を見せてくる。Facebookだ。あ……。元の会社の上司のアカウントが表示されていた。あの日の人……。「これって。えっ！」「そう」と現社長がうなずく。

元上司は二年前に骨髄ドナーに登録していたらしい。このたび適応する患者さんがみつかり、骨髄提供のために先週入院して手術したという投稿だった。〃いってきます。どこかにいる誰かのために〃と。

文章を全部読むと、提供者の体の負担も大きそうだった。だから直前で怖くなってキャンセルしてしまうドナーもいるらしい。気になり、遡って投稿を読むと、あっ……。「ヘアドネーションもしてくれてる。えー！　それでこの辺りの写真から急にショートヘアなんだ」「おぉ。部下が病気になったのをきっかけに自分にもできることを探したって書いてあった」「え、その部下ってもしかしてわたし？」「じゃないの？」「おぉ……」「なんかさ、目の前の実在の病人には無神経でも、概念上の見えない病人には献身的なんだなって、俺は斜めに見てる。ちなみに」「ちょっと、きつっ」「きつっ？　そうかぁ？　それはさ、あなたも優しいんじゃないの？　そこそこさ。深南さんほどじゃなくても。まぁまぁさぁ」「そうかなぁ。……だけど、自分も逆の立場だったらどうかって考えると、知らない誰かのために骨髄の提供ができるか正直わからないもの。だからあまり批判するとブーメランになるというか。立派な行いだし。行動力のある人で、自己犠牲も払って。尊敬すべきだって。それに……自分もいざとなったらやらかすほうかもしれないし」「ふーん。いや、いやぁ、そうかぁ？」と首をひねられ、腕を組んで考える。

——傍観者は、当事者を前にどう振る舞うべきか？

無様にもたつかず、地雷も踏まず、不用意に傷つけず。わたしという人間も、ちゃんとしてるのかな。いや？　ほんとうに？

と、考えたりした。

これって深南の影響かな。さいきん瞬間的に腹を立てる前に一回考えようとするようになったかも。……でも結局わたしはわたしでしかなく、深南じゃないから、時間差が影響として出ただけみたいで、やっぱり最終的に「待って。だけどやっぱり失礼だったよ。ウィッグとか肩幅とか陰でちょっといじってたし」と怒りだした。「反応、遅っ」「ピザもう一枚焼いて。お腹すいたな」「ま、怒るとすぐよな」と現社長がゆらゆら立つ。

楓が鞄から高さ五センチぐらいの蛍光イエローのひよこっぽい玩具を二つ取りだし、「誰かこれを可愛がってくれる人いない？　ガチャでレアなの狙って失敗して被っちゃって」と言う。けだるく挙手し、「いる。個室、飾り的なものがなくて殺風景だなって急に思うようになって」と言うと、楓がうれしげに「おっ、よかったな。君たち可愛がってもらえよー」とひよこをわたしの手のひらにのせた。

ひよこはまん丸のつぶらな目をしていた。……って、いや、よく見るとひよこじゃない何かだった。知らないゲームのキャラクターかな？　首をかしげつつもポケットにしまう。

ひよこに似たキャラクターの玩具を、コックピットみたいな個室の窓辺に飾る。

ガジュマルの鉢の両隣に、ちょこん、ちょこんと。

すると部屋がぱっと明るくなり、そうか、自分は部屋をカラフルにしたくなってきたんだなと気づく。

それからは、駅前の花屋で五百円ぐらいの小さな花束を買って、昭和レトロな花柄のグラスに生けたりし始めた。毎日水切りすると五日ぐらいは目を楽しませてくれる。ちょっとした贅沢だ。

考えてみたら、点滴治療中は体力を極限まで削られていたせいか、派手な色や柄物の服を着られなかったり、インテリアもモノトーンにして色味を抑えたりしてたなぁ。高齢者の力がよく着てるようなアースカラーっぽいくすんだ色に囲まれているほうが気楽だった。それがだんだん変わってきたというか、元の感覚に戻ってきたのかな。

相変わらず、ずいぶん前に中川君に送ったLINEのメッセージ「体、大丈夫？」には既読がつかないままだった。

今日もだめだろうなと思いつつ、毎日チェックする。向こうの世界を心配する気持ちや、このまま繋がらなくなってしまうのだろうかという喪失感が、日々じわじわと地味に積み重なって。

兄からは「UAEでみんな足止めになってるー」という連絡がきたきりで、その後のことがわからない。

戦争は続いていて、残虐すぎる現実のニュースが報道やSNSを通じて届くけれど、日に日に感覚が麻痺してきてしまう。

そんな中で兄の心配をし続けていて……。

ある夜。

ビルの裏手の横道をくねくね行ったところにあるコインランドリーで、黙々と洗濯した。いつもは同じ階に住んでる男の子と一緒にきて、喋ったり動画を観たりして時間を潰すんだけど、この日はその子が熱を出して寝込んでて、一人だった。

その子のぶんの洗濯物も預かってきたから、洗濯乾燥機を二つ回している。うー、一人だと手持ち無沙汰だなぁ……。

ベンチに座り、所在無くスマホをいじる。

なんとなくインスタをスクロールし、すると大学時代の親友の綾ちゃんが家族写真をシェアしていたので、いいね、と思って、いいねした。子供がいま五歳ぐらいだと思いこんでたけど、わたしが闘病している間に時が過ぎ、とっくに小学生になっていた。子供の成長って早いなぁ……。と、二、三分は経ってたんだろうけど体感としては五秒後ぐらいに、綾ちゃんからシュッとダイレクトメッセージが届いて、びっくりした。えっ……。「波間！　久しぶり！　どうしてるかなってちょうど思いだしてたところだった。元気？」とある。……お、洗濯が終わって乾燥のターンになった。音が変わった。少し迷ってから「久しぶり。じつは一昨年から体調を崩してて、また元気になってきたところだよ」と返信すると、「知らなかった。ごめんね」「大学のときの友達には言ってなかったから。それにもう大丈夫だよ」「そっか。大丈夫ならよかった」とやりとりが続いた。

乾燥が終わるころには、来週の日曜に久しぶりに会おうということになった。

ホカホカの洗濯物をナイロンバッグにしまう。帰りにコンビニに寄り、熱を出して寝込んでる子にあげようと、ミルクプリンとポカリスエットを買い、ビルに戻る。洗濯物とプリンとポカリスエットを渡したら、

「神かよー、プリンの神かよー……」

と布団の中からか細い声がした。「買い物も代行するからメールしてね。わたし今日も明日もめ

っちゃ暇だよ」と声をかけ、音を立てないようにドアを閉める……。

一回すごく気温が下がって冬みたいになり、またすぐ上がり、今度は急に春の陽気になる。週が変わり、日曜がくる。

綾ちゃんに会うため、午前中から電車に乗る。

東京を東から西へ移動し、埼玉の武蔵浦和駅へ。「いまあんまりお金ない」と正直に伝えたら、綾ちゃんが「うちでお昼食べようよ。何か作る」と言ってくれ、ご自宅にお邪魔することになったのだ。

綾ちゃんの家は駅から十五分ぐらい歩いたところに建つ二世帯住宅だった。夫さんのご実家を改築したとのことで、一階に義父母が、二階に綾ちゃんたちが住み、玄関は別々だった。

お昼前に着き、ドアチャイムを鳴らす。夫さんが「はーい」と出てきて、「披露宴以来ですかねぇ」とにこにこした。

入ってすぐの日当たりのいいダイニングキッチンに綾ちゃんがいた。大型のカウンタータイプのシステムキッチンの奥でおにぎりを握りながら、「久しぶり！　ちょっと待ってて、ごめん。今日おにぎり係だったのすっかり忘れてて」と慌ただしく言う。

息子さんが隣のリビングから顔を出し、「こんちはー」と恥ずかしそうに挨拶してくれる。

「久しぶり。お邪魔してます。……こんにちは。……おにぎり係って何？」

「少年野球！　コーチ！　コーヒーとおにぎり！」

「……詳しく」

「今日は日曜でしょう。少年野球の練習の日で。お母さんたちの持ち回りで、コーチ用のおにぎりを一人五個ずつ。あとポットにコーヒーをたっぷり用意する当番があるの。今週はうちだったのを忘れてて。米、浸水しきってないけど炊いちゃったよ」

「状況、把握。手伝う。とりあえず」

「助かる！」

と二人で大きなカウンターキッチンに立ち、黙々とおにぎりを握る。「綾ちゃん。いまわたしたち、料理番組の先生とアシスタントみたい」「そうかも。それにしても波間は相変わらず有能だね。作業が早くて的確で」「そう？」「うん！」「それにしても立派なキッチンだねえ」「ふふっ。そりゃこだわったからねー。改築のとき、すっごい主張したの。キッチンはぜったいこれって」と話しながら、ふとリビングのほうに目をやる。

夫さんと息子さんがソファに座ってテレビを見ている。

テレビもすごく大きいサイズだった。

おにぎりを重箱に詰め終わる。綾ちゃんがお皿にも六個並べてラップをかけ、息子さんに「これ下に持ってって。おじいちゃんとおばあちゃんのお昼ね」と言う。

やがておにぎりの重箱とコーヒーのポットを持った夫さんと、ユニフォームに着替えた息子さんが出かけていく。

綾ちゃんは「ふーっ」とキッチンの隅の丸椅子に腰掛け、

「間に合ったー。……ありがとう、波間。いきなりばたばたでごめんね」

「いや、ぜんぜん。少年野球って親御さんも大変なんだね。わたしぜんぜん知らなかった」

「そうなのよ！　大変なの！　けどほんとはね、コーチの中にも、知らない人の手作りのおにぎりが苦手な人や、米とコーヒーの食べ合わせがいやな人もいるんじゃないかと思ってるんだけどね。昔からの慣習みたいで。誰も意見しないし、わたしみたいな新参者が変に何か言っちゃうと、息子が居づらくなったりとかして、よくないかもしれないと思って。で、毎回もやもやしつつ作っててね」

「米とコーヒー……確かに。手作りのおにぎりも、まぁ人によるよね。わかる……」

「うん。……あ、こっち座って。ゆっくりしてね。……そうだ、これ言っとかなくちゃ。わたし二重の幅広げたから。ちょっと顔が違うでしょ。気を遣わせるから先に伝えとく」

「え！」

　ダイニングテーブルに向かいあって座りながら、ついまじまじと見た。「そう言われると、うん」と、右手の人差し指で瞼を指差している綾ちゃんに向かって、「似合ってるね」とうなずくと、綾ちゃんも「ねー？」とうなずく。

　学生のころはわたしもこんなハイスピードで話してたんだな、といまさらながら気がついた。だいぶ体力が戻ってきてからの再会でよかったんだな、とも。たとえば去年のわたしなら、この速度にはついていけなかったような気がする。

　綾ちゃんがトマトのパスタとサラダを出してくれ、ワインのハーフボトルも開け、デザートにわたしが持ってきたケーキも食べた。「さいきんこの漫画が面白かったの」と綾ちゃんが立ちあがり、システムキッチンの引き出しを開けて漫画を出したので、「キッチンにしまってるの」とびっくりした。綾ちゃんは「え？　そうよ」とうなずく。……そうか、家族で暮らす家には、お母さんの個室やお母さん用の机がない場合も多くあるのかな。大きなシステムキッチンが綾ちゃん専用のスペースなのかな。

勧められた漫画をぱらぱら見て、「面白そう。わたしも買おうかな」「よかったら貸すよ」「ほんと？」と話しているうち、はっと思いだした。綾ちゃんは学生時代に中川君とつきあってた時期があって……。

「そういえば漫画家になったでしょ。ほら、中川君」

「は？」

「いや、漫画家に、なった……。中川君が。綾ちゃんが一年ぐらいつきあってた、あの。大学のとき。ほら」

「もしかして甍《いらか》のこと？　え、漫画家ぁ？　へっ？　はぁーっ？」

「知らないの？　あー、そうなんだ……？」

とお互いにびっくりして顔を見合わせる。

どうやらわたしも他の子も、綾ちゃんは当然知ってると思いこんでて今日まで話題に出さないままだったらしい。『彼女が言ったすべてのこと』って作品を連載してて、面白いよ」「えーっ……ほんとぉ。検索してみる」「何年か前にＮＨＫの番組にも出てたよ。これ。YouTube に上がってる」「うっ……わぁー……。ほんとだ。ぜんっぜん知らなかった。びっくり。わたしあのころ、こんなふうに有名になる人がいるとしたらぜったい波間だと思ってた。だって謎にすごかったし。頭の回転が速すぎで。ポルシェのエンジンをのせた原チャリみたいな子って言われてたでしょ。女にはいらないエンジンだけどいつかすごいことしてくれそうだねって」「わたしが？　ポルシェのエンジン……。それ完全に初耳」「あ……。ごめん。変なこと言って。褒められてたんだよ。だけど。なんかでも確かにちょっとね……」「いや。大丈夫だから……」と首を振る。

三時間ぐらいし、少年野球の練習から帰ってきた夫さんと息子さんと入れ替わりに、漫画を借りておいとました。

帰りの電車に揺られながら、改めて思った。同世代の女性の多くはこうして家庭を持って子供を育てたりしている時期なんだな、と。

自分は体力を取り戻しつつある途中で、幸い日々なんとか働けてはいるけど、それだけで精一杯だな、これ以上は何もできそうにない、とも。

ポルシェのエンジン……原チャリ、かぁ……。

電車が乗り換え駅に着いた。ちょっと行きすぎたみたいで、車掌のアナウンスの後、少しバックしてからまた停まる。それからドアがきしみながらゆっくりゆっくり左右に開いた。


三ヶ月に一回の通院はずっとずっとずーっと続く。

翌週の水曜、予約時間に病院に行く。局部再発してないかを超音波で診てもらう。女性ホルモンの分泌を抑える注射をお腹に打ち、飲み薬の処方箋を受け取る。

薬局での待ち時間、ベンチの隅に座り、スマホを見る。

あれきり既読のつかない中川君とのＬＩＮＥの画面をまたぼーっと眺めてると、ちょうど綾ちゃんからメッセージが届いた。びくっとした。

メッセージの内容は、来月中川君の……つまりこっちの世界の中川君の漫画の新刊発売にあわせてサイン会が開催されるというものだった。で、サイン会のチケットを……「つい予約しちゃったの。でもやっぱり行かないほうがいいと思って。だよね？　でもチケットがついてる新刊、カード決済しちゃってて」「よかったら波間が行ってくれない？　波間が行くぶんにはべつに変じゃないだろうし」「気乗りしなかったら遠慮なく断ってね」という内容だった。

こっちの世界の中川君、か……。

漫画家になったほうの、大学卒業してからはほぼほぼ会ってないほうの中川君の……サイン会……。

どうしよう、と思ったけど、最後に送った「体、大丈夫？」にいつまでも既読がつかないLINE画面をもう一回見て、吐息をつき、「行こうかな」と返信した。すると電子チケットのスクショがすぐ送られてきた。

『彼女が言ったすべてのこと』の最新刊はもう十二巻だった。連載がずっと続き、コミックスも出続けてるんだな。

わたしがゆっくりと回復し、ポルシェどころか、原チャリ……どころか、スローモーションの徒歩みたいなスピードで一歩ずつ前に進むしかなかった間にも、綾ちゃんの子供は大きくなり、こっちの世界の中川君はコミックスを出し続けていて。

みんなすごいな、あとたぶんだけど、健康だな、と思った。

それからしばらくの間、仕事がばたばたで、気づいたら月が変わり、もうサイン会の日がきた。

お昼すぎ、会場である渋谷スクランブル交差点前の書店に向かった。ビルの非常階段にお客さんの列ができていた。同世代の男性が多いみたい。わたしは前から三十人目ぐらいだった。

列が進むうち、手持ち無沙汰なのもあり、中川君……パラレルワールドのほうの中川君のことをやたらと思いだした。すると次第に胸がぎゅーっと痛くなった。

御茶ノ水駅を出て秋葉原に歩く道で再会した日のこと。ひどい通り魔事件……。あの日のジャケットを借りたまま、いまも個室の壁にかけていること。

LINEを通して一緒にクルーズ船を楽しんだこと。浅草探索したこと。一緒に落語を聴いた日のこと。やがて向こうの世界で始まってしまったパンデミック……。

中川君が悲鳴のように話していた非日常の苦しみのこと。……一年遅れのオリンピック開催と同時に感染爆発し、中川君も発熱して苦しそうだったこと。あのあと無事だろうか。向こうの世界はどうなったか。パンデミックは収まったのか。それともさらに滅亡に向かっているところか。こっちにいるわたしにはもう何もわからなくなって……。

胸の苦しさや不安が許容量を超えたので、もう考えないようにしようと思った。深呼吸を繰り返し、別のことを考えようとする。向こうの世界の中川君や、向こうの世界の楓や、向こうの世界の兄や、それに……向こうの世界に……もういないかもしれない自分のことは、いまは考えないほうがいいと。

列がじりじりと進む。

やがて非常階段が終わり、サイン会場の個室に体半分ぐらい入った。奥に長テーブルがあり、こっちの世界の中川君らしき人が真ん中に座っていた。髪が長くて後ろで結んでるみたい。向こうの中川君より痩せてるかな。薄緑のニットをうまく着こなしていておしゃれだった。

自分の番がくる。

サインの為書き用に、小林波間、と書いた紙を見せると、顔を上げ、

「あれ？　えっ？」

「……久しぶり」

「なに！　うわ、まじで久しぶり！　大学以来？　なんだよ、きてくれたの！」

「うん。なんかごめんね、急に……」

「なんで、ぜんぜん。うれしいよ。小林、波間、さま、と……。えー、十年ぐらいぶりかなぁ。……はい。この人、大学のときの友達なんですよ。はい。……いやー、ほぼほぼ毎日つるんでたよな。あのころはさ。えっと……。はいっ、サインできました！」

「ありがとう……ございます？」

「おい敬語かよ。そして疑問形かよっ」

とこっちの世界の中川君が屈託なく笑い、「あー、いまは長く話せなくて。小林、インスタやってるよね。連絡取れるよな」「やってるよ。みんなとも相互フォローのままかな。ぜんぜん会えてないけど」「じゃ、探してDMする。同窓会とかいいかもな。俺らそろそろそんな歳かもね」「ふふ、だね。……じゃがんばって。またね。ありがと」「おう、こっちこそサンキュ」と、離れていくわたしに笑顔で手を振る。

個室を出て、歩きながら、話し方も仕草も向こうの中川君とほぼ同じだったなと思った。

まぁ、同じ人だし……。

エレベーターに乗って下に降り、一息つく。

帰り道。

いま住んでる清澄白河に帰ろうとして、ふとやめ、途中で浅草行きの地下鉄に乗り換えた。兄のアパートに寄り、窓を開けて空気を入れ替えたり掃除したりする。

それから床に座りこみ、こっちの世界の中川君にサインしてもらった最新刊を読み始めた。

この巻は、二人組の少女デュオとしての虚像と、中年になった二人の実人生という実像が歩み寄っていくという展開だった。二人が再会し、当時のファンたちとも話す姿から、同窓会のようなゆるやかな時間が感じられた。連載もそろそろ終わりに近づいているのかなぁ。

途中でスマホを手に取り、向こうの世界の中川君に送ってもらったt.A.T.u.のデビュー曲の動画を再生させた。

曲を聴きながら読むと、こっちの世界と向こうの世界の間の細い綱の上に立って綱渡りしながら漫画を読んでるような、そして同時に異世界の曲を聴いてもいるんだというような、なんとも言えない不安定な気持ちになった。

やがて曲が終わる。

スマホをまた手にし、ＬＩＮＥ画面を開く。

——やっぱり既読にはならないんだな。

体、大丈夫？

って聞いたのに。

——もう二度とわたしは向こうの世界と繋がれないのかな？

こっちの世界の中川君が描く漫画はずっと読めるのになぁ。

だって奇跡だったんだもんね。

こっちの世界の恋恋さんの言う通り、あれはただの奇跡だったんだよね。

誰かに声が伝わるのは。誰かの声が届くのは。そのときそのときだけの奇跡で、それがずっと続くわけじゃなかったんだ。

いつもそう。

誰と誰でもそう。

だから、悲しいけど、前に進むんだと思って、向こうの世界の人たちもみんなきっとそうしてるって、そう信じようと思って。

でも寂しくて耐えられないぐらいで。急に全部がすごい辛くて。目の前が真っ暗になって、苦しくて。

あまりにも心細くて、こっちの世界の中川君の漫画を抱きしめ、ぎゅっと目を閉じる。

その日。

いま住んでる清澄白河に戻る前に、浅草駅近くから出航する隅田川のクルーズ船に久しぶりに乗ってみた。

週末だから混んでいた。船尾に一人腰掛ける。波が揺れ、夕日をきらきら反射させるのを静かに見守る。

(俺たちさ、いま、波間にいるんじゃない？)

という、ずいぶん前の、向こう側の中川君の声を思いだす。

もう話せないならもっともっと話しておけばよかったなぁ。

……後悔しちゃうな。こういうときは、いつも。

往復の復路を行くクルーズ船とゆっくりすれちがう。夕日を浴びた船体からの照り返しが眩しくて、思わず目を細める。

スクリューの音が鈍く響く。波の音がふと大きくなる。

自分はいまパラレルワールドを行くクルーズ船とすれ違ってるところなのだという気が急にした。向こうの船には向こうの世界の中川君が乗ってるんだ、って。それぞれの船に揺られて目的地に進んでるところなんだ、って。

向こうの船の人たちが楽しそうに手を振ってくる。顔は、遠いし眩しすぎて何も見えない。わたしは思わず立ちあがって手をぶんぶん振った。すると向こうの船尾にいる誰かわからない男の人もすっくと立ちあがり、激しく両手を振り始めた。わたしも同じぐらい両手をすごく振る。ええ、向こうもめっちゃ振ってる。ずっと振ってくれてる。

すれ違い、波に揺られ、だんだん遠ざかっていく。

――中川君だったような気がする。

一生懸命両手を振ってくれていたあの男の人が、向こうの世界線の、わたしがよく知ってるほうの中川君だったような気がする。

そうだったらいいのになぁって。


週が明けた。

兄がとつぜん帰ってきた……。

日本政府の許可が下りず、義勇兵になれなかったらしい。

兄は最初は疲れて元気がなく見えたけど、一階のカフェで開かれたお帰りなさいの会で仲間と飲むうち、また冗談を言って笑ったりするように戻った。

わたしはその横顔をむっつりして見ていた。

酔い潰れてソファ席でうたた寝しだした兄の背にそっともたれ、小さな声で、

「あのさぁー、お兄ちゃんー」

と、いい加減言い慣れた、ふてくされたような文句の口調で、

「もうー、いいよー……。もうこれ以上は何もしてくれなくていいよー。誰にも、何も。お兄ちゃん、ごめんね……。ほんとにごめん。ごめんなさい……。お兄ちゃんはただいてくれたらいいんだよ、存在してくれたらそれだけでいいよ。人と人ってそうだよね。だから、そのことを……つまりさぁー……」

と話しかけた。

言い淀み、ぬるくなったジュースを一口飲み、「わたしがさー、これから一生かけて伝えるから。……待って、えっ一生？　わたしの言う一生って……」と首を振る。「わたしの場合、来年や再来年に急に悪くなって、この世からいなくなる可能性もあるんだよね。一生イコール長期間という保証がないんだった。うー……」と考え、「わたし、思うけど、ほんとはそういうことをお兄ちゃんに、お母さんとお父さんが教えるべきだったんじゃないのかなぁ」とつぶやいた。「だってわたしはお兄ちゃんの親じゃないし……。お兄ちゃんもわたしの親じゃないけども。あれ、何のこと考えてたっけ。うわ、最終的にわからなくなって終わるやつか。ときどきあるやつだぁ……」「ん？」

「起きたの?」「ずっと起きてんだろうがよー……」と言いながら兄がソファにごろんっと横になる。

軽いいびきが聞こえだす。

横に座り直し、ただもう天井を見上げる。

大人が大人としてちゃんと教えるべきことがずっと前からあったんじゃないのかな、って、でもわたしはもう大人だから自分で自分を、あとお兄ちゃんのことも、なんとか育てなきゃって……。

そんなことをぐるぐると考えながら……。


そんな、春が終わる。

短い梅雨を経て、夏がくる。

今年は酷暑だ。

相変わらず、無理せず仕事して、ごはんを食べて、女性ホルモンの分泌を抑える薬を一日一回飲んで……。

二階のシェアオフィスや一階のカフェで会った人とおしゃべりして。週に一回、恋恋ファンの子と一緒に深夜ラジオを聴いて。週に二回、洗濯仲間の子と夜のコインランドリーに行って。そんなふうにしていつもの時間をただ過ごしてる。

こっちの世界の中川君から、サイン会の一ヶ月後ぐらいに連絡がきて、仲が良かったグループで同窓会っぽく会うことになったりもした。

今もときどき、LINE画面を見る。

向こうの世界の中川君からのメッセージを待ち続けてる。

でもやっぱり、いつまでも既読にならない。

一日一回、画面を見てたのが、だんだん三日に一回ぐらいになってくる。向こうの世界とはもう繋がれないんだとあきらめ始めてるみたい。……向こうの中川君は無事だろうか。楓は、兄は、わたしがいなくなったかもしれない世界で毎日どうしてるだろうか。忙しくしてるかな。楽しく暮らしてるかな。

こっちの世界のわたしも、どうなるか、いついなくなるか、わからない。でも少なくともそれは今日のことじゃない。

だから今日を精一杯、普通に生きる、それだけになった。

一日一日ただ生きる。個室に花を飾り、ひよこみたいだけどひよこじゃない玩具たちをきゅっきゅと拭き。

働き、食べ、誰かと話し、夜になると一人で眠る。

それだけになった。


遠い国の戦争は終わらない。

次第に影響が物価に出始める。まずウクライナからの出荷が多い小麦の値段が世界的に上がった。原油価格の高騰から輸送費が上昇し、さまざまな物の値段が競争するように上がり始めた。

わたしの住む清澄白河でも、サードウェーブコーヒーの流行を牽引していた工房が幾つか閉店した。コーヒーの生豆の値段が上がりすぎたためだという。カカオを使うショコラやスパイスを使うコーラなど、クラフト系の職人さんの工房もじわじわと閉まり始めた。

急激に採算が取れなくなる商売が出て、それに伴いシェアオフィスのメンバーも入れ替わった。一階のカフェも、よく一休みしにきていた職人さんがいなくなって少し客層が変わってきた。

秋になった。

ある朝、買い物に出てビルに戻ろうとすると、出勤してきた現社長とばったり会った。「あ、おはよー」「なんか今日寒いよなぁ。急に寒い」「それわたしも思ってた。秋と冬の中間ぐらいだよね」と話しながら並んで歩いてたら、自分だけ何かを踏んでずるっと滑り、転びかけた。

足元を見る。

……柿だった。

民家の庭先から、熟しすぎて道路に落ちたらしい。

甘い匂いと、茶の混じったオレンジ色。

両目が柿をみつけ、ついで息を呑んだ。とっさに「あー……っ」と短い悲鳴を上げる。現社長が「柿で滑ったのか？　バナナの皮じゃなくて。へぇー？」と言い、わたしの横顔を見て「驚きすぎじゃない？」と不審そうになる。「あ、あ、あ……」と呻き、「前にもあったから。腐りかけた柿を踏んで、思い切り転んじゃって」「そんなこと人生で二度もある？　嘘だねー。ははー」「いや、ほんとにあったんだってば。……行こっ」とまた歩きだす。

歩きながら心臓がいやなふうにどきどきしだす。独特の匂いや、ずるりと滑る足の裏の感覚から、あの日のことを思いだしてぞっとする。

と、現社長がちらっとこっちを見て「横顔が〜、こわ〜い〜」と歌う。「こわい〜、こわ〜い〜。……そういやさ、去年だか、誰かが柿をもらってきてむいてみんなで食べてるとき、一人だけ食べなかったよね？」「そうだっけ」「うん。この人、柿がきらいなんだなと思って見てた」「無意識に避けてたのかな。自分では覚えてないけどな……」と話してるうちにビルにつき、そのままその話題は終わった。

季節がまた巡り、冬になり、二〇二二年ももうすぐ終わるというある師走の午後。

美容院にカットとヘアカラーをしてもらいに行った。点滴治療で一度抜けた髪は白髪多めで復活することが多いので、まめなカラーリングが必須なのだ。

薬剤を塗り、待ち時間にぼんやりスマホを眺めてると、隣席の男性のお客さんが美容師さんと話す声が聞こえてきた。海外から友達が遊びにくるんだけど、東京のどこに連れて行こうか迷っている、という会話だった。

あれ、この声？

鏡越しに相手の顔をそっと見る。

お互いカラーリング中で頭に薬剤が塗られてて、顔がよくわからないけど……。

どうしようか、五分以上迷って、勇気を出して「すごく失礼ですけど。すみません……」と声をかけた。

「以前お会いしたことがあるかもと思って……」

「……えっ？　僕ですか」

「わたし三年ぐらい前に……柿を踏んで、滑って、転んだ女です。ほら……」

「…………あーっ！　柿ぃーっ！」

と、隣の席に座る、おそらくケントさんらしき男性が鏡越しにわたしをじっと見た。「あのときの……！　柿、そう、踏んで転んで……」「そうです。お声に聞き覚えがあって、それで」「あぁ！」「ハンカチで拭かせていただいて」「そうでしたね。あのときの……」と言い合い、お互いあとは静かになった。

それから、ずっと隣りあって座ってるので、何となく世間話っぽいのをした。あのあとどうしてたとか、被害に遭われた優里亜さんがいまどうしてるとか、事件に関わることはどちらも語らなかった。

さっき美容師さんとも話していた、海外からくる友達を連れて行く場所の話題になり、「屋形船とかどうでしょうか？」と言ってみると、「渋いなぁ。思いつかなかったです。そっかー……」と検索し始める。「でも冬休み中は混んでるみたいですね。いまから予約できないっぽいかなぁ」「残念……。あ、大学の同級生の実家が屋形船やってて。ダメかもしれないけど聞いてみることはできるかもです」「ほんとですか」ということになり、連絡先を交換し、後日、希望の日にちと人数を聞いて、こっちの世界の中川君に予約できないか聞いてみた。すると無事予約が取れた。

そこから、ケントさんと海外から遊びにきたお友達、こっちの世界の中川君が顔見知りになり、みんなでどこかに遊びにいくときにはわたしにも連絡をくれたりで、なんとなく親しい人たちぐらいの距離感になっていった。

大学のときの仲間との同窓会っぽい食事会も、定期的にあった。

綾ちゃんの家にも、綾ちゃんの友達と夫さんの友達とそのファミリーが集まるときに呼んでもらったりした。

シェアオフィスや一階のカフェで会う人たちの顔ぶれが変わっていくのと同時に、こんなふうにして新しい人たちと会う機会が増えていった。すると必然的に病気のことを知らない人の比率も増えていく。自然と、つきあってる人がいるか質問されたり、恋バナをされる機会が多くなり、逆に、あ、いままでは周りの人が気を遣ってそういう話題をわたしに振らなかったんだなと今更ながら気づいた。

周囲の気遣いに気づくと、前はなんともいえない灰色の気持ちになったものだけど、さいきんでは余裕が出て、ただありがたいことだなと思う。それだけ日常世界に心も体も復帰してきてるということかな。シェアオフィスで仕事しながら、現社長にそんな話をすると、意外そうに「一階の店にあれだけ入り浸ってて、恋バナを一回も聞かなかった？　恋愛相談とかも？　えええ、マジか。そっか、それならそうなんだろうなぁ」と呟いた。「う、うん。逆に聞くけど、そんなに恋愛の話題って飛び交ってた？」「おう。かなり、な……」「えーっ」と驚きあい、また二人とも作業にもどる。

二〇二三年になった。

お正月明けのある朝。

深南と待ち合わせ、千駄ヶ谷の国立競技場に向かった。

最近ではグループで遊ぶことが増えたから、二人きりなのはそういえば久しぶりだ。

電車の座席に隣りあって座ってると、深南がスマホの画面を見せてきた。「電車の中で煙草を吸ってる男の人がいてさ、男子高校生が注意したら殴られちゃったんだって」「え！」「昨夜のニュース。周りの乗客は誰も助けなかったって書いてある」「うわ、マジ？」「うん。高校生は喘息《ぜんそく》の疾患があって、副流煙は毒だから注意したらしいの」「あー……。副流煙、わたしたちも必死で避けてるけど。他の病気の方もそうなんだね。喘息かぁ……。知らなかったし、そんなの考えたこともなかったな」「わたしも。いきなり殴られたなんてかわいそうだね」と言い合い、何となくしゅんとしたところで、電車が駅に着いた。

今日はとある女性アイドルグループの主要メンバーの復帰コンサートの日だった。二年半前、わたしたちとはちがう部位での同じ病気にかかり、点滴治療のために休業したのだ。アイドルグループはこのメンバー抜きで東京オリンピックの開会式に登場し、パフォーマンスをした。深南が「復帰する姿を見たい」と言い、わたしも行きたいと思って、けっこう大変だったけどなんとかチケットを二枚取ったのだ。

二年半前、オリンピック開会式という晴れ舞台を直前に控えてメンバーの病気がわかったとき、報道が過熱して、世間の関心もすごくて、わたしはちょっと、怖かった。闘病を応援しようという空気に満ちてて、それは、よいことなんだけど、でも、同時に、けして言葉にはしないもう一つの期待も視える気がしてしまったからだった。……被害妄想かもしれないけど。ひどい幻かもしれないけど。でも。みんなこっそり残酷な気持ちも隠し持っていて、他人の人生をとつぜん襲った悲劇に高揚してもいて。若く、才能があり、容姿も美しい女性、選ばれたスターである人が、とつぜんどうっと倒れた姿に、少し興奮してしまってるというか。応援して、心から回復を祈ってるのもほんとうだけど、同時にどこかでじつはべつのことも待ってしまっているような。暗い期待の笑いを隠して、陰でこっそり浮かべてしまってるような。国民的葬儀のように喪に服して、みんなで泣いて、盛りあがる準備を、アップを、もうし始めちゃってるというか。著名な芸能人の方の病気が判明するとき、うっすら感じる変な空気なんだけど。とくに、若くて、美しくて、才能がある女の人のときには。

ねぇ、もしかして、もしかしたら、わたしたちのいるこの社会の集合意識は、どこかでいつもこう思ってるんじゃないかな……？　若い女性に対して。死んでほしいって。またそう考えた。AYA世代の被害妄想かな、これって。

あと、わたしなんかよりずっと若くて美貌や才能で有名な、選ばれたような人に対して、残酷な欲望が降り注ぐように見えることがあるのはなんでかな。破滅してほしいとか、失敗してほしいとか、せっかく手に入れたキラキラしたものを失ってばたーんと倒れてほしいとか……。あれはいったいなんだろう。わたしには、ちょっと性欲にも見えちゃって、あと支配欲にも見えちゃって、加虐欲にも見えちゃって、だからいつもちょっと、いやかなり、ずっと、怖いんだよ。

この社会はもしかして、若い女の人たちに罰を与えたいのかな？　輝いて見えるなんて生意気だってほんとは思っているのかな？　だから、急に倒れたら、心配もしてくれつつ、どこかで、ちょっと、って。ほらやっぱり、って。つまり、若くて……。

若くて輝いてる女の子たちのことが、きらいできらいできらいなの？

いつも。ずっと。

そうなの？

ほんとうの本音は。

わたしたちは長い間この国から嫌われてきたのかな？

と、そんなことを考えながら、会場の席につき、深南と隣りあってぎゅっと座った。

楓が貸してくれた観劇用オペラグラスを二つ出し、

「オーディエンスって常にね、そうかもね……」

「ん？」

「なんでもない。はい、これ！」

と、一つを深南に渡した。

やがてコンサートが始まり、二人で小声で話しながら見る。

深南がオペラグラスを珍しがり、グラス越しに見たり、外したり、見たり、外したりし始めた。

三曲目で目当てのメンバーが「みんなーっ、久しぶりーっ！」と飛びだしてくると、「わぁーっ！」と立ちあがり、これまで見たことないほど興奮して、

「わ、わ、わぁぁーっ……」

とかすれた声を振り絞って叫んだ。


……帰り道。

わたしも深南も気分が高揚して、「一駅分ぐらい歩きたいな」「ね」と言い合い、道をゆっくり歩きだした。

いつもはわたしが話を聞いてもらうことのほうが多いけど、この日は深南が饒舌だった。

「いわゆる著名人の患者さんってさ、残念ながらだめだったときばかり大きなニュースになる気がしない？　あれ、地味に辛くて……」

「わかる……。みんなびっくりして、悲しんで、SNSにR.I.P.って書いて。ずっと悲しみ続けてくれるファンの方もいるけど、二日ぐらいで忘れちゃったように見える方もいて。まぁ、心の中はわかんないのに決めつけたらよくないか。だけど……。みんな生きてて、忙しいから、仕方ないのかな……」

「そうだよね……。だから、こういう病床からの復帰をパフォーマンスで見せてくれる著名な人ってほんっとうにありがたいよ。わたしはうれしいよ！」

うれしいよ、の、よ、の辺りで深南の声がふるっと震える。

わたしはうなずき、うつむいてゆっくり歩き続けた。まだ何か言いたいことがあるように感じてつぎの声を待った。

街路樹が風に揺れ、鳥が遠くで細く鳴く。見上げると、ムクドリっぽい大きめの鳥がばさっと飛び立つ。

季節は少しずつまた進んでいく。

深南が小さな声で、

「わたし、思うの。わたしたちって世間的にはいないことになってるっぽいなって。治療中は、存在感、あるけど。手術や点滴治療や放射線治療をしたりしてて。副作用で見た目も変わるし、あからさまにぶっ倒れちゃってて。髪も眉毛も睫毛もなくなってて」

「うん……」

「けど寛解して、経過観察を続けながら仕事や学業に復帰すると、えっと、急に透明になるというか。周りにも一定数いるはずだけど、みんな表立って言わないしね。じつはサバイバーなんです、とは、わざわざさ」

「だよね」

「今日コンサートを見てて思ったの。これからのわたしにはこういうヒーローが必要なんだなぁって。そんなの変かな？　だけど復帰してくれてありがとうって心から思えたから。もちろん、まず自分のために復帰して自分のために歌って自分のために踊ってるんだと思うけど。それはわかるけど。それにわたしも自分のことを考えながら応援してたし。なんかね、不思議な感覚だったの。人のことを応援することと、自分のために祈ることが、混ざりあって、同じことになっていって、ステージの応援をしながら、むしろ自分が応援されてるみたいに体の奥から力が湧いてきて。なんだろうね、これ。初めての気持ちだったな。わたし、きてよかったなぁ。それにみんな……健康な人も、病気の人も、みんなで一緒に応援してて。それもよかったなぁ」

「ん……。なんかわかるかも……」

「つきあってくれてありがとう」

「こっちこそ。今日はきてよかった」

と言い合う。

駅に着き、電車に乗る。

清澄白河の駅で一人で降り、駅前の花屋を覗いて、顔見知りの店員さんと少し話し、小さな赤い花束を買う。また歩きだしながら、深南の（透明になるというか……）というか細い声を思いだす。

足を止め、花束を見る。

確かに深南の言う通りかもと、いまごろしみじみ思う。

サバイバーは社会に一定数いるといっても、少数派で。大きな声で「ここにいますよ」と言うこともそうないし。多数派に交ざって、浮かないよう、目立たないよう、静かに暮らしてる。その暮らしを支えてくれる人たちもいる。家族や、職場の人や、知人たち。

それらの人たちの支援は、ほとんどの場合パートタイム的に行われる。たとえばだけど、週に二回で一回三時間とか。週に五回で一回一時間とか。その時間が終わると、支援者たちはサバイバーのことを心の中で優しく箱に入れてそっと仕舞って自分の生活に戻っていく。だってそうしないと暮らせないし、大変なことを引きずり続けたら共倒れになっちゃうし。

だから、それは賢明な判断なのだ。

でも当事者というものは、一日二十四時間、三百六十五日、そこにいる。自分の運命を箱にしまうことはできないから。

なんでもそうなんだよな、と思う。

わたしだって、ひどいニュースを見たり、知人の辛い話を人づてに聞いたりすると、心を痛める。たとえば行きの電車で聞いた喘息の男子高校生が殴られた話も、かわいそうだし、疾患を抱えて日々生きるのは大変だろうと思う。ひどい暴力や差別。遠くの国で起こる戦争。そのとき憤り、悲しみ、そして問題ごと当事者を優しくそっと箱に入れてふたをして、わたしだって自分の生活に戻っていく。

それは賢明な判断なのだ。

でも、だから、心の中の箱は誰か別の人たちの悲しみと怒りと社会の理不尽さでもう一杯になってしまった。

わたしは誰かにとってのパートタイムの支援者、共感者として、週に二回、一日二時間ぐらい、その問題について自分なりに真剣に考えてるつもりかもしれない。

でもそれらの問題の当事者は、一日二十四時間、三百六十五日、そこにいる。

運命を箱にしまうことは、本人にだけはできないから。

そのことを、その残酷さを、その罪深さを、わたしだってぜんぜんわかってなんかいない。人の悲しみと苦しみを仕舞った大きな箱を両手で抱えながら、わたしだってぜんぜんわかってなんかいない。

わたしの苦しみについても、みんなぜんぜんわかってなんかいない。そうでしょ？　いや、ぜんぜんいいよ。わからなくて。お互い常にそうなのかもしれないって。……ねえ、そうだよね。

花束をギュッと持ったまま空を見上げる。上空の風が強いらしく、雲のかたまりがスカイツリーの向こう側に広がり、ものすごい勢いで左から右にどんどん流されていく。

そこに……その空に、たくさんの問題のバブルがふわふわと浮いているところを想像した。

いろんな問題、苦しみがこの世には無数にある。問題ごとのパラレルワールドがたくさん広がっていて、お互いバブルの中にいるから、他の人の姿が見えない。

たまにバブルとバブルがぶつかると、向こうの中が少し見える気がする。あ、って……。他者だ、って……。もっと中を見なきゃ、あのかすかな声を聞きたい、って。

でもまた空を漂い、今日なんてこんなに風も強いわけだし、ポワンポワンと飛ばされあってまた遠く離れていってしまう……。

そんなことを想像した。

「そうだねぇ、深南。だから……」

と、声に出してつぶやき、ゆっくりまた歩きだす。

「これからヒーローが必要、って言ったのかな。わ、わ、わぁぁーっ！　かぁ。わぁぁーっ……かぁ……。それぞれのバブルの中でヒーローの活躍を見てる間は、少しは痛みがおさまるのかな。深南……。深南……。ねぇ、ていうかヒーローってなに？　象徴？　わたしたちの？　ちがう……？あーっ、今日、もっと話したかったなぁ！　駅で引き止めて近くでお茶すればよかったな。深南……。まだ話し足りないな。いつもそうだけど。今日もそうだな……。もっと話したかったな。というか、考えてることすべてをいつか誰かに話したいな……」

vol.7　波間のふたり

日常は、そして続く。

受け入れた病と溶けあい、絡みあい、ありきたりな日常としてただどこまでも続いていく。

二〇二三年になってしばらく、わたしは夜眠ると、兄がテロリストになって機関銃のようなものを撃ちまくるという謎の夢を見ては魘《うな》された。夢の中の兄はいつもハイテンションで、何か怒鳴ってるけど、言葉が聞き取れない。魘された翌朝、兄に「どうしてるー？」とＬＩＮＥすると、朝ごはんのおにぎりや昼ごはんの定食など、食べ物の写真が返ってくる。たまに路傍の猫の写真のときもある。ま、どうしてる、なんて急に聞かれても、いつも通り暮らしてるしで、改まって言うこともないのかな。

三ヶ月に一回の通院と、一年に一回の全身ＣＴ検査も続く。今年の検査も無事通過……。わたしに続いて深南も。二人で待ち合わせ、またよそゆきのケーキを食べて祝ったりした。

女性ホルモンの分泌を薬と注射で抑えてるぶん、骨阻鬆症《こつそしょうしょう》になりやすいので、骨密度の検査も定期的に行うようになった。主治医の先生は昨年末から産休に入り、べつの先生に診ていただいている。

ある日、病院の待合室にあった、患者に適度な運動を勧める小冊子を読んだ。点滴治療をした患者の持久力は、三十代なら四十代と同じぐらい、四十代なら五十代と同じぐらいまで落ちるから、運動して体力をつけよう、と書いてあった。え、つまりプラス十歳ってこと？　わたしは三十六歳だから、え！　実質、四十代半ば？　じわじわと危機感がきた。で、もうだいぶ元気なんだしと、ジョギングや筋トレを真面目に始めたりした。

いつのまにか兄に交際相手ができていた。オーダーメイドポルノの会社の一人で、一階のカフェで親しくなったらしい。浅草の兄のアパートによく泊まるようになり、そのうち同棲し始めた。わたしや楓、向こうの会社のメンバーがアパートに集まって鍋やタコスパーティーをすることも増えた。そんなとき、隣の浅草講談協会の建物から「ところはぁ、日本橋ぃ……」と練習する声が聞こえてきて、そう、これこれ、と懐かしくなったりした。

楓にもパートナーができた。どうやら例の〝沼で出会おう〟なアプリで知り合ったらしい。

一階のカフェと二階のシェアオフィスには、わたしが数年を過ごしたあの空間だけじゃなく、もう一つのパラレルワールド的な、こう、別の世界も重なってたのかなという気がする。そっちではみんな恋愛の話もよくして、いろんな恋愛関係が生まれ続けていて。ただわたしにだけ見えてなかったのかなぁって。それはきっとみんなが気を遣ってくれてたからで……お互いに労わりあいながらこの数年を共存してたのかなって。

この年の終わりごろ、わたしは四階のコックピットみたいな個室から出ようと考え始めた。ビルに出入りする人も世代交代が進み、カフェも、シェアオフィスも、ゲストハウスも、二十代半ばぐらいのZ世代向けのコミュニティに変わってきていた。一緒に洗濯してた男の子も実家に帰ったし、一緒にラジオを聴く女の子も、年が明けたら一人暮らしを始めると言うし。気づけばわたしも三十代後半に差し掛かり、そろそろ生活の変え時かなって。

明けて二〇二四年。現社長が近所のクラフトショコラ工房跡地のビルの一室にオフィスを構えようと提案した。ここ二年で社員が増え、いまはわたしも入れて五人いる。わたしも他の社員も賛成し、我が社もシェアオフィスを出ることになった。

周りのみんなが、地面から数センチ浮いて漂うような身軽な生活から、一人ずつ地面に降りていき、杭を打ってその杭と自分の腰を縄で繋げるような、そんな変化をし始めたように感じた。定住しだしたっていうか。家庭を作るとか子供ができたという報告も増えて。

そんな中、わたしはというと、この夏で病気発覚から丸五年を迎えていた。べつの部位の同じ病気の人たちは五年で一区切りで、完治したと言っていいんだけど、わたしたちの部位の場合はゆっくり進んでしまう場合もあるから、十年が一区切りの目安になる。だから治療や検査もあと五年は続く。そうはいっても、最初の五年を生き抜いたのはひとまず何かの区切りだとは思えた。

引っ越しを考えてるけど、どこでどんな生活をするかのイメージがわかない、と周囲に話していたら、ある日ケントさんが提案してくれた。ケントさんの勤めるリゾート系の会社に避暑地の別荘管理部門があり、「すごく寒い地域の冬とか、暑い地域の夏とかは、別荘の持ち主がこないから、その時季だけアルバイトの人に管理してもらうんだよ。人がいないと建物が傷むから、実際に住んでもらって」ということで、季節ごとに避暑地を変えながら仮住まいするアルバイトがあるらしい。現社長や他の社員に相談すると、現社長は「仕事はオンラインでいいし、試しにやってみたら」と言い、社員の一人は「え、なんですかその話。わたしもやりたい！」と挙手した。それでわたしとその挙手した人が管理人として登録し、夏からさっそくべつの温泉地にそれぞれ派遣されることが決まった。

周囲が同棲や結婚をしたり、子供ができたりする中、自分は相変わらず、いや、さらに、漂うことを選んだんだという気がした。そのことに妙にほっとしていた。いまはぽやぽや漂い続ける生活が最適だと思えた。わたしにとっての人生はやっぱり、長い一本の紐じゃなく、短い紐の束になったままだったし、そこはまだ、というかこれからもずっと変わらないだろうから。だからこそ地面から少し浮いてるほうが心が楽だった。相変わらず、苦しいよ、怖いよ、という言葉を飲みこみ、沈黙し続ける魂を鎮めるためにも。


四階のゲストハウスを出る前日、荷物をまとめ始めた。ここにきたときより少し増えてて、スーツケース二つ分。荷造りというほどの作業量でもなく、あっけなく終わった。

兄と楓がそれぞれのパートナーと、深南も夫さんと、訪ねてきてくれた。一階のカフェに集まってみんなで晩ごはんを食べた。クラフトビールとキューバサンドイッチとミートボールスパゲティと日替わりサラダをシェア。途中で現社長も交ざり、まるで明日以降も変わらず住んでいるかのようないつも通りの時間を楽しんだ。

夜が更け、みんなと別れ、コックピットみたいな個室に戻る。

それから一人でラジオを聴いた。「恋恋のオールナイトニッポン」……。

番組も今夜が最終回だった。たまたまの偶然……じゃなくて、いつゲストハウスを出ようか迷ってるとき、最終回が近いと知り、なんとなくだけどそこに予定を合わせたのだ。最近ずっと一緒に聴いてくれてた女の子は、一足先に近くで一人暮らしを始めていて、今夜はわたし一人だった。

ちゃらっちゃっ、ちゃっちゃらら、ちゃっちゃらっ……というういつもの音楽が聞こえだす。

ベッドに寝転んで目を閉じる。

「はーい、こんばんはぁ。みなさまいかがお過ごしですかっ。こちらはっ、超夜型人間で、この時間がいっちばん元気な、恋恋でーすっ……」

優しく楽しそうな声が聞こえてくる。

ゆっくり目を開ける。

と、個室があまりにも真っ暗に感じられて怖くなった。腕を伸ばし、プラネタリウムの電源を入れる。星がきらきら瞬きだす。するといま宇宙に放りだされてどこからか聞こえる声に耳をすませてるところのような気分になり、ちょうど心地よくなった。

「なんとっ、今夜、なんとっ……最終回っ！　いやー、みなさん、長い間、ありがとうございましたっ。毎週、すーっごく楽しかったです。わたしはっ。ね？　リスナーさんからのお便りもー、ゲストの皆さんのお話もー……」

という声を聴きながら、あっ……と気づく。

この番組は、人と一緒に耳を傾けることが多かったから、こうして最終回に一人きりだと、これってなかなかに寂しいって。不快じゃないんだけど、明確に寂しく感じるなって。

だけど同時にこうも思った。自分はこれからもこういう寂しさと一緒に生きていくしかないんだって。

いまみたいに一人でも、そのときはたとえ誰かと一緒でも、どちらにしろ、すごく寂しいんだろうって。

わたしからすると、周りの多くの人は、いつか死ぬことを知らずに日々を生きてるように見える。いや、理屈ではわかってることだけど。でも体感ではなかなかわからないことで。誰もがまだ知らないはずのことで。だけど自分たちはたまたま知っちゃってるというか。いつかはどこかでみんな死ぬこと。なんだかずっとこの世とあの世の狭間にいるような漂い方をしながら、常にそのことを感じてて。で、それを一言で言うと……。

わたし寂しい、って。

でも、そんな寂しささえも、恋恋さんの優しい響きの声が今夜はそーっと包んでくれていて、寂しいと心地よいが矛盾せず同時にいまここにあった。

「……いまー、わたし、じつはですね、ドレスのデザインをねっ、してるんです。自分の衣装になったらいいけどなー。でもっ、もし実用化されなくても、こうして考えてるだけでも、そのとき幸せっていうか。こういうの好きだったなーって昔の自分を思いだしたりして。これってなにがきっかけだったたっけ……？　リスナーさんからのお便りだったかな……。なんだったたか忘れちゃったころに、あ、って急に、デザインもまたやってみたいなって、ひらめいて。ふふ」

と恋恋さんが話してる。

それって、とわたしは考える。中川君のお便りに、パラレルワールドではあなたはデザインの勉強をしてる、と書いてあったからかなぁ。ちがうかな。わかんないや……。恋恋さんは日々いろんな方とお話ししてるだろうし、うん……。

「もうね、何年もラジオのお仕事をさせていただいてて。その間、いろんな方といろんなお話をしましたよねっ。そんな思い出について話そうと思ったのに、ふっ、いざ話そうと思うと、全部忘れちゃってて。こんな話をしたとか、あんなことがあったとか、うまく言えないや。……でもさ、忘れてもー、残りますー、よね？　誰かとなにかの話をして、もしくは一緒に経験したりして、えっと、つまり、わたしたち、そのことをいつかはどっちも忘れちゃうんですけど、しかも案外早く忘れちゃったりするんですけど、だけど、知らないうちにその影響で自分が変わってたりとか、けっこうしませんか？　わたしたちは影響を与えあって生きてるんじゃないかって。自分で思ってるより、じつはずっと、って……。さいきんそんなことを思ったんです。だからきっと、その、わたしがデザインをまた始めたりとか、今日の晩ごはんにめんたいこを食べたりとか、いろんな歌詞を書いたりとか、そういうのも、一つ一つ、じつは誰かとの、どんどん忘れつつある思い出の影響で。もうお互い忘れちゃってたりして。きっとわたしたち、いつだってそうなのかなぁ、って……」

天井で揺れる星々を見上げる。

急にはっとして、スマホに手を伸ばし、ＬＩＮＥの画面を確認する。

さいきんでは週に一、二回ぐらいしか見なくなっちゃったけど……。

中川君のアカウント。……あー、やっぱり既読はついてない。

もうずっとこのままなのかな。わたしたち。

だけど……。

恋恋さんが言うように、わたしと向こうの世界の中川君だって、自分たちで思ってるよりずっと影響を与えあいながら、あのころ生きてたんだろうなぁ。それに、もしかしたらいまだって、互いに存在の見えないパラレルワールドに暮らしながら、無意識下でどこかが繋がり続け、影響を与えあったりしてないかなぁ。そうだったらいいな。中川君？　ねぇ……。

わたしにとっての向こうの世界の中川君って、なんか、いま、そういう感じ。そういう……。

はぁ……。

寂しさにも鎮痛剤があればな。


翌朝。

出発はお昼前だから、少しゆっくりしていこうかと、一階のカフェに降りた。

すると、すっかり世代交代して二十代らしきお客さんたちがひしめいてる中、テラス席に見覚えのある同世代の人が座っていた。あれっ……？

オーダーメイドポルノの会社の顧客さんで、わたしがカウンセリングも手伝い始めたころ、「話しやすくて適度にてきぱきした女子スタッフさんですー」という口コミを書いてくれた方だ。以来、何度かカウンセリングを請け負ってきた。と、わたしをみつけて片手を上げて合図してくる。

「え？　わたしですか」「はい！」と言われ、カウンターでオレンジジュースとアボカドトーストを頼んでから、テラスに行き、向かいの椅子にそーっと座ってみた。

日差しが眩しく、ちょうど涼しくて、気持ちのいい朝だ。

その人は「あの、小林さんが引っ越すって聞いて。寄ってみようかと」と低い声で言うと、エスプレッソトニックをストローでぐるぐるぐるとかき混ぜた。すると炭酸の泡がぶわーっとふくらみ、意外なほどたくさんテーブルに溢れた。

立ちあがって紙ナプキンを持ってきて、テーブルを拭いてあげながら、

「わたしに、何か？　えっと……？　あ、きた」

トーストとジュースがきたので、食べ始める。ちらっと相手の顔を見る。

「小林さんってずっと話しやすくって。わたしにとってはですけど。他の人にとってどうかはわかんないんですけど」

「あー、はい。ありがとうございます。……口コミで話しやすいって書いてくださって、嬉しかったです」

「いえっ！」

「で……？」

「あっと。マニアックな話とかしても、フラットに受け止めてまとめてくださるから、そこが楽で。他のスタッフさんもみんないい方ですけど、小林さんは何かちがってて。性別とか個人的な趣味嗜好から、バイアスってどうしてもかかるじゃないですか。それがなぜかなくて、フラットさが、ちょっと本当にあまりにもすごいフラットで。で、だんだん思ったんですが」

「はぁ」

「何っ、て」

「え、ええ？」

「この人、何だろう、何者だろう、みたいな。失礼でごめんなさい！　どうしても気になって。……最初は背の高いボーイッシュな女性だと思ってて。そのうち髪が伸びてきて。去年かな、華奢な男性がまちがえて女子トイレに入っていっちゃったと思って、出てきたのを見たら小林さんだったこともあって。あれ、って……」

「あぁー……」

わたしはトーストの耳のところを飲みこんだ。

なんて言おう、と迷った。でももう旅立つところだし、この先会うこともない。正直に感じたままを話してみようかな……。

「あのですね。会社の人はみんな知ってるんですけど。わたし、五年前から病気の治療をしてるんですよ」

「え……！」

「女性ホルモンが原因で悪くなっちゃうらしくて、ホルモンの分泌を抑える治療を続けてるんです。毎日薬を飲んで、三ヶ月に一回注射して。そしたら、よくわかんないけど、女性っぽい骨格から変わってきたかもという気が自分でもしてて。もしかしたら、それでかなって」

「あ……」

「フラットでバイアスがかかってなく見えるのもそのせいかなぁ。ちがうかな……。そういや誰かとこの話を改めてしたことがなかったです。あの、もう少し話しても構いませんか？」

「はい。もちろん。というかわたしが一方的に無神経に始めちゃったんで、なんか、すみません……」

「いえ、それはべつに。……病気になる前はですね、まぁ、恋愛とかしてたけど。社会人になってからは忙しすぎて別れちゃうとかになりがちだったかな。で、病気でボッロボロになって倒れて。だんだんまた元気になって。体力は回復してきたけど、なんか、無なんです」

「む？」

「恋愛とか、性的なこととか、こう……」

「あの。女性から男性へと近づいてる……？」

「いいえ。女性ホルモンを抑えるといっても、男性ホルモンのほうが多くなるわけじゃなく、この治療をするとどちらのホルモンも減るらしいんですよ。だからなのか、なんなのか、自分でもわからないんですけど。あまりとくに女性という気もしなくなってきてるというか。でも男性に近づいてるわけじゃなく。無のほうに漂流しているような。その途上で。自分でもよくわからなすぎるんですけど。どっちでもなく、ただ、あれ、あれ、と漂ってるような。いつかどこかにたどり着くのか、このまま漂い続けるのか、何もわからなくて。あの、それで……そういうふうに見えたのかと。自分では少し」

「あのー？」

「はい」

「いやですか？　自分の、そういう、こう……ごめんなさい、普通とはちがうかもしれないところっていうか？」

「え……？」

とわたしはしばらく考えて、

「いいえ。そういえばですけど、わたし、べつにいやじゃないです。不快でも、不安でもなく、もしかしたら気に入ってるのかもです。なんか自由というか、無は、楽、というか……」

相手の目がきゅっと細くなり、表情が変わって見えた。わたしは思わずびくりとした。

そのままずっと黙ってるので、

「あの……怒ってますか？」

「はい」

「えっ！」

「でもわたしの問題なので」

「え……？」

「その、わたしは、不仲なので。自分と。だって……。わたしはフラットじゃないんで。というかフラットって何か、ちょっと、そもそもわっかんなくなってきましたけど！」

「あ……」

「話したくないです」

「そう、ですか……」

トーストを少し齧る。

薄緑色のアボカドの切り口が水滴で濡れて光っている。

そっと小声で、

「あの……。わたしは、もう少し話したいんですけど」

「はぁっ？　あ、どうぞ。小林さん」

「……いま一回軽くキレましたよね？」

「はい。……でも聞きます。てか、わたしが始めたし。不躾な質問して。そもそもよくなかったのはわたしで。責任、取らないと」

「責任……？　そう、ですか……」

と吐息をつき、

「あの、ですね。同じ部位の同じ病気になって、同じタイプで、同じ治療をしてる女性って、世界中にたっくさんいるんですよ。でもいまわたしがしたような話って聞いたことがないんです。患者さんのブログとか、著名人の方からの発信とか、よく見るけど、わたしみたいな人、つまり無を漂うようなこの感覚について話してる人、みつからないんです。一度誰かと話してみたいような気もするんですけど、相手がそもそもいなくて。けど、男性の方でも、ご病気の治療で男性ホルモンの分泌を抑えてる方はいるよなぁと思って。みんなそれぞれに感じてることは多々あるけど、あんまり表立ってはお話しされないのかな？　それともこんな実感がある患者が世界中でわたしだけなのかな？　こう、わからないんですよ」

「この話の、その部分だけ、一瞬わかるっぽいです」

「そう、ですか……？」

「だってその部分については、小林さん、少数派じゃないですか。多くの部分では逆だと感じますけど。そういういろんな要素がかけあわさって小林さんという人間ブレンドになってて。で、小林さんの持つ要素の中でも、いま話されたことに限っては、同じ状態の人とか話がわかる人がほんとなかなかいなそうだなって」

「そうなんですよ。だから……」

と、わたしはジュースを一口飲んで、

「それもあって、いろいろあって、病気になってから、わたしずっとものすっごく孤独なのかなぁ。周りが冷たいとか無神経とかそういう問題じゃなくて。みんなそれぞれ持続可能な限りで優しい人類ばかりで。ただ、どういう状態なのかが本質的にはわからない人たちの中で暮らし続けざるをえないじゃないですか。病人じゃないという意味でも。無に向かって漂ってないという意味でも。両方という意味では、さらに。わたしさいきんこう思うんです。自分は二つの義務を感じ始めているけど、どっちもいやでたまらないなって」

「二つの義務？」

「ええ。一つは、沈黙です。困惑させるだけ、多数派の和を乱すだけだから、何も言わないで黙って生きとこ、って。病気のことを知らない人からは、一人の女性として、恋愛や結婚について質問やアドバイスをされるけど、そういうときは曖昧な笑みを浮かべてやりすごしてます。こう……雨が止むのをただ待つように」

「ええ、ええ」

「もう一つは、説明責任です。少数派だから、社会に受け入れていただくため、説明し、努力を重ね、理解していただかなくてはならないかのような謎の強い義務感」

「あ！　わたしがいまさせてるやつですね！」

「ちがいます！　わたしいま勝手に喋ってるんで。だってぜんぜん聞きたがってなかったですよね」

「まぁー、そうだけどさぁー」

と急にタメ口になるのでつい笑ってしまう。

「だから、わたし、沈黙してるときにも、説明責任を感じるときにも、よくわからない孤立感があるんです。おおげさかもだけど、人間が住む街に落ちてきた宇宙人みたいというか。人間の擬態をして目立たないように暮らしてて。でも宇宙人だと知られてしまった相手には細かく説明しなきゃいけないことになって。なんか、そういう……。あーっ！」

「え？」

「もう出なきゃ！　わたし東京駅に十時ぐらいには着いてたいんです」

「え、やばいじゃん。早く早く、早くっ！」

「あ、はいっ」

　とあわてて立ちあがり、振りむく。

　相手が「小林さん、インスタやってますよね」と聞く。「ええ」とスマホを出して、とりあえずフォローしあう。相手のアカウント名はNanaさんだった。「またー！」「ええ。気をつけてー！」と叫びあって、急いで個室に戻ってスーツケースを二つ持ち、ビルを飛びだした。

　電車を乗りつぎ、予定していた特急に間に合い、一息つく。

　窓際の座席で、東京駅で買ったミルクプリンを食べ始める。

　ふとスマホを見ると、さっき話したばかりのNanaさんからインスタにDMがきていた。

　そこからしばらくまたやり取りをした。文字より声で話そうということになり、デッキに出て電話で続きを話した。

「じつはですけど、わたし……。病気の治療で髪とか全部抜けちゃってた時期があるんですよ。そのころは、家から出るときはウィッグをかぶり、自然な髪形に見えるように工夫してました。眉毛もないから描いてて。睫毛がないのもアイラインで隠してて」

　と、わたしは続ける。

「でもさいきん思ったんです。あれ、はげてちゃいけないんだっけ、って。なぜだめだったっけ、って。なぜああしてたんだっけ、って。病人だということ、つまりみんなと違う状態の体だということを隠して、必死で擬態してたって。自分のためだったのかな。それとも……」

「それとも?」

「あの……その、社会? 社会のため、だったのかな……? えっと、和を乱しちゃだめだと思いこんで、場違いな姿だって、誰かに対して申し訳なく思って縮こまって、みんなと違うところは百パーセント隠さねばならないという謎の義務感にかられてて」

「擬態、ですか……。社会用にある程度の擬態をすることは、誰しもありますけど。どうしても隠さなきゃいけないと圧力を感じるものがある、というのは特殊な立場なのかな」

「ええ……」

とうなずき、

「いまは、髪、ありますけど。わたし背も高いし、骨格とか雰囲気も変わってきた気がしてて。カジュアルな服装だと女性か男性か一瞬迷わせてしまうかもって。で、やっぱり擬態、というと変かもですけど、対社会用に少し女性寄りのバランスにしようとしてるかもしれません。ファッションやメイクを決めるとき、無意識にそういう気を回すというか。……でも、そういうの、もういいかなって」

「あぁ」

「いま思ったんです。あなたと話しながら」

「え。いま? たったいまのことでしたか? え!」

「はい。だって、人間って一人一人違うし。グラデーションが細かくて、よく見たら少しずつ異なってて。そんな複数の要素の組み合わせで一人の人間ができてるわけで、その組み合わせだって無数にあって。うーん……。人としても患者としても同じブレンドの人はいないって思えてきました」

と話し続ける。

窓の外の風景に緑が増えてくる。

こうして東京を離れていく。漂って今日もふわふわとどこかに向かっている。

相手の声がする。

「あなたは何者なんですか。って、最初の質問に戻りましたけど。何っ、て聞いたときに。やっぱりこれですね、自分的には」

「わたしは……。さぁ……。このような者には、きっとまだ名前がありません。だけど存在してます。わたしもここにいます」

と小声で答える。

ゴォッと音を立て、特急がトンネルに入り、真っ暗になって、通話もプツッととつぜん切れた。


温泉地での、契約している五つの別荘に二、三日ごとに住んではつぎの別荘に移動するという不思議な生活が始まった。

たった一人で豪華な家に仮住まいするなんて非日常な毎日すぎた。掃除や草むしりなどの作業に意外と時間や体力を奪われる。初めはすごく疲れたけど、慣れてくると作業効率も上がり、楽になってくる。

自分しかいない大きな家、か……。

外には自然が広がっているばかりで、そもそも別の人間の気配がない。ゲストハウス暮らしとは真逆だった。ゲストハウスでは、個室にいても別の個室や廊下の物音が常に聞こえたし、キッチン、シェアオフィス、カフェと、どこに行っても顔見知りの誰かがいてくれた。一方、別荘での暮らしは静寂に包まれていて、これも、無、だった。あー、なんだか楽だー、と思いながら日々を過ごした。年齢の影響もあるのかな。これがわたしなりの落ち着き方ってこと？　まぁ、まだわからないけど。

ある日、三階まで吹き抜けのホールがあるモダンな造りの別荘で、三階の手すりから一階を見下ろし、誰もいないからいいかなと、割と大きめの声で歌ってみたりした。恋恋さんの曲を。声がしっとり響くから気持ちよくなって、三曲も歌ってから、またノートパソコンに向かい、デザインの仕事に戻った。

どの別荘もお風呂に温泉設備付きの大きな湯船やサウナがある。お風呂場や脱衣所の鏡も大型だから、わたしはこの生活を始めてから、服を着ていない全身の姿を毎日見るようになった。ゲストハウスのころは共同のシャワー室を使ってたからなぁ……。

あんなにぱんぱんだったムーンフェイスも元の面長な輪郭に戻り、肩がごっつく盛りあがるバッファロー肩のラインもなくなっている。左胸が唐突になく、斜めに手術跡が走ってる。筋肉組織も取ってるから、平たいんじゃなく、えぐれてる。こう、よく研いだ刺身包丁ですーっすーっと二枚ぐらい肉を削いだように。そのぶん、人体として何かあるべきところがくぼみ、空間になってる。

そこに魂があるかも。

そっと手のひらを当てると、えぐれた皮膚のすぐ下にもう心臓があるから、とくとくと鼓動が直に伝わってくる。

これは魂の音かな。

別荘から一歩外に出ると、毎日ものすっごく暑かった。夏だから仕方ないけど。……いや、でもこの土地はとくに暑いと思う。暑い、暑いよ！　東京より断然暑いってば。

草むしりは早朝にやることにした。きりがないほどすぐまた生える。あまりにも同じことの繰り返し。植物ってすごいなぁとふと思う。

買い物や外食も、少しでも涼しい朝か夜に行くようになる。

地元の人たちがくる喫茶店や居酒屋に顔を出すうち、顔見知りが増えていった。清澄白河のカフェと違い、この土地に長く暮らす人たちによるお店だった。でもちょっと面倒になることもあり、徐々に足が向かなくなった。

わたしが三十代後半の独身女性だとわかると、将来の心配をされ、モーニングセットを目当てに行く喫茶店や晩ごはんを食べに行く定食屋さんで縁談が降ってくるようになったのだ。気を遣いつつ断ると、その後は気まずくなってしまって。

縁談の相手は四、五十代ぐらいの妻を亡くした男性たちで、家事や子供の世話、おそらく夜の相手、両親の介護を担う女手が必要ということのようだった。

彼ら自身も知らないうちに、周囲の人に縁談相手を探されているようで、知らない方の家族構成や資産などの個人情報を知りすぎてしまう申しわけなさも感じた。

そうやってマッチングしようとする仲介の人を避けていたら、そのうち別荘に訪ねてこられるようになった。曖昧なまま断ることができなくなり、じつは病気療養中でと一人に話した。すると今度はその話が広まってしまい、お店に行くたび、いろんな人から根掘り葉掘り尋ねられるようになった。善意で心配してくれているとわかりつつ、息苦しくて。

そもそも、病気になったことは人に言わないといけないのかな。黙っている自由があるのかな？

誰かが病人だと知ったら、勝手に別の人に教えてもいいのかな？

本人には必ずしも話す義務がないこと、本人からもし知らされても、許可なく拡散してはいけないことは、なんとなくの良識として共有されてるように思ってたけれど、そのことをはっきり禁止するための名称は、そういえばまだ存在しない。だから、芸能人が病気を隠しているときも、週刊誌に記事にされてしまったりするし。わたしみたいな一般人も、こんなとき「それはだめな行為ですよ。何々だから」と一言でわかりやすく拒否できなくて。

だんだん心が疲れてしまって、もうそういうことにがんばって抗わず、お店に行くのをやめた。

少し遠いけど、駅近くまで降りると観光客用のレストランもあった。だんだんそちらで食事やお茶をすることが増えていった。別荘の住人たちは、暑すぎるいまの季節はいないけど、若い観光客の人たちは週末になるとたくさん訪れる。連れ立って駅前を歩き、お寺や大きな滝などを巡って楽しんでいる。そういうお客さんにとくに人気のあるカフェレストランが駅前の裏通りにひっそりとあり、居心地のよさに気づいてわたしも通うようになった。シックな内装で、奥に向かって意外と広く、中庭にテラス席もある隠れ家っぽい造りだ。ＳＮＳでは写真映えする韓国風カフェとして人気のようだった。

店長は三十歳前後の女性で、お客さまの体と心を癒すお店にしたいというコンセプトを持っているようだった。カフェメニューのほか、一汁四菜の玄米ごはんセットもあり、夜ごはんにちょうどよかった。

ある日、他にお客さんがいないタイミングで、店長さんと少しお話をした。わたしを雇ってるリゾート系の会社がカフェレストランの実質的なオーナーでもあるとわかった。別荘の住人も観光客も憩える店として経営しつつ、細かいことは店長にお任せらしい。「みなさんにリフックスして疲れをとってほしいと思ってご提供してます」と言われ、「まさにそういう気分になります。ここにくると」と答えた。

わたしが担当する別荘の中にはＷｉ－Ｆｉ設備のないところもあるから、困るとスマホとノートパソコンを持ってこの店にくる。

冷房で冷えないよう、向こうの世界の中川君の上着を持ってきて、肩にかけ、作業する。

金曜の夜は、仕事だけじゃなくてボランティア活動でも忙しい。だからやっぱりこの店にきてスマホとノートパソコンで作業する。……というのは、東京にいる兄や楓、カフェやシェアオフィスで親しくなった人たちと、ボランティア用のアプリを開発して週末の炊き出しを始めたのだ。毎週土曜の夕方、上野公園で行う。協力してくれる飲食店や小売店で出たフードロスのデータが集まるので、わたしが金曜の夜にまとめ、料理人のメンバーに送る。食材によってメニューが決まり、作業内容がわかると、わたしが他のメンバーに仕事を割り振る。

メンバーは増えたり減ったりを繰り返しつつ微増している。

こんなふうに、週に一回、仕事じゃなく、ただ誰かのために労働することが、自分にとって奇妙な救いになってきていた。気づくとわたしにはもう、誰かに愛されたいとか、特別に選ばれたいとか、親密な関係を結びたいという気持ちが、つまり誰かからの愛を受け取りたいという気持ちがなくなっていて、じゃあ人間に対して無関心になったかというと、そうでもなくて、なんというか、変なことを言うようだけど、ただ……与えうる愛だけぽつんと心の隅に残ってしまったのだった。終電に乗り損ねて駅のホームに取り残された人みたいに。ただその気持ちだけ、ぽつんと。

わたしは誰かの役に立ちたかった。

逆に、自分に対して誰かからしてもらいたいことは、もう何一つないんじゃないかと思う。受け取るべきものはもはや何もなくなったと。

わたしはそういう独特の気持ちのことも、もう誰にも話せなかった。いまの状態について話すことで、不用意に誰かの心の柔らかい部分を傷つけてしまうんじゃないかと思うと、怖くなってきたからだ。……本当は東京を旅立つ日のNanaさんとの会話だって、相手のパーソナリティを知らないまま、あんなに自分のことを話してしまってよかったのかどうかわからない。あるいはよくないことで、あるいは、わたしが間違ってたのかもしれない。そう思うと怖い。

たとえば、誰かを愛したい人、現にいま愛してる人、愛されたくて苦しんでる人の耳に、わたしの言葉はどんなふうに響くだろう。暴力的に心を打撃してしまう可能性があるか……？

そんなふうにも惑う。

カフェから戻り、別荘の大きなお風呂にお湯をためる。湯船につかり、お湯の中でゆらゆらしてるような体を見下ろす。

……いまのこの体のことを、自分は本当は、気に入ってる。でもそのことも人には言わないようにしてる。奇妙なことかもと思うし……。胸が右の一つだけになり、左側にスティグマのような傷痕があり、べつに自分では何もしてないのに歴戦の戦士のようで、上半身の半分は女性のまま、残り半分は何者でもないようで、それが本当はじつに気に入ってる。でも同じ病気になった女性で、あるタレントの方が、どうしても乳房を失いたくなくて温存手術を選んだら、その乳房が局所再発を繰り返し、ついには全摘したというインタビューを読み、乳房を失った苦しみと乳房再建手術にかける血を吐くような思いを知ると、その方の悲しみが突き刺さり、自分が感じてるようなことを軽々しい明るさで口にしてはいけないと思う。

日々、考える。

右にも左にも、前にも後ろにも、上にも下にも……同じバブルの中にたくさんの他者がいて、みんながそれぞれちがうブレンドの痛み、寂しさ、恐怖、悔しさを抱えながら治療したり、経過観察中の身でいる。だから、回復するにつれ沈黙が増える。深南と純喫茶でプリンアラモードを食べたあの日みたいに、理不尽だと思ったことに対してまっすぐ怒ることもうできなくなってしまった。それに後ろ向きなことはもっと言いづらい。努力してる誰かの足を引っ張るようで、遠慮してしまう。でも前向きなことだって、誰かにとっては却って辛い言葉かもと思い、点検して、注意深く見回し、口を開き……でも。やっぱり。……やめておこうって。

サバイバーも一人一人ちがうし、誰の代弁もできない、すべきじゃないって。口を閉じる。

点滴治療中は、弱ってて、何にも集中できなくて、ただ元に戻りたくて。毎日それだけで。だんだん体力が回復してからは、前みたいに考えたり怒ったりもできるようになって。でもそのあとのいまは、迷って沈黙してる。

これからこの病気になるかもしれない人をむやみに怖がらせるようなこと、言っちゃいけないって。ほんとのことでも。ほんとのことならなおさら、って。

健康な人には、かわいそうとか、病気と闘う姿から勇気をもらったとか、マジカル病人からのギフトみたいに受け取られるとしても、つまり少なくとも無害だとしても、これから病を得ていく人に渡してしまうのは、ただ恐怖かも。わたしの苦しみがつまり、誰かにとっては、って。

　そんなふうに、回復しながら、迷いと静寂だけがすごい勢いで加速していく日々の中、これは明確にしてよいことなのだとわかるボランティア活動が週に一回はあることに、わたしはとても救われるようになっていたのだった。


　夏の間、毎日誰かの別荘で寝起きして、朝は掃除と草むしりをし、日中はオンラインで仕事をした。夜はときどき駅裏のカフェレストランに行った。週末、炊き出しの人手が足りず東京へ手伝いに戻ることもあり、ついでに友達と会ったりして。その繰り返しで過ごした。

　東京の顔なじみの人たちは、ほとんどみんながカップルやファミリーで行動するようになっていたから、子供がいれば連れてくる。ある週末、カフェに十人近く集まったとき、子供たちと隅で遊んでたら、兄がふらふら近づいてきて、「ナミ、おまえあれに似てきたな。あれだよ、ほら……」と言いながら頭をかき、「えーと……」と思いだすのをあきらめ、と思ったら帰りの特急の中でスマホに「スナフキン」とメッセージが届いた。何が言いたいんだろと思いつつ「なにそれ?」「おやすみ」と返信した。

　とくに暑いある週明けのこと。

　夜になるのを待ち、別荘を出てカフェレストランに向かって歩いてるとき、Nanaさんから連絡があった。どうしたのかな? 通話に切り替え、歩きながらしゃべる。

「あのー、うちの父が」

と急に言うので、「父……？」と思わず聞き返す。

「はい。父が、更年期障害で。三年ぐらい前から」

「えー。え……。お幾つなんですか？」

「五十四歳です。あれ、五十五歳だったっけ。いや、六？　ちょっとー、お父さん何歳？　な、ん、さ、い？　歳、歳のことぉー！」

とどこかに呼びかける大声が聞こえてきて、「いや、だいたいの歳で。そんな……」と戸惑っていると、遠くのほうから「五十四だぁぁ！」と男性の大きな声がかえってきた。

「……五十四歳でした」

「ふっ、最初ので合ってましたね」

「ふふふ。そうでしたね……。こないだ小林さんから聞いたお話、ときどき思いだしてて。薬でホルモンの分泌を抑えてるっていう」

「あぁ、はい」

「ふと、更年期も加齢の影響でホルモンの分泌が減るんだっけ、って。父は体調がずっと悪そうなんですけど、どういう不調かよくわからなくて。で……。小林さんのことを話しちゃったんです。あ、名前とか言わずに。少しだけ知ってる人にこういう話を聞いた、って」

「あー……」

「そしたら、べつに父は何も言わなかったんだけど。ときどき、その人は元気でやってるのかって。何回も。なので……」

「はぁ」

「元気ですか」

「え？　あ、元気です。はい、ええ。おそらく」

「それなら……。うわ、わたしいつも変なアプローチというかだめな話しかけ方ですよね！　これもいったいどうなんだろう」

「いや、まぁ大丈夫、なのでは。うん……？」

と、わたしは歩きながらうなずき、

「更年期ですか。わたしの治療も、人工的に薬で更年期の状態にする、みたいなことだから。近い、かな？　じゃ、ご年配の女性の中にわたしと同じような人もいるのかなぁ？　そもそも一人一人症状がちがうのか。……だけど男の人の場合のことはさらによくわからないですね」

「あぁ、ええ」

「あの……。あのあとわたしも少し考えてたんです。無を漂ってるみたい、ってこないだ自分が話したことについて。……少しお話ししてもいいですか？」

「いいですよ」

「もしかしたら、あるいは自分の資質としてもともと内側にあったのかも、とあのあと少し考えたんですよ……。それが治療でより強調されてて、だから同じような人がなかなかみつからないのかなって。でもね。わからないんですよ。わからないっていうか……。逆にわかるって何？　って改めて思ったりしました。だって、こう、証明できない、その方法がないことを、わかるって、わかるって、それってどうやってしたらいいのって。そもそも」

「難しいですね。自分ではそう感じる、としか言えなくないですか。だって」

「……ね？」

と曖昧にうなずく。

カフェレストランの前に着いたので、足を止め、手の甲で額の汗を拭いながら、

「真実とエビデンスと主観の波間をぼんやり漂ってます。だから、いま」

「……それかっこよく聞こえます。わたしの主観では」

「そう、ですか。ふ……」

「ええ」

「でも……」

「ん？」

「こうも思うんです……。そんなふうに想像することが、別の誰かへの切腹物の失礼という可能性はないかって……。誰かの切実で実存的な苦しみを無化するような決定的な無理解が、もしあったら、って。そう考えると、そこで、止まって。口を閉じて。自分が本当に感じてることをもう何も話せなくなって。また……黙って漂い続けるだけなんです。いま、ずっとそうで」

「あぁ……」

通話を切り、また汗を拭く。

ゆっくりカフェレストランに入った。

いつも通り、窓際の席に座り、日替わり玄米ごはんセットを頼む。

今夜は真ん中の席に観光客らしい二人組がいて、お酒も少し入り、そのせいか声が張っていた。

ノートパソコンを開き、ボランティアの事務作業をしようとしたけど、その席の会話が耳に入っ

てきて、いけないと思いつつ聞いてしまった。

暴力やハラスメントの被害に遭った方が、反撃として殴り返したり、きつい言葉を言い返したりした場合の話をしてるらしくて、「自分もやり返しちゃったら相手と同じになるよ。それじゃ両方が加害者だ。だからだめだよ、そんなのぜったいだめ」と一人が言い、もう一人が「いや、筋は通ってるけど……」と首をひねっている。「なんだよ」「被害者ご本人やご遺族の前で面と向かってそれを言える?」「いやぁ……」「だろ。そういうことじゃないかな。それもこう、筋とはちがう筋の筋というか、なんというか」という声が続き、あぁ、ここにも真実とエビデンスと主観の波間があるのかなぁ、と思って、作業を一回あきらめ、パソコンを閉じてわたしまで考えこんでしまった。「いや、でもだめだよ。自分のためにも正しくいなきゃ。正しい被害者でいないと世間から同情してもらえなくなる」

という声が聞こえ、続いて厨房からがちゃんっと何か落としたような大きな音もした。二人が立ちあがり、「大丈夫ですか?」と声をかける。厨房から「はーい」と妙に明るい返事がある。「よかった」「うん」とまた座る。


……真ん中の席の二人組がワインを二本空け、ほろ酔いで帰っていった。壁時計を見上げるともう閉店時間の二十一時半が迫っている。

自分も帰ろうと立ちあがりながら、ふとスマホを見た。習慣でＬＩＮＥの画面を確認する。って、え……?

中川君のアカウント。既読、ついてる……?

「えーっ！」

と鋭い声が出た。

真ん中のテーブルを片付けていた店長さんが手を止め、こちらの様子を窺いだした気配がした。

き、既読、ついてる……！

わたしが二年半も前に送ったきりの「体、大丈夫？」というメッセージに、いつのまにか既読がついてる……。え、え、えーっ、じゃ、まだ繋がってるの？　向こうの世界の中川君とこっちの世界のわたし、繋がってるの？　え、えっ……。

えー？

遅れて、じわっと涙が出てきた。安堵と驚き。ひどい孤独が急に癒え、もう何年もカチカチに凍ってた心があたたかく解けていくような……。

「大丈夫、ですか……？」

と横で店長さんの声がした。「どうぞ」とおしぼりを差しだされる。「ありがとうございます……」とあわてて受け取ろうとして、相手の右手の甲に視線が吸い寄せられた。

えっ？

甲に痣がある。

特徴的な形……。丸を二つに割った半月のような……。

――五年前の夏の終わり。御茶ノ水駅から秋葉原駅に向かう線路沿いの大通り。ぐしゃっと柿を踏んだ足の感触。わたしは尻餅をついて……。そこに向こうからスウェット姿の男性が歩いてきて、わたしのことを見て、たぶん病人っぽかったから、まったく幸せそうじゃなさそうだから、やめて横にずれて、おしゃれしたきれいで楽しそうな若い女性をみつけ、いきなり、刺した。

誰でも、よかった……。

幸せそうな若い女を、殺そうと……。

あのとき、駆け寄ったら、女性からぐっと手を握られた。

……あの声。

(溺れる……っ)

ぎゅっと握られた手の、甲に、こんな形の痣が……。

え？　は？　なんで？　なんで？　え？

気づかれないよう、そっと横顔を見る。

通り魔事件の被害者……真壁優里亜さんとは……ちがう顔のように見える。でもふと綾ちゃんの声が蘇る。(二重の幅広げたから。ちょっと顔が違うでしょう) と……。顔、顔は、記憶の中の優里亜さんとはちがって見えるけど、声、声は……？　わからない。そんな、覚えてないし！　だってあれはもう五年も前のことで……。

もしこの人が優里亜さんだったら……？　偶然同じ痣が同じ場所にあるのではなく、ご本人だったら……？　いや、こんなところでばったり会うわけない。……あ！　このお店、ケントさんの勤める会社が経営してるんだよね。わたしも紹介してもらって別荘の臨時管理人をやってるし……。二人ともケントさんの関係でいまこの観光地にいるってことかな。

真壁優里亜さんは、この五年、どこにいるかネットに漏れておらず、犯人が出所したら危険だから隠れていると噂されていた。死亡説も相変わらず定期的に流れていた。まるで社会の集合意識が優里亜さんに死んでいてほしいと思ってるみたいだ、とわたしは感じていた。逆に海外脱出説、お金持ちと結婚して超がつくようなセレブ的生活を送ってる説もあった。

でも……。

どれも外れていたのかな？

自分の裁量に任せてもらえるお店を持ち、メニューやコンセプトも考え、こうして毎日働いていて……？

「あの？」

と声がした。顔を上げると、わたしのほうを覗きこんで、

「よかったらしばらく座っていていいですよ。明日の仕込みがあって厨房で作業してるので」

「ありがとうございます……。じゃ、お言葉に甘えようかな。えっと……。すみません。音信不通だった友達と急に連絡が取れて、びっくりしちゃって、その」

「あぁ……」

と曖昧にうなずき、一瞬微笑み、店長さんが厨房のほうに遠ざかっていく。

もう一度座り、息をつく。

LINEの画面を眺めたり、思い出にふけったり、通り魔事件のことを考えたりと、心の中だけ忙しい時間が過ぎていく。

もし中川君とまだ繋がってるなら、返信もいつか届くのかな。こっちもメッセージを送ったらまた届くかな。待って……。中川君、最後のとき発熱してたよね？　メッセージを読んだ後も無事でいるかな。それともあのあとコロナが悪くなって倒れちゃったかな……。

って、こっちからは何もわかんないや。

中川君……。

それと、店長さん。店長さんは優里亜さんなのかも？　確かめたりしちゃいけないから、優里亜さんかもしれない、ちがうかもしれない、というままでいよう。不用意に踏みこまないようにしなきゃ。

しばらく座って考えていて、ようやく落ち着き、立ちあがった。

お礼を言って帰ろうと厨房を覗くと、店長さんは大量のインゲンを積んでへた取りしていた。大鍋で鰹出汁をとったり、牛すじ肉を下茹でしたりという作業も同時にこなしているようだった。

顔を上げたので、黙って会釈すると、

「正しい被害者ってなんでしょうね……？」

と独り言のような声で言った。

（溺れる……っ）というあのときの声をまた思いだした。同じ声なのかどうかはやっぱりわからない。

「さっきのお客さんたちの会話ですよね。わたしも気になってつい聞いちゃってました」

「ええ」

「鍋か何か落とされてましたね」

「床に叩きつけたんです」

「おぉっ！　あ、あ、そうですか……」

くるっと後ろを向き、慣れた仕草で牛すじ肉の鍋を確認し、またこっちに向き直りながら、

「同情してくれる方々って、どこのどなたなんでしょう」

「あ、あ……」

……オーディエンスって常にね。

いまはわたしもそっち側だ。相手の一面しか知らないのに、無責任に自分なりの正義でジャッジしにやってくるという、世間側の奴だ、モンスターなんだ。

「わたしには誰の姿も見えません。ここには誰もいません」

「ええ……。あっ！」

牛すじ肉の鍋がふきこぼれ始めた。店長さんは急いでガスを弱火にし、コンロの周りを拭き、またインゲンのほうに戻った。

わたしは壁にもたれ、考えこんだ。ゆっくりと「……それにしてもあの二人は何の話をしてたんでしょうか。途中から耳に入ったからわからなかったんですけど」「さぁ……？　わたしもよくは。身の回りで何かあったんでしょうか。もしくはニュースで何かの事件について見たとか？」「ですかねぇ……」とうなずき、ゆっくり天井を見上げる。

それにしても。正しい被害者って、世間から同情してもらえる被害者って、ほんとにいったいなんだろう。通り魔事件から五年経ったいまも、相変わらず、捉え方がちがう人たちとは、お互いにパラレルワールドというか、まったくべつの世界に住んでるような気がする。いや、五年経ってより一層そうなったように感じる。あ、あの歌、なんだったっけ？　弱い者達が、夕暮れ……さらに弱い者を……なんだったっけ？　もう忘れちゃったけど。

パラレルワールドとは、境界があるけど、たまにアクセスできることもある。それを希望っていうには、あまりにもかすかで、不安定な光だ。

厨房にはいろんな匂いが混ざっていた。おいしそうな匂いもあれば、インゲンのような青臭さもある。「こんなに手をかけて日替わりセットを作られるんですね。おいしいし体にもよさそうだし、正直このお店があって助かってます」「そうですか。食べた人の体調が良くなり、リラックスでき、日々の呼吸が少しでも楽になるようにという信念を持って毎日作ってるんです。自分も心身の調子をものすごく崩した時期があって、そのとき食に助けられたので。今度は誰かに提供する側、助ける側の人になりたかったんです」「そう、ですか……」とうなずく。

もしこの人が優里亜さんなら、お店をやっているのは、わたしがボランティア活動で人を助けることに救われてるのと近い気持ちなのかな、と一瞬よぎったけど、よくはわからないまま、考えがまた四散していった。「このお店を始めて二年と……あ、もうすぐ三年ですね。飲食店って、初めの二年が無事に過ぎれば五年は持つ、と言われてるんですよ。だから次は五年が目標です。そのとは……そうだな、十年かなぁ」「そうなんですねぇ。十年か。五年の後は、十年かぁ……」としみじみうなずく。

「なんでもそうなんですかねぇ。……あっ」

「え？」

「月。ほら、月ですよ！」

と、わたしは厨房の窓から見える夜空を指差す。

店長さんも作業の手を止め、一緒に窓際に立ち、月を見上げる。

「まぁまぁきれいですね」

と言われて、「ええ」とうなずき、

「昔、友達に言われたんですよ。……あ、さっき久しぶりに連絡がとれた友達っていうのが、その人なんですけど。『俺たちさ、いま、波間にいるんじゃない？』って。わたしの名前が波の間と書いて波間《なみま》なので、それにかけて言ったんだと思うんですけど」

「ええ」

「人生には大きなドラマや事件が起こるような重大な変化のタイミングがあるんだけど、その時と時の間、つまり波と波の間みたいな、何も起こらない時間もじつはけっこうあって。そういう時間にいまいるんだねっていう意味で。なんか、彼にとってはそういう時期だったみたいで。確かそんな話をしました。一緒に……一緒にクルーズ船に乗って、川面に小さな波がたくさんできるのを眺めながら……。あー、急に思いだしたな。ずーっと忘れてたのに。大事な人とそんな話をした日のことなんて、ずーっと」

「そうかぁ……」

「ええ」

「わかる気がする、ような、気も、します。わたしもいま、何も起こらない時期……波間にいるので」

「あ。ちなみに……」

「はい？」

「わたしもです」

「おぉー」

と顔を見合わせ、薄くかすかに微笑する。

黒い雲が流れてきて月を一瞬隠す。

また流れて月が出てくる。

「その友達、中川君っていうんですけど。こうも言ってました。わ、なんかどんどん思いだしてきたなぁ！」

とわたしは少しうれしくなり、懐かしくもなり、恋しくもなり、どうしても震えてしまう声で続けた。

「『こうして波間で誰かと一緒に見る月も、いいもんだな』って！」

すると、店長さんはうっすら微妙に微笑み、もっと小さな声で、

「いいもん、か。そうなのか……？」

と、少しだけ懐疑的に、苦しげにつぶやき、それからうっすら微笑むと、波間の月を意志強くぐっと睨みあげた。

翌々日。

暑い昼間に別荘で冷房をかけ、MacBookを持ってあっちの部屋こっちの部屋とうろうろしつつ仕事している。

お昼休みの時間、東京にいる楓からリンクつきメッセージが届いた。「生存率上がってるね……？」と書いてある。なんだろ？

リンク先は国内のある医学会発表のＰＤＦデータで、わたしたちの病気の各部位、各ステージごとの最新の生存率が一覧になっていた。

「あ？」

とちょっと声が出た。

わたしの場合、病気が判明した五年前は、五年生存率が約七十パーセント、十年生存率は約五十パーセントだった。今回の発表ではだいぶ上がって、五年生存率が約七十八パーセント、十年生存率が約五十八パーセントと書かれていた。

主治医の先生から何年も前に聞いたお話を思いだす。医学は日に日に進歩するから、と。新しい治療法が発見され続け、助かる命は年々増えているのだと……。

でも……。

百パーセントじゃない。百パーセントになるのはきっと遠い未来のことだ。ということはこの数字の向こうには……。

楓に「ほんとだ。ありがとね」と短く返信し、それからリンクを深南にも送った。

メッセージを何と書こうかけっこう迷い、結局、楓のと似た「なんか上がってるっぽいね」という短い文になった。

わたしと深南の間でも、ステージだったり、いろいろちがうしで、お互いもう踏みこめないように感じた。しばらくして「え！　上がってる。おぉ……ありがとう！」と短い返信がきた。

スマホをおき、また仕事に戻る。

晩ごはんは奮発し、冷凍していた魚介類を出してきてアクアパッツァ的なのを作った。とりあえず今日は喜んでもよいのだという気がしたから。

翌々日の夜、深南とビデオ通話で話した。

急に話したいと言われたので何かなと思ったら、いきなり「ニュース見た？」と聞かれた。

「何？　見てない」とあわててスマホで確認する。すると国の要人だった六十代の男性が地方遊説中に狙撃されたという速報がたくさん流れていた。「えぇーっ！　え……。なにこれ……っ」「びっくりするよね。この犯人ってさ……」と、いまわかっている狙撃者のパーソナリティについて深南が詳しく教えてくれた。

それから「撃たれたほうはね、延命のために凄いチームを組んで治療してるっていう報道もあったよ」「そうなんだ……」「それで、わたし考えちゃってさ。無名の人が撃たれたときもそれぐらいしてもらえるかなって。命の重さって本当に平等だったのかなって」「あ……。うん……」「わたしね、さっき品のいい和食屋さんでお食事してたんだけどね。隣の席に経済的に余裕がありそうに見えるご高齢の男女五人組がいて。その人たち、こわいなー、こわいなーって言ってたの」「何がこわいの？」「わたしも何かと思ったんだけど。不満をためた若者に襲撃されるのがこわくてたまらないっていう話だった」「えっ、そっち……」「うん。立場によって見えるものってちがうのね。同じ事件でも。いつも……」「そうだね。オーディエンスって常にね……。それはわたしもさいきん痛感してるなぁ……」と話した。

置かれた立場によってぜんぜんちがうものが見えてるんだな、ってさいきんよく考える。たとえばあの生存率のデータだって、どのように言って深南に渡したらいいか、わたしにはもう何もわからなかったし。それに、再発したり、自分よりずっと大変な患者さんの気持ちをわかるかと聞かれたら、絶望的で暴力的な無理解が聳えていることが、自分でももうわかるし。うなだれて沈黙するしかないが、そもそも人は当事者じゃない問題の前でどうすればよい？　どんな言葉もそらぞらしく力を失うだろうその場所で。

そんなこと、毎日考えてて。

そんなことばかり、ぐるぐる。とても苦しくてね。毎日ね。とても。とても。

「あのさぁ、深南」

「ん？」

「いや。なんでもないよ……」

と、話そうとしてまたやめる。

口を閉じながら内心思ってたのは、こういうことだった。

こんなわたしとか深南とかのさ、いろんなことで悩みながら人生も進んでいってるっていう、ただそれだけの物語がさ、ほんとに、どこかにあったらなぁ、って。不治の病の大悲恋メロドラマとかじゃなくて。涙と感動の出産シーンとかも途中で入らなくて。なんかずっと地味な出来事ばっかりで。日常生活と治療が続いてるだけで。死なないし、急に倒れないし、人生におけるすごい真理を恋人や夫や友達や子供に教えてあげるという、誰かにとって都合がいい天使的役割も負ってないし。それどころかお兄ちゃんに八つ当たりしすぎたと気づいて後悔してるのにいまだに謝れてないし。ただ、労働と、生活と、治療と、ちょっとした出会いと、会話と、友情や友愛らしきものがある、平凡なる時間が平和にだらだらすぎていっただけで。パラレルワールドは、まぁあるけど、だからってべつにそれにまつわるすごい事件に遭遇したり世界を危機から守る大冒険とかはしなくて。ただ、存在してて。象徴的存在とかヒーローなんてものにももちろんならなくて。そんな、わたしや深南みたいな、そうだよーべつに誰でもないよーって思ってる人たちの、何も起こらない、病に倒れて病とともに生きてるだけなんですけどってお話、そういうお話が、漫画とか映画とかなんかドラマとか、なんか、なんか、どっかに存在したらな。あったらな。

だっているし。ここに、現に。

これが、病気になって、治療して、その後、病気と一緒に生きていくっていうことのリアルです、一回だけでいいので、いま一回だけでいいので、透明人間じゃない、ここに生きているわたしたちの顔もちょっとだけ見てってほしい、って。

そんなことを思ってたけど。さいきんのひどい沈黙ぐせのせいか、深南にももうそんな気持ちを何も話せなかった。

≋

その週の週末。

お盆休みと重なったせいか、炊き出しボランティアの人数が足りなくなった。わたしも東京に帰って、カフェの厨房での調理作業を手伝った。兄たちとも会え、ばたばたしつつも、冗談を言ったり、一緒におやつを食べたりして過ごせた。

夜、特急列車で帰ろうと駅に急いだ。

乗り換えの駅構内で、後ろから階段を降りてきた中高年の男性が、わたしを追い越し、前から上ってきた小柄なご年配の女性をどんっと突き飛ばした。女性はスポーツか武道をされてたのか、腰を落としてぐっと踏ん張り、転ばず、ただ驚いたように振り返って男性を見送った。

急に喉から怒声がほとばしりでた。

誰の声かと思ったら、自分だった。「いい加減にしろぉ、ごるぁぁ！」みたいな、使ったことのない方向性の言葉で、つぎつぎ喉の奥から出続けるんだけど、同時にもう一人のわたしが心の中で冷静に、え、なにこれ、兄貴の真似じゃない、と思っていた。

男性はぎょっとして振り向き、早足で逃げるように駆け下り、角を曲がって姿を消した。

ご高齢な女性のほうが、階段を上がってきて、どうどうと動物をなだめるようにわたしの肘を撫ぜた。

階段を降り、歩き始めてからも、怒りが収まらず、体が小刻みにわなわな震えていた。

夜、別荘にようやく戻る。

お風呂から出て、兄とパートナーさんと三人のグループＬＩＮＥにさっきの出来事について書いて送った。兄貴が乗り移ったように怒鳴っちゃって、というと、「普通に意味わからん」と兄から返信がきた。わざわざ再現動画を撮って送ると、パートナーさんが「似てるかもー？」と、兄が「どこが俺だよ、できてねぇなー」と返信してきた。

もう寝ようと思って、電気を消して寝室を真っ暗にしても、何度も思いだされてなかなか寝付けなかった。……あぁ、わたしキレたんだな。カフェレストランでの店長さんのことを思いだした。鍋を床に激しく叩きつけた音。（正しい被害者ってなんでしょうね……？）（わたしには誰の姿も見えません。ここには誰もいません）という少し皮肉な声。

考えるとそこには確かに誰の姿もないように感じられた。店長さんの言ってたことが正しいんだと急に思った。

――そもそもオーディエンスなんてどこにもいないんじゃないか？　そんな人たち、ほんとは実在しないんじゃないか？　存在しているのはただこのわたしだけ。

しばらくゆらゆらと考え続ける。それから、東京から持ってきたプラネタリウムの装置をつけ、寝室を宇宙空間にして、仰向けになって漂った。しばらくしてようやくうとうとと眠り始めた。

≋

翌朝起きたらめちゃくちゃ寝坊してて、朝の草むしりはできないなというほど日差しがもう暑かった。草むしりは夜やろうと思い、のんびり朝ごはんを食べ、ノートパソコンを開き、デザインの仕事のほうをやった。

よく眠ったせいか頭が冴えてて、作業がよく進む。

お昼になり、簡単に自炊して、ささっと軽く食べた。食べ終わり、キッチンに立ち、無心に洗い物をしてるとき、ふと思った。

もしかしたら自分は、全部、ずっと、辛いのかもしれないって。

心が痛みを感知していないだけで。

本当は、病気になったことも、点滴治療があまりに苛烈な経験だったことも、体の形が急に変わったことも、治療がまだ続いてることも、本当は、すごく、すごく、って。もうこれ以上生きられないと感じるぐらい辛いんじゃないかって。……ほら、大怪我して流血してる人が、痛いでしょうと聞かれて「いいや、ぜんぜん痛くないんです。感覚がない……」ってことがあるし。ああいう状態というか。つまり、あまりに心が大怪我しすぎていて、痛みが自覚できてないままなんじゃないか、って。

そんなことを急に思ったりした。

だってずっと夢の中にいるみたいだし。ある日とつぜん恐い病気になった夢の。

≋

夜になってから、別荘の庭に出て草むしりをした。……いや、暑い。夜でも暑くて無理がある。すぐやめ、明日の朝にしようと、鎌を片手に「ふぁー」と息をついて立ちあがった。

手持ち無沙汰で、ちょっとだけ外の道路に出て一回り散歩して帰ろうと思った。

歩きだすと、向こうから歩いてくる人たちがいた。地元の人で、地元民の集まる定食屋に行き始めたとき、店内でお喋りしたことがある、わたしと同世代の女性と男性の二人組だ。病気のことを知られてからは、どうやって検査してどう治療するのかと詳しく質問されて少し困ったことがあった。

暗い道ですれ違うので、一応「こんばんは」と声をかけた。すると二人がはっとし、足を止め、少し避けるように道の反対側に寄りながら「あー……」「こん……ばんは」と目を逸らして囁いた。

妙に怖がってるように見えたので、夜道だし、お化けか不審者と最初思ったのかな、と首をかしげた。

それからゆっくり、あれ、いまのはちがうかもと考え直した。あの表情は恐怖じゃないように見えたなって。

これまでもときどき、知ってるけどそんなに親しくはない誰かからふいに向けられたことがある、見覚えのある表情だって。あれは、って。

——嫌悪だ、って。

異質だから、不吉だから、うつったらいやだから、って、いや、うつる病気じゃないことはもちろんわかってはいるけど、だけど病そのものを穢《けが》れだと感じてしまうから、本能的に怖いというか、病人を前にするとどうしても生理的嫌悪が心に湧いてくるというか。

振りむくと、向こうもちらっちらっと振りむきながら小走りで遠ざかっていっていた。

さっきまでゆっくり歩いてたのになと思った。あるいはわたしの被害妄想かもしれないけど。

暗闇の奥で一人、足を止める。

自分は病人差別されていたことがあるだろうか。いままでも、おかしいな、変だなこの空気、この反応、とかすかな疑念を抱いたとき、何かが不快だけど、そのことについてはあえて黙っていたとき、あのとき。たとえば前に勤めていた会社に行ったときは？　陰でウィッグや体形の変化について話されていたけど、あれも、ああして茶化すことで、さっきまで同室にいた穢れた存在からの影響を無化しようとしてたんじゃないかな……。そう、あのときも、このときも。もやもやと違和感がありつつ、直視せずにきたけど。わたしはずっと、ときどきとつぜん、誰かから。

差別されていたことがあるだろうか？

≋

お盆休みは観光客が多くて、暑い日中でも別荘の前を車が行き来する。

夏が終わって秋になったらべつの別荘地に派遣される予定だから、この土地にいるのもあと一ヶ月ぐらいだろうか。いろんな作業にすっかり慣れ、手際が良くなり、空いた時間にのんびり過ごせるようになっている。

休み中、綾ちゃんからビデオ通話で連絡があった。三人目の出産を無事終えて三ヶ月ぐらい経っていた。お祝いを伝えると、「……忘れてたのよねー、またー」と低い声で答えた。

「忘れてた？」

「すっごい痛いってこと」

「まさかお産のこと……？」

「そう！」

と綾ちゃんは画面越しでもわかる真剣な表情で、

「二回目のときも、あぁ、痛いんだった、なんで忘れてたんだろう、覚えてたらまた産もうなんて思わなかったのに、って自分で自分にすごく怒ったの。でもそのこともまた忘れて、三回目の今回もまったく同じことで自分に腹を立てたの。……なぜこんなに辛いことを忘れたりできたのかって」

「おー……」

「ある人が、本能じゃないかって言うの。覚えてたら辛すぎるから自分の意思で忘れたんだろうって。……でもそう言われてもね。忘れたのはわたしだしね。これ、なんなのかしらねぇ」

「えぇー……。そんなにも忘れてたんだね。あ！」

「ん？」

「なんでもない……」

と、わたしはまた口をつぐんだ。

内心思ったのは、人間がものすごく苦しかったことをあえて忘れるのは、生きるためなんだろうということだった。

そういえば自分も、点滴治療の辛さを、忘却の彼方に自分の意思でぐいぐい追いやろうとしてるような気がする。いつだったか深南と、あんな経験、ぜったい忘れられないよねと言いあった日があったけど。いまでは忘れかけてる。だって覚えてたら耐えられないような辛さだし……。

どうなんだろうねぇ。

だけども、忘れたようで、じつは忘れてないという気もするし。どっちなのか自分でもわからないな。

だって、一度ダメージを受けたら、人間は完全には元に戻れないものだし。体もだけど、心もそうだし。だからその状態のまま、なんとか最適化してその後を生きていくしかないというのも、本当で。

わたしも、病気になる前とは別の人間に変わったし。会社勤めをやめ、定住さえしなくなり。週に一回ボランティア活動をして。優里亜さんかもしれない店長さんは、お客さんの健康や心の平穏に役立つカフェレストランの運営をして、人を助けていて。そんなふうに、それぞれの最適化、つまり災厄ののちのニューノーマルの生活があって。

忘れること。

誰かを助けようとすること。

ときどき振り返って、また災厄に怯え続けること。

それらが、同時に、波間で揺られながら、毎日行われてる。それが病を得て五年後のわたし自身の姿だし、病や、事故、事件、災害などで一度大きく損なわれた経験のあるたくさんの人たちの現在地なんじゃないかって。

綾ちゃんのお産の話の続きをうんうんと聞きながら、心の中では、そんなことを黙って考えていた。

この同じ日。アメリカの著名な七十代の歌手の女性が、わたしたちと同じ病気で亡くなったというニュースが流れた。

約三十年前に病気がわかり、いろんなことがあり、この日を迎えた。生前「これは闘いではなく旅路だ」とその人は語っていたという。

この象徴的人物は勇敢だったのだと思った。いつだったか、そんなのはまったく本当じゃなくて、匿名のブログみたいな悲鳴のほうが本当の姿なんだと感じた日があったけど。なにしろいろんなことが年々複雑になっていく一方で。いまではどっちも本当なんだろうなと思える。そして、わたしたちのヒーローであることを引き受け、象徴的人物として社会に向け発信し、自分の名前をつけた病院を建て、病気の研究のために多額の寄付もしたりと、その人が約三十年の旅路においてできうる限りのことをして旅立ったことに、わたしは自分とは思えないぐらい素直に感謝し、尊敬した。

……この話も、誰とも、深南ともしなかった。なんでしなかったのかわからない。ただずっと一人で考えたくて。このままずっと孤独でいたくて。

≋

つぎの日。

東京を旅立つ日の朝に長く話したNanaさんから、また連絡がきた。

夕方、涼しくなったからカフェレストランに行こうと、ちょうど外の道を歩きだしたところだった。ゆっくり歩きながら話した。

「あのー、小林さん。女性ホルモンを抑える治療って、生きてる限りずっと続くんですか？」

「え？　全部で十年です。だからあと五年ぐらいで終わりですかね……」

「そっか。じゃ、そのあとはまた漂って元に戻るんでしょうか」

「え！　そうだなぁ……。まだわからないです。そこは考えたことなかったな。五年後、覚えてたらまた質問してください」

「あ。はい……」

と話した。

少し沈黙が続き、それからわたしが小声で、

「元に戻るっていうか。そのー、元ってそもそもなんだったたっけって、わたし、いまちょっと思いました。なんていうか、ですね……」

「はい？」

「こう……。自分の外側にある世界から、体を元に、規定されて。物心ついてから、自分は女の人という存在なんだと思って納得して生きてきたというか。だけど、大人になって、ある日病気になって、ばすんっと片胸が取れてどっかに飛んでっちゃって。そしたら不思議と自由になれていったというか。まるで自分の体が初めて自分のものになったようで。奪われたことも自覚できないぐらい完全にあらかじめ奪われてしまっていたものが、とつぜん手の中に返ってきて、いま地味にびっくりしてるところというか。そんな不思議な楽さの中で、とりあえずそのことは黙って、毎日を必死で生きのびてるところで。前に、無は、楽、って言ったの、たぶん、詳しく説明しようと思うと

そういう意味だったのかなぁって。……えーっと、でも」

「ええ」

「社会……ええと、社会のことが少し、いま怖いんです。少しじゃないな。前より、かなり」

「社会？」

「はい。わたしがいまの自分のことをじつは気に入ってて、楽、と思ってること、つまり、女性を性的に好む男性たちが望む規範から外れた体になったことを、悲しんでなくて、男性たちに対して負い目もはずかしさも感じていないことを、当の男性たちに知られてしまったら、どうなるんだろう？　って……。異端扱いされないかな、とか。って、ふっ、おおげさかな？　迫害されたりしないか、とか。なんて、それもないか……。でも、ですよ。いろんなフィクションの中にも、この病気になった女の人って、胸がなくなったことを女として嘆く人ばかり出てきませんか……？　それか、わたしはべつに平気よ、強いもの、って嘯《うそぶ》く人か。フィクションの中に自分みたいな人があまりにもいないから、存在を否定されてるような、苦しいような、変な心地が常にあって。とにかく、こういういないはずの人がじつはいるってことがばれたら、社会の和を乱す小さな有害な存在みたいに思われちゃって、つまり、男と女でできた共同体、男女で家族を作って子供を育て、男性が家長となることで綿々と続いていく、この社会の和を乱す公共の敵だと思われたりとか、一人で静かに暮らしてるだけなのに、存在を拒否されたりしないかなぁって。って、自分で話してても、なにが言いたいのかよくわかんないですけど、だから……。いまは静かに考えてよう、自分のことをもっと客観的に理解できる日まで、みたいな。まぁ、それもあって、他にもいろいろあってですけど、人とこういう話をまったくしないようになったのかな。あ、あとですね。女性の胸って何のためにあるんだっけって、改めて考えたりもしました。子供を育てるためかな？　けど少なくとも男性の性的興味のためにあるわけじゃなかったな、って……。そこを、最初のそこから、わかってもらえてないときも、ずっと、あるかもって」

「ん……」

「だから、なにが言いたかったんだっけ。とにかく、です。これってそもそも女性のうち三人に一人はかかる病気だし。だからもしかしたら、わたしみたいな感覚のサバイバーも本当は世界中にたくさんいるのかもしれないって。でもみんな、この状態のことをうまく説明できないし、他の人たちも話してないみたいだしで。とりあえずいまは、みんな黙って静かに隠れて暮らしてるのかもって。あるいは……わたしの他には一人もいないのかもしれないけど。でも。もしそれでも。こうやって、わたしという存在がここでこうしてかすかに明滅していること自体に、何か意味が、つまり、人間の尊厳をはかる目盛りの一つとしての存在意義ぐらいはあるかもしれないなって」

とわたしは一気に話して、息が苦しくなって、黙った。

相手も何も言わない。道を歩きながら耳を澄ます。

だいぶ沈黙が続き、それから、

「小林さん、あの……。難しくて、全部はわかりませんでした。後半はとくに、さっぱり。なのでまた聞きたいことがあったとき、そのとき」

「あぁ、はい」

「で、ですね。話題を変えてもいいですか。つまり……。わたしの話をし始めちゃいたいんですけど」

「は！　ええ、いいですよ」

「……いま一回軽くキレるやつ、え、わざとやりましたよね？」

「はい。……ふっ。ちょっと、前の、真似しちゃいました。けど、わたしばっかり一方的にずっとずっと話を聞いてもらってたし。えっと……。責任、というか？」

「えー！　超、真似してきますよね。ふ、ふふっ」

「ははっ」

と、どちらも低く笑った。

……もしかしたらこの人ともだんだん友達のようになっていくのかもと思った。まだわからないけど。

それからわたしは、ようやく、相手の話にも耳を傾け始めた。

≋

お盆休みが明けた。

しばらくすると暑さが和らぎ、昼間でも少し楽になってきた。

ある日曜の夜、兄から電話があった。

なんかめちゃくちゃ酔っていて、「ナミー、結局さ、愛しかないじゃん。愛しかないじゃん。愛しかないじゃん……」と繰り返すから、「もうっ、なんなん？」とついまた怒っちゃった。

わたしは昔から兄を運命的に軽視してるので、また酔って、とか、そもそも愛の定義があいまいだよとか、恋愛の話なのか、もっと広い、たとえば優しさのことか、自助か、倫理とかか、何かこう、なんの話かぜんっぜんわっかんないと思って、五分ぐらいめちゃくちゃいらいらして、でもその五分がすぎた後、わたしは兄に頼ってるので、わたしはずっと、兄が波間に沈んでしまうかもしれないぐらい強くしがみついて、そうやってなんとか生きてきたので、一人で泣いてしまい、兄が正しいと、そうなんだ、愛しかないしと思った。

だってわたしは、死にかけて、戻ってきて、このままこのあともずっと生きてられるのか、それとも数年の猶予期間でしかないのか、まだ判明してなくて、それで、それで、病気になる前の世界からいまの世界に、まるで線を越えるようにして持ってこられたものは。

確かに愛しかなかったし、って。

≋

「熱下がったわー」

と、中川君からLINEのメッセージが届いた。

翌月曜の午後。会社との連絡事項が多くてばたばたしてるとき、スマホが鳴って、ぱっと手に取って見たら、中川君からだった。

思わず、へなへなとしゃがみこみ、震え声で、

「よかったぁ。なんだよー、生きてたんだなー……」

と声に出してつぶやいた。

でも、これって……。

熱下がったわー、って三年前の話題だよね。……二〇二一年の夏、パラレルワールドで一年遅れ

の東京オリンピックが始まって、発熱する人が多くて、病院がパンクして自宅療養を余儀なくされてる人たちがたくさんいて、救急車がひんぱんに走ってて。いまコロナで死んでいく人たちは世間からまるごと忘れられていくんだって、中川君が言ってて。べつの世界線の同じ東京では、そんな恐ろしいことがずっと起こってて……。

起こってて……。

あのころに送ってくれたメッセージなんだよね。

わたしはふと、同じころ、恋恋さんがラジオで読んでくれた中川君のメッセージのことを思いだした……。

(そのとき、生き残れなかった人のことも忘れないという役目が社会に必要だと、ぼくはいま思ってます)

(社会を立ち直らせるために働く人たちももちろんたくさん必要だけど、忘れないという役目も同じぐらい大事で……)

って。

忘れないという役目、か……。

それってパラレルワールドにいるわたしも一緒に担ってよいのかな、と思った。どうなのかな……。

向こうの世界で犠牲になった人たちが恐ろしいほどの人数いることを。それはもしかしたら自分自身の運命だったかもしれないことを。世の中の目まぐるしさの中で、その人たちが犠牲になったという歴史的事実さえ、すぐ忘れられていくだろうことを。

……ねぇ。

これにわたしが返信したら、何年後かに、向こうの世界の中川君に届くのかな。そしてさらに何年後かにまた返事がもらえるのかな。そうやってかすかに繋がり続けていけるのかな。べつの世界で必死で生きている大事な友達と。ゆるく、いつまでも。

向こうの世界は、たまたま生き残れた人たちによって、ずっと続いていく。

こっちの世界も同じだ。

さてなんて返事を書こうか？

熱下がってよかったよ、って。こっちも元気で暮らしてるよ、って書こうかな。こっちはもう二〇二四年だよって。わたしも相変わらず波間にいて、それで、大丈夫、いまのところ元気でいますって。

中川君も元気で。どうかいつまでもいつまでも元気でいてくださいって。

そう書こうかな……。

うん。

≋

——その日の夜遅くのこと。

眠る前、スマホで深南のブログを二週間分ぐらいまとめて読んだ。例の生存率が更新されたニュースのこととか、いろんなことについてのサバイバーとしての深南の思いが、率直に、優しく書かれていた。

さいきん、自分の考えてることを人にほぼ何も話せなくなってしまったせいで、余計、そうなんだよね、わかる、わかるよー、と一つ一つ深くうなずきながら読む。

暗い部屋で、プラネタリウムのスイッチを入れて宇宙空間みたいにしてたせいか、そのとき急に不思議な感覚へと転がり落ちていった。わたしはずっとわたしという存在だと、つまり自分自身でしかないと思ってここまでずっと生きてきたけど、この夜、急にぶわーっと周りとの境界線が見えなくなっていって、わたしはすべての人でもある、それとこれとはまったくもって同じことだ、と感じ始めた。

わたしは、わたしで、兄で、中川君で、楓で、深南で、優里亜さんで、同時に主治医の先生で、現社長で、綾ちゃんで、ケントさんで、前の会社の人たちで、それどころかわたしに対して病人嫌悪の気持ちを抱く通りすがりの善良なる差別主義者の誰かでさえあって。助けたり、助けられたり、理解できたり、ぜんぜんできなかったり、当事者で傍観者で、ヒーローで支援者で、この五年苦しくて毎日怖くてたまらなくて、同時にそんなわたしを見守るのが辛いし、いなくなったら悲しいと思ってくれている誰かでもあって、それで、それで……。

境界線のない宇宙空間に浮かんで、わたしがわたしたちになるところを、静かにそんなふうに変わっていくところを、このとき、確かに見た。

桜庭一樹（さくらば・かずき）
島根県生まれ。九九年、ファミ通エンタテインメント大賞小説部門佳作を受賞しデビュー。二〇〇七年『赤朽葉家の伝説』で日本推理作家協会賞受賞。〇八年『私の男』で直木賞受賞。『少女を埋める』『紅だ！』ほか著書多数。

初出　本書は「文藝」二〇二二年春季号から二三年春季号に連載した「波間のふたり」を改題したものです。

彼女が言わなかったすべてのこと

二〇二三年五月二〇日　初版印刷
二〇二三年五月三〇日　初版発行

著　者　桜庭一樹
発行者　小野寺優
発行所　株式会社河出書房新社
〒一五一－〇〇五一
東京都渋谷区千駄ヶ谷二－三二－二
電話　〇三－三四〇四－一二〇一（営業）
〇三－三四〇四－八六一一（編集）
https://www.kawade.co.jp/

装　丁　三瓶可南子
装　画　Saigetsu
組　版　株式会社キャップス
印　刷　株式会社亨有堂印刷所
製　本　小泉製本株式会社

Printed in Japan　ISBN978-4-309-03109-5